行き遅れ令嬢の事件簿⑤

公爵さま、これは罠です

リン・メッシーナ　藤沢町子 訳

A Treacherous Performance

by Lynn Messina

コージーブックス

A Treacherous Performance
by
Lynn Messina

公爵さま、これは罠です

主要登場人物

ベアトリス・ハイドクレア……両親を亡くし、叔父の家に居候中
ダミアン・マトロック……ケスグレイブ公爵。ベアトリスの婚約者
ヴェラ……ベアトリスの叔母
ホーレス……ベアトリスの叔父
ラッセル……ベアトリスの従弟。ヴェラの息子
フローラ……ベアトリスの従妹。ヴェラの娘
レディ・アバクロンビー……伯爵未亡人。社交界の中心的存在
ミス・ブロアム／ノートン夫人……ベアトリスと同じ年に社交界デビューした。〝くすみちゃん〟の名付け親
タヴィストック卿……レディ・ヴィクトリアの父親
メアリー・ドレイク……劇場のオーナー兼支配人
スミートン……舞台監督
ロバート・ホブソン……助演男優
ダニエル・レイサム……主演男優
フランセス・ローランド・フェアブラザー……主演男優
チャタレー……助演男優
マリア・カルコット……主演女優
ヘレン・アンドリュース……若手女優。ホブソンの恋人

1

ヴェラ・ハイドクレアはずっと心に決めていた。両親のいない姪っ子に求婚するお人よしが現れたら、迷わずすぐに引き渡そうと。けれどもケスグレイブ公爵との結婚話が持ち上がった今、なぜか二の足を踏んでいる。

もちろん、嫁がせるに足る相手かどうかを案じているのではなかった。公爵ほどの高貴な身分なら、文句のつけようがない。でも不安材料もある。ハイドクレア家は〝つねに謙虚であれ〟を家訓とする一族で、公爵家と縁を結ぶなど、考えるだけでも畏れ多かった。公爵と親戚になれば、あらゆる場面でむやみに注目を集めてしまう。社交界の花形たちも、これまでは娘の夜会服のレースがどれだけ質素でも見逃していたのが、なにかにつけてハイドクレア家の暮らし向きを品定めするようになる。こつこつと倹約をしてロンドンでの生活を立ち行かせてきたのに、姪っ子が公爵と結婚したら、やたらと派手にしなければならない。そうなれば、毎月の支出が膨れ上がり、心安らかではいられない。

これはたしかに気の滅入る問題だった。けれども、朝食の間で向かいに座る姪っ子を見つめる今、ヴェラ叔母さんは、玉の輿婚が家計を圧迫することなど、これっぽっちも考えてはいなかった。

「ほんの何時間か前に、想像を絶する驚天動地のトラウマ体験をしたばかりなのよ」叔母さんが言った。従僕が淹れたての紅茶のポットを運んでくる。「だから気持ちを落ち着けるのに二、三日かかったって、絶対に誰も責めたりしないわ。もちろん公爵さまだって」

ベアトリス・ハイドクレアは、数時間後に迫った公爵との結婚に胸を躍らせて、いつもは青白い頬を上気させたまま、すぐには答えず、叔母さんの顔を見返した。たしかに昨夜は両親を殺した犯人と対決して怖い思いをしたけれど、不安はもう消えた。でも叔母さんのほうは、いきなり容赦なく真相を突きつけられて、気持ちの整理がつかないのだろう。これまでの二十年間、ベアトリスの母クララは不倫をし、父リチャードは嫉妬に駆られて彼女をお腹の赤ん坊ともども惨殺したと信じてきた。

それなのに今になって、真逆の事実を受け止めなければならなくなった——ベアトリスの両親は、ゆがんだ愛に我を忘れた男の犠牲者だったという事実を。クララに愛を拒まれて激怒したウェム伯爵は、彼女を絞め殺し、夫にも同じ仕打ちをした。そして犯罪を隠蔽（いんぺい）しようと、ふたりの死体を引きずっていって、穴の開いたボートで川へ流し、嵐で溺れたと見せかけた。

これだけでもむごたらしい事件だけれど、いっそう恐ろしいのは、ウェム伯爵がベアトリスの父親の幼馴染みだったことだ。ウェム伯爵はいつも両親の近くにいて、ひたすら幸せを願う顔をしながら、胸のうちでおぞましい妄想を膨らませていた。そしてその妄想が、ついに両親を殺した。

ヴェラ叔母さんがウェム伯爵の犯行を知ったのは、スターリング家の舞踏会中に、伯爵が洗いざらい自白したからだ。叔母さんだけでなく、社交界の全員が知るところとなった。ベアトリスも伯爵も気づかないうちに、大勢が集まってふたりのやり取りを見物していた。

あのときは本当にびっくりした。ウェム伯爵の醜さから顔をそむけたら、好奇心に光る何十もの目が自分を見つめていたのだから。

でも、もう大丈夫。

今はとにかくほっとしている——両親の身に何が起きたのか、両親がどんな人だったのかも、やっとわかった。

これまでずっと、叔母さんも叔父さんも両親の話をいっさいしなかった。姪っ子が親と同じ下劣な品性を現すのではと恐れたのだ。母親みたいなあばずれになるかもしれない、父親みたいな人殺しになるかもしれない。恐怖に駆られた叔父夫婦は、姪っ子を両親の道徳的失敗から守ろうと必死になるあまり、姪っ子に愛情を注がないという失敗を自らおかした。ベアトリスは、長く孤独な子ども時代を過ごし、いわゆる社交術を身につける機会もほとんどないまま、最初の社交シーズンでは早口にまくしたてたかと思うと会話につっかえるようになり、二度目のシーズンではとうとう完全に口をつぐんだ。

もしあの出来事がなかったら、今も口をつぐんだままだっただろう。六ヵ月前、湖水地方にあるスケフィントン侯爵家の静まり返った図書室で、ベアトリスが、冷たくなりつつある強欲なスパイス商人の死体から目を上げると、高慢ちきのケスグレイブ公爵がぎょっとした顔で立っていた。公爵が商人を殴り殺したのだ。ベアトリスは血まみれの燭台を見て、そう思い込んだ。そして、自分も同じやり方で始末されるのだと。でもなんの因果か、死を覚悟した瞬間、ベアトリスは自分の本当の声を発見し、それ以来、その声で公爵をからかったりやり込めたりしてきた。幸いにも、変わり者の公爵は、そうした態度に抗いがたい魅力を感じ、ベアトリスがプロポーズをすると、笑ってしまうくらいあっさりと受け入れた――ベアトリスの首をへし折ろうとした男にまたがったまま口走ったプロポーズを。公爵がこの求婚のタイミングに少しも違和感を覚えなかったことを考えると、ふたりの相性がばっちりなのは間違いない。昨夜の〝驚天動地のトラウマ体験〟を理由に結婚を延期するのも、自分たちらしくないように思える。

あと三時間と十七分――ベアトリスはちらりと時計を確認した――そうしたら絶対に公爵と結婚する。決意は固かったものの、ここ二日間で過去二十年分を補って余りあるやさしさを示してくれた叔母さんを傷つけたくはなかった。叔母さんの心配ももっともだと認めつつ、すべてをはねつける返事をひねり出さないと。

いっぽうベアトリスの従妹のフローラは、思いやりを示す気などさらさらなく、母親が時期尚早な結婚の懸念点を並べ立てる様子に声を上げて笑った。

「ねえお母さま、これっぽっちも考えてないってことはないでしょう？」はしばみ色の瞳を茶目っ気たっぷりに光らせて、砂糖入れに手を伸ばす。

「なんの話だか」ヴェラ叔母さんは、娘が愉快そうにする理由も発言の意味もわからなかったのだろう、いらだって返答を拒んだ。

「ベアトリスの玉の輿婚がうちの家計を圧迫する話よ」フローラが言った。「本当にこれっぽっちも考えてないなら、二度も口にしないはず。頭の隅っこの隅っこでは考えてるんじゃないの」

叔母さんは否定できなかった。家族もよく知ってのとおり、いつも家計のことが頭のどこかを占めているのだから。とはいえ、我が子から笑い物にされるのは耐えられない。

「利いたふうな口をきくもんじゃありませんよ。わたしはただ、喜びと信頼に満ちた状態で結婚生活を始めてほしいだけ」思わず熱のこもった口調になり、娘の顔から手元のティーカップへ目を落とす。「幸せいっぱいのはずの瞬間を、昨夜の醜い出来事で汚したくはないの」

ベアトリスはほったらかしにされた二十年の間に、叔母さんの限界を承知していた。せっかくのやさしい言葉も、直接目を見て言うことはできないのだ。誤解だったとはいえ、叔母さんの胸にはたくさんの恐怖が刻み込まれている。痛ましい真実が一つ明らかになったくらいで、すべてを払拭できるはずがない。

だから感じよくお礼を述べて、心配いらないと請け合った。

「不思議と晴れやかな気持ちなんです。わからなかったから不安だったのかもしれません。真理は人を自由にする、というでしょう？」

さすがの叔母さんも、聖書に反論する気にはなれないらしく、大きくうなずいた。でも我慢できなかったのだろう、ティーカップを口元へ運びながら、ほんのわずかに難癖をつけた。

「でもね、いいこと？　真理といってもさまざまよ。あ、あ、あなたが両親に抱いていたイメージは百八十度変わったでしょう。あ、あ、あなたが事実だと信じていたことは、全部間違っていたんですもの。あ、あ、あなたが新しい現実になじむために数日の猶予が欲しいと思うのも当然だわ。また世界がひっくり返るかもしれないし」

人間心理の専門家でなくても、叔母さんが自分の話をしているのは明らかだった。リチャードとクララの裏切りという作り話に二十年間もしがみついてきたから、叔母さんがその物語を手放そうとしても、物語のほうが放してくれるとは限らない。自由になるには時間が必要なのだ。

ベアトリスは同情する気持ちもあったけれど、そのために予定を変更する気はなかった。公爵と結婚するまであと――また時計をちらり――三時間と十一分。叔母さんと叔父さんが両親を化け物扱いしたことを責めてはいない。疑うべくもない証拠を提示されて、了見の狭い叔父夫婦にできることは一つしかなかったはず。そう、全身全霊で信じるしかなかったはずだ。だから本当に、ふたりの選択を恨む気持ちはみじんもない。

いや、正直に言えば少しはある。ベアトリスは苦笑いで認めた。

どちらにしろ、過ちをおかしたのは叔母さんたちであって、わたしじゃない。叔母さんたちが両親の話をしなかったおかげかも。ベアトリスは、皮肉でなくそう思った。もしほんの少しでも話を聞いていたら、両親のイメージを今さら変えるのは難しかっただろう。

とはいえ、感謝の気持ちを伝えても、嫌味と受け取られるに違いない。だから、ベアトリスはほほ笑むだけにした。

「ご心配ありがとうございます」心から言った。「でも大丈夫です。むしろ、意外な利点があるかもしれませんよ。公爵さまとわたしが時期尚早な結婚をすれば、昨夜のドタバタ劇のうわさが収まるのでは？」

フローラはこの意見が面白かったらしく、笑った拍子に口の端から紅茶を垂らした。

「まったく無邪気なんだから。早く結婚したがるのも、その性格ゆえなのね。でも現実を甘く見ちゃだめ。数ヵ月というのは大げさだとしても、これから数週間は、ウェム伯爵がふたりの殺害を自白した話で持ちきりよ。今朝の時点で、お母さまのもとに訪問したいという手紙が何通も届いてる。ハゲワシたちはやる気満々なんだから」

ヴェラ叔母さんは、娘が社交界の人々を死骸を狙う鳥にたとえたことに青ざめ、届いた手紙はたったの六通だと訂正した。

「何通もと言うには少なすぎるでしょ。そのうち三通は、ラルストン夫人からのものだし」ロンドン一のうわさ好きがしつこく関心を寄せているということなのに、社交界がそれほど注目していないことの証拠みたいに言う。「だけどフローラの意見も一理あるわ。結婚を何日か、あるいは一、二週間延期すれば、そのうちにうわさも収まるでしょう。事件の翌朝に結婚したら、ゴシップ好きの人たちをますます喜ばせるだけだわ。あなたの分別のなさに、あきれる人もいるかもしれない」

フローラは、濡れた口元をそっと拭きながら反論した。

「そんな意味で言ったんじゃない。わたしが言いたかったのは、ベアの結婚は、殺人事件ほど興味をそそらないってこと」従姉に向き直り、やさしく言い添える。

「悪い意味じゃないわよ。わかっているだろうけど、わたしはあなたと公爵さまの結婚を、ハイドクレア家史上最高の出来事だと思ってる。公爵さまの義理の従妹になる日が待ちきれないわ」

「わかってる」ベアトリスは皮肉を込めて即答した。フローラはこれまで何度か、公爵に近い立場を利用しようとしていたから、言われなくても彼女の気持ちは知っていた。

フローラはほっと胸をなで下ろし、ベアトリスに目でお礼を言うと、今度は母親のほうを向いてこりずに訴えた。

「公爵さまの義理の従妹にふさわしいドレスを仕立ててよ。マダム・ボランジェのお店に行かなくちゃ。だってロンドン一のドレスサロンでしょ。たしかレディ・アバクロンビーが、ベアの花嫁衣装を見繕いに行ったのも、彼女のお店だったわよね」フローラは従姉に確認したが、その必要はまったくなかった。ここ数日というもの、ベアトリスがマダム・ボランジェのドレスサロンへ行ったことは、フローラの会話の端々に恐ろしい頻度で登場していたからだ。何の話をしていても、気づけば必ずこのフランス人ドレスメーカーの芸術的な仕立ての手腕の話になる。

「ミス・ペットワースの行きつけのお店も素敵よね。公爵さまの義理の従妹がドレスを買うなら、こっちも候補に入れなくちゃ」

ボンド・ストリートにあって、ミセス・デュヴァルの控えめな衣装より何ポンドも高くつく超高級ドレスサロンの名前が挙がると、ヴェラ叔母さんは真っ青になって、ひきつった笑い声を上げた。

「なんて身勝手な娘なの。ベアトリスはかわいそうに、つらいつらい夜を越えたばかりなのよ。ドレスなんて浮ついた話、聞く気になれないに決まっているでしょ。相手の気持ちを考えなさい。さあベアトリス、どうすれば心が軽くなるか教えてちょうだい。みんなで黙って瞑想するのはどうかしら」

ベアトリスは叔母さんの思惑を阻止するべく、シルクの夜会服についてのおしゃべり以上に心休まるものはないと答えようとした。とそのとき、叔父さんが部屋へ入ってきた。いつもなら、朝食中に読むための新聞を持っている。家族に関心がない分、社会の出来事には関心が高いのだ。ところが今日は因習を打破して、黒い革表紙の本を手にしている。なんの本だろう。どうやらヨハネス・ケプラーの伝記らしい。

しかもよく見ると、わたしが一週間ちょっと前に読んでいた、まさにその本だ。

正直に言えば〝読んでいた〟という表現はあまり適切ではない。そのあたりの二週間は、公爵への報われない恋に絶望して何も手につかず、ひたすら本のページを眺めるだけの日々だったからだ。

それにしても、叔父さんらしくない選択だ。基本的に本には興味がなく、新聞や季刊誌専門の人なのに。以前、紳士が田舎でたしなむキツネ狩りや乗馬といったスポーツの専門誌をめくっているのを見たことがあるけれど、何度か不満の声を漏らしたあと、あきらめて愛読紙〈ロンドン・デイリー・ガゼット〉に戻っていた。

だから突然ケプラーに興味を持つなんて妙だったが、ベアトリスはとくに触れなる。

いことにした。下手に何か言って、いつもの新聞を馬鹿にしていると取られたら困

そうした遠慮とは無縁の叔母さんは、すぐさま夫を責め立てた。

「朝食の席に本だなんて何を考えているの。ここは家族と会話をしたり、時事問題への意識を高め合ったりする場ですよ」

叔父さんに続いて息子のラッセルもやってきて、すかさず茶々を入れた。

「本と新聞の何が違うの。どっちにしろ、読んでいることに変わりないよ」

叔母さんは息子の正論にムッとしつつ、長いこと口をすぼめていたが、しばらくして反論を始めた。

「集中の度合いが違うわ。新聞に没頭する人なんていないでしょ」

「そんなの、詭弁だよ」ラッセルはそう言い返して、ここ一年の〈ロンドン・デイリー・ガゼット〉のうち、自分が夢中で読んだ記事をいくつか挙げた。

フローラは兄の大ぼらにあきれた顔をした。

「朝からまともな新聞を開いたこともないくせに、記事を夢中で読んだなんてちゃんちゃらおかしいわ」

ラッセルは妹の放言を捨ておくわけにはいかず、声の大きさを倍にして、記事の話をさらに続けた。

兄妹が口喧嘩をするなか、ベアトリスはまた時計に目をやった。ポートマン・スクエア十九番地の住人でいるのも、あとたったの三時間と六分。

「ケプラーについて一番興味深いのは、世界を調和の取れた複数の部分の集まりだと考えた点だな」ホーレス叔父さんは藪（やぶ）から棒にそう言って、いつもの席ではなく、ベアトリスの隣に腰を下ろした。

穏やかな口調で発せられたその言葉は、これまで叔父さんからかけられた言葉とは似ても似つかないものだったので、ベアトリスは心配になり、叔父さんの顔をまじまじと見た。昨夜の〝驚天動地のトラウマ体験〟の影響かもしれない。

叔父さんは落ち着いた目で、やさしく続けた。

「ケプラーのすべての発見の根源にあるのは、この考え方じゃないかな。どう思うかい？」

普段ならありえない問いかけだ。ベアトリスはあわてて返事を考えつつ、叔父さんの意図を突き止めようとした。わかった、会話を始めようとしているのだ。姪っ子がケプラーのことなら詳しいだろうと思って、話を振ったのだ。未曾有の大事件発生。自分ひとりの世界に浸ってばかりで、我が子と関わろうとすることすらめったにない人なのに、兄が遺したお荷物に寄り添おうとするなんて——しかもその娘は、あと数時間経てば厄介払いできるのに。しかたなく負い続けた重責から、やっと解放されるというのに。

バンザイ！

そう叫び出したい気分だろうに、叔父さんの問いかけから感じられるのは、姪っ子のことを知りたいという願いだった。ひょっとすると、絆を作りたいとすら思っているかも。ベアトリスは戸惑った。なぜ今なのだろう。公爵と結婚する日の朝になって、なぜそんな努力をするのだろう。これまでずっと、ほったらかしにされてきた。こっちを見てもらえるなら、命と引き換えでもいいと思ったことすらある。それなのに、なぜ今の今になって熱い議論を交わそうというの？

なんという天邪鬼。もしかして喧嘩を売っているとか。

でも、そんなはずはなかった。痛ましい事実が山ほど明らかになった直後だし、その最たるものは、叔父さんが姪っ子を人殺しの娘扱いして肩身の狭い思いをさせていたことだった。姪っ子を見ると愛する兄の悲惨な結末を思い出すからだろう、二十年間、彼女を脇へ押しやって、めったにやさしい言葉をかけたり愛情を示したりしなかった。

両親の過去を何一つ知らなかったベアトリスは、叔父さんは正真正銘の吝嗇家なのだと思っていた。生まれつきのけちん坊が、倹約と無頓着によって強化されたのだと。性格の問題だと決めつけていたから、他に理由があるとは考えもしなかった。だから胸の真ん中に深い悲しみの井戸を見つけたときは、心底驚いた。大きな穴から、兄がやったと思い込んでいた悪事への嘆きがあふれそうになっていた。ベアトリスがこのことを知ったのは、ほんの数日前。ホーレス叔父さんは、兄の無理心中を知ったとき、どれほど絶望したかを語ってくれた。

でもウェム伯爵のおぞましい自白によって、叔父さんがどれほど深くベアトリスの父を裏切っていたかも明らかになった。叔父さんは、血を分けた少女に安らぎを与えてやさしく接する義務があったのに、最低限の衣食住をしぶしぶ保証しただけだった。兄のうしろ暗い罪を信じ込んでいたとしても、その娘は愛するべきだったのに。

そして今、どうやら叔父さんは、ケプラーについての意見を聞くことで、その愛を与えようと決意したらしい。ホーレス・ハイドクレアはやっぱり、昨夜の驚天動地のトラウマ体験にひどく参っているのだ。

ベアトリスは、小さくも誠実な歩み寄りへの応じ方など教わらなかったから、なんと言えばよいかわからなかった。

いや、自叙伝の厚みを考えれば〝小さくも〟なんてものじゃない。ページ数はゆうに四百を超えている。自分が悪かったと示すために、それほどの大著に挑むなんて、叔父さんは本気も本気だ。それにわたしの性格をよく理解している。根っからの文学少女から信頼を勝ち得るなら、彼女が自信のある分野で知的な会話をする以上の方策はない。

感動する。嘘でも皮肉でもなく。

フローラが兄の無教養をからかい続けるなか、ベアトリスは叔父さんからの問いかけに何と答えるか悩んでいた。知的な返事が一つも思い浮かばない。懺悔の念を示せる本なら他にいくらでもあるのに、よりによってわたしがろくに覚えていない本を選ぶなんて。

ほぼ丸二週間、どの部屋へ行くにもケプラー伝を持ち歩いていたのは確かだ。でも、ページをめくる姿を見た人はいる?

いや、いないはずだ。だってぼうっと眺めていただけなのだから。

それなのに、もっともらしく見解を述べなきゃならないなんて。

神さまの意地悪!

パニックで頭が真っ白になりながらも、ベアトリスは近い内容の本がなかったか思い出そうとした。ソールズベリーのガリレオ論には、ケプラーが登場したはず。そもそもこの本がきっかけで、ケプラーに興味を持ったのだから。

返事が遅すぎるかもと不安になったベアトリスは、とりあえず叔父さんの意見に同意したうえで、調和の取れた幾何学という学問にも感心したと述べた。そして午後に予定があったことを一瞬忘れ、すぐにハッチャーズ書店で一冊買ってこようと決心した。徹夜で読めば、明日の朝食の席では深い議論ができるはず。

ホーレス叔父さんは、自分も幾何学が好きで、学校での成績もなかなかよかったと言う。

「図形が持つ秩序に惹かれてね」叔父さんはそう言って、少しためらいながら続けた。「おまえのお父さんも幾何学が得意だったよ。なんだって得意だったから、とりたてて言うことでもないがね。おまえと一緒で大の本好きでもあった」

特別どうという話でもなかったが、ベアトリスは父親と共通点があると知って胸が躍った。たまらず、父が読んでいた本を覚えているかと尋ねると、叔父さんはじっくり考えてから、さまざまな関心や分野にまたがる本の題名を一つひとつ挙げていった。

「それから、ベンジャミン・フランクリンの自伝も忘れてはいけないな」叔父さんはやけに強調して言った。「何度も読み返していたよ。著者が恐れずに過ちを認め、改心を誓うところが気に入っていた」

叔父さんはアメリカの博識家の魅力を語るにつれ、首から上が赤くなっていったけれど、顔を上げたまま、姪っ子から視線をそらさなかった。

叔父さんが言わんとすることを察したベアトリスは、ほほ笑んで身を乗り出し、ウェルデール・ハウスの書斎で父親がフランクリン伝を読んでくれた思い出を語ろうとした。でも口を開いたとたん、レディ・アバクロンビーが勢い込んで部屋に入ってきた。うしろにいる執事のドーソンは、追いかけるのに階段を駆け上がったらしく、息を切らしている。

「お留守だと申し上げたのですが」ドーソンが言った。とりすました声だが、いらだちと不甲斐なさの入り交じった妙ちきりんな顔をしている。「ご承知いただけず」

レディ・アバクロンビーはドーソンの言葉を無視し、テーブルをぐるっと回ってベアトリスを抱きしめた。

「まあ、かわいそうな子、ずいぶんつらい思いをしたでしょう」レディ・アバクロンビーはささやくように言った。涙を必死にこらえているのか、声がかすれている。

「あんなに恐ろしい場面は初めてよ。アバクロンビー卿がペットのモルモットを亡くしたお義母さまを慰める姿だって、あんなに恐ろしくはなかったわ。忌まわしい事実が曝露されるとわかっていたら、ご両親を殺した犯人を突き止めてなんて絶対に頼まなかったのに」

「あなたのしわざだったのね！」ヴェラ叔母さんはあまりの衝撃に息をのんだ。

「何をどう考えたら、いたいけな若い娘に汚らわしくまがまがしい……不倫の末の無理心中……」

でもハッと気づいて、叔母さんは言いよどんだ。口をついた言葉は、もはや真実ではない。しかも、二十年越しに真相が明らかになったのは、ひとえに姪っ子の粘り強い調査のおかげなのだ。

ベアトリスは、レディ・アバクロンビーの甘い香りの肩に鼻を押し当てたままだったが、新しい現実に適応しなければと戸惑う叔母さんの顔が目に見えるようだった。レディ・アバクロンビーからそっと体を離すと、ドーソンが野次馬根性丸出しで部屋の外から首を伸ばしているのが見えた。同じく好奇の目に気づいた叔父さんは、執事の労をねぎらい、下がってよいと伝えた。

「レディ・アバクロンビー、あなたさまのご方針は支持いたしかねますが」叔母さんがこわばった声で言った。いくらかは恩があると伝えねばならない。「それから、あなたさまのご判断についても疑問を禁じえません。もっと手際よく対処できる法の執行官がおりますところを、一般の女性に調査させるなど、不適切とも存じます。しかしながら、おせっかいを焼いてくださり幸いでございました。そうでなければ、生涯ウェム伯爵の裏切りに気づくことはなかったでしょう。深謝……申し上げます」

丁寧な口調だったものの、かしこまりすぎて、レディ・アバクロンビーでなければ慇懃無礼だと感じただろう。でも彼女は心から楽しげに笑っただけで、ティリーと呼んでほしいと言った。「家族になるんだから、他人行儀はやめましょ」

この言葉に、叔母さんは胸のうちで激しく葛藤した。貴族とお近づきになりたいのはやまやまだけれど、このお方はどうしたって無理。ハイドクレア家の名誉なんてほとんど考えてくれなさそうだもの。

そのとき、叔母さんは緻密な契約書に抜け穴を見つけたかのように言った。

「あら、でも家族になる予定はありませんわ」

でもレディ・アバクロンビーは、家系図上のつながりなど気にしなかった。

「ベアトリスは自分の娘みたいなものですから」

叔母さんはそんなたわ言は許せないとばかりに、すぐさま言い返した。

「ベアトリスはわたしの娘です。だからリチャードとクララの死の真相についても、わたしに訊いてくだされればよかったんです。そうしたら、包み隠さずお教えしましたのに」

最後まで言い終わらないうちに、自分の発言の矛盾に気づいたらしい。まずい、という顔をした。人生の半分は誤解していたのだから、一日では考え方を変えられないのだろう。

娘のフローラは、中年女性の頭の固さに同情する様子もなく、瞬時に間違いを指摘した。

「でも、それは無理だったはずよ。お母さまが信じていたのは嘘だったんですもの。実際には、リチャード伯父さんはクララ伯母さんを殺してないし、自殺もしてない」

フローラの爆弾発言に、今度はレディ・アバクロンビーが唖然とする番だった。二十年も重大な事実を隠していた叔母さんを責め立てる。

「わたしとクララは親友だったのよ。気に食わないかもしれないけれど、だからって真相を秘密にする理由にはならないでしょ。ありえない」

「だからその真相は事実じゃなかったんです」とフローラ。

でもふたりとも彼女を無視し、いよいよ議論を白熱させる。ヴェラ叔母さんが、家の恥を隠すのは当然だと言い張れば、レディ・アバクロンビーが、クララを家の恥呼ばわりするなと怒りだした。叔母さんが顔を真っ赤にしてブラックスフィールド卿との関係を持ち出すと、伯爵未亡人は鼻で笑って、クララがあんな軽薄男のきざなセリフにひっかかると信じるなんてどこのまぬけだとやり返した。

「クララへの敬意ってものがないの？」レディ・アバクロンビーは、自分が愛し、尊敬し、二十年間会いたくてたまらなかった友人をこけにされて激怒した。「あなたの義姉だった人よ！」

「だって原稿が！」叔母さんが金切り声で弁解した。「あれを読んだら、あなただって不倫を信じたはずです」

レディ・アバクロンビーは、何の原稿かもわからない様子だったが、どぎつい言葉で責め立てた。叔母さんは胸いっぱいに息を吸って言い返そうとした。と次の瞬間、ヒッと悲鳴を上げると、壁際へ走っていって壁紙に体を押しつけた。

ついに頭がおかしくなったんだわ、とベアトリスは思った。でも部屋の入口に気配を感じて目をやると、ドーソンに案内されてケスグレイブ公爵未亡人が現れた。なるほど。叔母さんは恥をかきたくない一心で、公爵未亡人の厳しい目から壁のランプオイルの染みを隠そうとしているのだ。まったく無駄なことを。一つの体で部屋中のあらを隠しきれるわけがないのに。テーブルの真ん中には疵がある し、フローラの椅子の縁は擦り切れている。あわてふためいた叔母さんは、ベアトリスを作戦に引き入れるべく、意味ありげに頭を傾け、右手の指をひらひらさせた。

明確な指示からはほど遠いけれど、椅子の背もたれのほうを隠せということだろう。テーブルのど真ん中にいきなり手を置いたら、むしろ注目を集めてしまうから。

でも実行に移す間もなく、公爵未亡人に目が吸い寄せられた。昨夜ウェム伯爵と何があったのか、一つ残らず聞かせてもらうと宣言したからだ。

「うちの孫ったら、ろくに話してくれないの。今日の結婚式の準備であちこち飛び回って大忙しで。社交界の全員が目撃したおぞましい場面について、詳しい話は何もしてくれないのよ」公爵未亡人はうんざりして言った。「わたくしが何も知らないわけにはいかないでしょう？　だからあなたがたに訊きに来たの。孫に厚かましいと言われてもかまわないわ」

ううむ、一見簡単に達成できそうな目的だけれど、叔父さんとレディ・アバクロンビーに阻まれそうだ。公爵未亡人の発言を耳にして色めき立っている。

「今日、とおっしゃいましたか」ホーレス叔父さんが言った。驚きと悲しみの入り交じった戸惑いの表情を浮かべている。「それほど急だとは。時間はまだあると思っていたのに」

「もちろん時間はあるに決まってますわ」レディ・アバクロンビーが断固として言った。「ベアトリス、今日のうちにケスグレイブと結婚するなんてどう考えたって無理よ。マダム・ボランジェのところで花嫁衣装を発注するのもこれからなのに。パーティも計画しているし。もちろん大げさなものじゃなく、ささやかな夜会を開いて友人たちにあなたを紹介するの。ちょっとした社交界デビューというところね。デビューはまだのようだから」

ヴェラ叔母さんは、レディ・アバクロンビーが思いがけず結婚式の延期を支持してくれたので、うんうんとうなずきながら聞いていたが、ハッとして、とんでもない事実誤認に反論した。

「デビューは済んでいるに決まってるでしょ。夫はいまだにそのときのドレスが高かったとぼやいているのよ」

「ぼやいてないだろう」ホーレス叔父さんは否定したが、急に顔が真っ赤になったので、誰もが叔母さんの言い分を信じた。

「そうよね、デビューは済んでいるわよね」レディ・アバクロンビーがなだめるように言った。「言葉を間違えたわ。ごめんなさい。ちゃんとしたデビューはまだだって言うべきだった」

高貴な人を敬してやまない叔母さんだったが、侮蔑には我慢がならず、レディ・アバクロンビーに詰め寄った。でも三歩前に出たところで壁の染みのことを思い出したらしく、突然開陳されてもうみんなが見てしまったのに、あわててまた壁に張りついた。レディ・アバクロンビーは叔母さんには目もくれず、公爵未亡人に結婚について意見を求め、性急な結婚には反対だと聞くと、ほっと胸をなで下ろした。

「すでに大スキャンダルになっているのだから、火にスープを注ぐ必要はないわ」公爵未亡人は言った。

ベアトリスは笑った。ことわざが微妙に間違っているし、みんな大騒ぎしすぎだ。叔母さんも公爵未亡人もレディ・アバクロンビーも、ロンドン中の人がしゃべってしゃべってしゃべり倒してもまだ足りないみたいだ。誰が何と言おうと、予定は変わらないのに。もうすぐダミアンと結婚する――また時計をちらり――あと二時間と三十六分で。

でもそのとき、叔父さんが寂しそうにきゅっとケプラー伝を抱きしめるのが見えて、決意がほんのわずかに揺らいだ。

「スープなんて水っぽいものを注いだら、望みどおり鎮火するんじゃないの」ラッセルが、レディ・アバクロンビーの登場以来初めて口を開き、誰に言うともなくつぶやいた。

公爵未亡人は威厳のある目でラッセルを固まらせると、彼に尋ねた。

「あなたも軽率な結婚計画を支持するの？」

自分が美しい馬二頭を得ることとジャクソン氏主宰のボクシングジムにかようこと以外何も支持しない男であるラッセルは、すくみ上がって即座に否定した。

叔父さんも息子の返事にうなずき、少し延期してはどうかとベアトリスにやさしく言った。「ほんの一週間か二週間だよ」おずおずとつけ足す。「おまえはよくわかっていないようだが、昨夜の出来事は社交界のお歴々に大きな衝撃を与えた。舞踏室でおぞましい出来事が起きるなんて、過去には例がないからね。これからはあの人たちの一員になるんだから、彼らの意見に無関心なそぶりは何の得にもならない。人の目を気にしないのはおまえのいいところだけれど、それにも限度がある。おまえが公爵を射止めたことを、面白く思わない人もずいぶんいる。ほら、誰もライバルだと見なしていなかったからね。おまえの快挙に屈辱を感じる人も多い。となれば、陥れようとして悪いうわさを立てる人もあるかもしれない。わたしたちの望みはね、ほんの少し結婚を先延ばしにすることで、彼らに納得する時間を与えるということなんだ。そのほうがおまえも公爵さまも、この先やりやすくなるはずだよ」

ベアトリスは、ヴェラ叔母さんがぶつぶつ言い続けているのは聞き流していたものの、叔父さんの言葉は無視できなかった。公爵と不釣り合いなのは、誰より自分がよくわかっている。公爵の愛情に不安はないけれど、自分との結婚が彼に及ぼす影響はやっぱり心配だ。公爵の富と地位を考えれば、彼が面と向かって非難されたり、紳士クラブから追放されたりすることはないだろう。でも、陰口を叩く人や、耳に入るか入らないかのところで嫌味を言う人はいるかもしれない。

わたし以外の誰かが、公爵を揶揄(やゆ)するなんて我慢ならない。

もちろん、祖母である公爵未亡人は別だけれど。何といっても赤ん坊からのつきあいだから、むしろ優先権がある。

レディ・アバクロンビーは、叔父さんの思慮深い言葉に大満足だったが、結婚の時期については異議を唱えずにいられなかった。一、二週間やそこらでは、自分が考えている夜会の準備が全然間に合わない。少なくとも一ヵ月は必要だと。

「二ヵ月あればなおいいわ」レディ・アバクロンビーは続けた。「そうすれば夏に入るから、結婚式にぴったりの季節になるし。でもね、ベアトリス。わたしはとっても柔軟な頭の持ち主なのよ。あなたの幸せのためなら妥協もいとわないわ」

ベアトリスが配慮に感謝しようとしたそのとき、ドーソンに案内されて、昨夜の舞踏会の主催者であるスターリング卿が現れた。一同にうなずくように挨拶をすると、ベアトリスのほうを向く。

「ミス・ハイドクレア、突然の訪問を許してほしい」真剣な口調で言う。「だが昨夜の不快な出来事のせいで、あなたの心身に悪影響が出ていないか、この目で確かめるまでは気が気でなくてね。大丈夫かい？」

ベアトリスは、スターリング卿がしんから自分の心配をしていると一目で見て取り、心を痛めているのは、むしろ卿のほうかもしれないと感じた。予想もしなかったが、わからないではない。自分にとって、ウェム伯爵との対決は、長く忌まわしい物語のクライマックスであって、それが過ぎれば、あとは公爵の執事に好印象を与えられるかどうかを案じていればよかった。でもスターリング卿や叔母さんたちにとっては、物語の序章にすぎなかったのだ。

いっぽうスターリング卿の登場のせいで、叔母さんは窮地に追い込まれていた。新しい客をもてなすために壁から離れなければならないが、離れれば家の手入れのずさんさを露呈してしまう。叔母さんはぶんぶんと手を振ってフローラを呼び寄せると、すかさず染みの前に立たせ、じっとしているように命じた。晴れて自由の身となった叔母さんは、自分の朝食の皿をサッとテーブルの真ん中へ滑らせて疵を隠しながら、スターリング卿に挨拶をした。

「昨夜は夢みたいに素敵な舞踏会をありがとうございました」

大げさな賛辞は宙に浮き、しばらくしてとんちんかんな発言だったと気づいた叔母さんは、「お騒がせの前までは」とあわてて訂正した。でも今度は〝お騒がせ〟という言葉が、事件を軽んじているように響いてしまったので、つっかえながらも再度の訂正を試みた。「あの……ええと……つまり、誰もが驚天動地のトラウマ体験だと感じた驚天動地のトラウマ体験の前までは、という意味ですわ。それまでは、夢みたいな舞踏会でした。お花や……それから……いえ、まさしくお花こそが、目をみはるすばらしさでしたわ」

スターリング卿は、叔母さんの失態を気遣いの表れと受け取り、感謝の言葉を述べて花屋の名前を教えた。

ベアトリスはやり取りにふきだしそうだったものの、ふたりを傷つけてはならないと思い、唇を嚙んで目をそらした。ふと入口のほうへ顔を向けると、こっちでも笑いを誘う場面が待っていた。まだ残っていたドーソンが、気を抜いてドア枠にもたれていたのが、ふいに視線に気づいて跳び上がり、ゴンッと壁に頭をぶつけたのだ。しばらくすると、今度はブラックスフィールド卿がずかずかと部屋へ入ってきた。うしろには、ばつの悪そうな顔のヌニートン子爵も見え、入ってくるなりベアトリスと目が合うと、お手上げだとばかりに首を振った。

「ほれ見ろ、客を受け入れているじゃないか」ブラックスフィールド卿が勝ち誇って言った。「甥っ子のヌニートンが、ごたごたがあった翌日に訪ねても迷惑だと言い張るものでしてね。でも図らずも自分が演じた役回りを考えれば、ミス・ハイドクレアの無事を確認するのが、わたしの務めでしょう。そうして来てみたら、小さなパーティまで開いているじゃありませんか。ヌニートンは、まずは手紙を出せなんて言うんですよ!」

ブラックスフィールド卿は明らかにご立腹の様子なので、ヌニートン子爵は非を認めるようにちょっと頭を下げた。「そのほうがいいと思ったんですよ、叔父さま。招かれてもいない家に押し入って、スターリング卿の声をたどるよりは。でも、叔父さまは礼儀作法の達人ですからね」

ブラックスフィールド卿は、皮肉に気づいているのかいないのか、そのとおりだと認めると、どうやってウェム伯爵が両親を殺した犯人だと突き止めたのかと、熱心な口調でベアトリスに尋ねた。

「わたしには知る権利があるだろう。うちに訪ねてきて、クララとの関係を問いただした日の晩の出来事なのだから」

そう、ウェム伯爵は、ブラックスフィールド卿とベアトリスの母親が不倫関係にあると思い込み、その思い込みこそが、殺意を抱くほどの嫉妬を生んだのだった。

でも不倫は一つの口実にすぎなかったのだ。ベアトリスはそう気づき、両親の悲劇的な最期を思って、新たな悲しみの波に襲われた。ウェム伯爵は、両親をあやめる前からすでに心を病んでいた。仮にブラックスフィールド卿についての誤解がきっかけになっていなかったとしても、次の早とちりが同じ結末を招いていたに違いない。

クララとリチャード・ハイドクレアは、何年もの間、いつ殺されてもおかしくない状況にあったのだ。両親の記憶は頭の片隅にうっすらと残っているだけだけれど、三年でも四年でもなく、五年という時間を一緒に過ごせてよかった。

ブラックスフィールド卿がベアトリスから根掘り葉掘り事情を聞き出そうとすると、スターリング卿は、僭越（せんえつ）ながら彼が事件とどう関わっているのか興味津々だと言いだし、レディ・アバクロンビーが、タイミングよく自分の言い分が正しいと証明してくれたとしてふたりに感謝した。

「やっぱり四週間は必要なようね」レディ・アバクロンビーが満足そうにうなずく。「最低でもそれくらいは延期しないと」

ホーレス叔父さんは二週間でじゅうぶんだと主張したが、公爵未亡人はレディ・アバクロンビーの意見を支持した。「だってこの部屋は、さっきわたくしが申し上げたとおり、スキャンダルの火に注ぐスープだらけだもの」

今度も公爵未亡人の勘違いに気づいたラッセルは、それを言うなら〝スープ〟ではなく〝油〟だと訂正したところ、公爵未亡人から〝生意気な子犬〟を拝命するはめになった。部屋のあらは全部隠せたと思っていたヴェラ叔母さんは、それを聞いて真っ赤になり、テーブルクロスで息子を隠さなかったことを嘆いた。フローラが三週間という妥協案を出し、ブラックスフィールド卿が自分も見解を述べられるように何の話か教えてほしいと主張すると、ヌニートン子爵はベアトリスに顔を寄せて、叔父の訪問を阻止できなかったことを謝った。

「でも誓って言うけれど、かなり頑張ったんだよ。実際、他人のためにこれほど力を尽くしたのは、御者が馬の蹄鉄を交換する間、鞭を持ってやって以来だ」ヌニートン子爵は、部屋にあふれるおしゃべりの不協和音に負けじと声を張り上げた。

ベアトリスは、この優雅な子爵が、頑固な叔父のブラックスフィールド卿を食い止めようと奮闘する姿を想像して笑った。最初は冷たい人だと思ったけれど、会うたびにそうではないとわかる。

「ご尽力に感謝いたします。でも、その必要はなかったんですよ」ベアトリスはそう言いながら、入口に執事のドーソンが戻ってきたのを見つけた。また新しいお客さまかしら。ラルストン夫人が、ヴェラ叔母さんの返事を待ちきれずに訪ねてきたとか？　いや、ロンドン一のうわさ好きも、いきなり獲物の玄関先に現われて回答を迫りはしないだろう。それに、あんなに美しいブロンドの巻き毛ではなかったはずだ。とそのとき、ベアトリスはあることに気づいて驚いた。わたしの社交界デビューを台無しにした、陰険女のミス・ブロアムにそっくりだ。「我が家は朝から侵略……侵略されていて——」

でも言葉を続けようとしても無駄だった。会話に集中できるはずがない。部屋の入口に、大嫌いなミス・ブロアムの生き写しが立っているのだから。

違う。ベアトリスはぎょっとした。生き写しなんかじゃない。

ミス・ブロアムその人だ。

2

ベアトリスは、自分の社交生活を台無しにした意地悪女に立ち向かうため、部屋の入口へ大股で向かった。いろんな考えが頭を駆けめぐり、一つに集中できない。胸の中も大混乱で、いくつもの感情が渦巻いている。動揺、優越感、恐怖、好奇心、怒り、困惑、安堵、不安、驚き、嫌悪。一つの感情に襲われたと思ったら、すぐに別の感情が襲ってくる。

この瞬間を何度も思い描いてきた。そう、陰険な跡取り娘に何気ないひと言が持つ残忍さを思い知らせ、彼女をぶるぶると震える羞恥心の塊に変えてしまうような、長ったらしい演説まで密かに準備してきた。最初の社交シーズンは、ミス・ブロアムに悪口を言われた心の傷がまだ生々しく、どこへ行くにも彼女の言葉がついて回るようで、そんなときは対決の場面をあれこれ想像したものだった。最後はいつも、相手が涙ながらに謝罪をして、友達になってほしいとすがりつく。

でもそれも何年も前の話だ。怒りは鎮まり、今はなんとなく胸がざらりとするだけ。ミス・ブロアムから馬鹿にされたせいで、社交界の笑い物になったのは間違いない。しかも少女時代を息を殺して過ごした自分には、どうすることもできなかった。とはいえよくよく考えると、すでに動きだしていた運命が速度を上げただけだった。なんの魅力もないミス・ハイドクレアが、素敵なお相手を見つけられるはずがなかったのだ。万が一、社交界の花形に交じって楽しい数週間を過ごせたとしても、万が一、うわべだけでも洗練さをまとって何人かのハンサムな殿方とお近づきになり、たとえば自分と同じく旅行記と科学に関心を寄せるミスター・バーンと仲良くなったとしても、壁の花という立ち位置は不動のものだっただろう。実を言うと、ミス・ブロアムから馬鹿にされて、自分のおめでたさにハッと気づいた。社交界デビューに浮かれて、身のほどをわきまえず、美貌や気品や財産といった長所がなくてもお相手が見つかると信じてしまっていた。

そんなこと、あるはずないのに。

自分の思い上がりが恥ずかしくて臆病になり、臆病さゆえに口をつぐんだ。

六度のシーズンをとおして世間話にもろくに応じられなかったのは、ミス・ブロアムのせいじゃない。自分自身の問題で、すべて自分の責任だった。それにヒバリが歌うのを責められないように、狙撃の名手が完璧に狙い撃つのも責められない。

それでも今、宿敵に近づき、きれいな顔に好奇心がにじむのを見ると、忘れかけていた怒りが復活してくる。何年も前の出来事なのに、こんなに激しく憤ることができるなんて。あれは本当に理不尽だった。よりによって、どうしてわたしをつまはじきの対象に選んだのだろう。他にもっと狙うべき相手がいたはずだ。ミス・ブロアムの成功を脅かしそうな、財産と家柄と野心を持つ有望な娘たちが。わたしが持っていたものといえば、鼻に散らばるそばかすと、それが独特な魅力を添えてくれるかもという淡い期待だけだったのに。そのうぬぼれが、自尊心を支えるすべてだったのに。

あのときの手際のよさったらなかった。ミス・ブロアムは〝くすみちゃん〟というあだ名をつけて薄汚い小ネズミ呼ばわりすることで、わたしの自尊心を一瞬で粉砕した。

チュウ、チュウ、チュウ。

これまでに調査した殺人事件に比べれば、取るに足りない意地悪に思える。ただの悪口だし、所詮、言葉は体を傷つけられない。でも、悪党はいつもナイフを使うと信じるのは世間知らずだ。二度と立ち上がれないほどの破滅は、うわさ話や陰口、そして本当らしく見せるに足る分だけの事実を混ぜ込んだ作り話によってもたらされるものだ。社交界の面々は、優位に立とうと絶えず争っていて、しかるべき人の耳元で何かをちょっとほのめかすだけで、ライバルを密かに引きずりおろせる場合もある。

というのが、公爵との結婚を一、二週間延期すべきだと叔父さんが言う理由だった。ウェム伯爵と前代未聞の対決をしたあとだから、社交界の人々はその気になれば陰口を叩き放題だ。そんなときに自らうわさ話の種を追加するなんて、命知らずにもほどがある。

部屋の入口へ向かう短い時間でいろんなことを考えたものの、最後は結婚の延期について考えながら対決の瞬間を迎えた。キッと顎（あご）を上げると、ミス・ブロアムは親しげな目でこちらを見ている。どういうこと？　ベアトリスは戸惑った。明るいブラウンの瞳は、好奇心に輝いているだけで、羞恥心のかけらもない。

普通に考えて、ちょっとは恥じらってもいいはずだ。六年前の意地悪を別にしても、関係者でもないのに、大事件の翌朝に当人を訪ねるなんて、大好物の前でよだれを垂らすくらいはしたない。

ミス・ブロアムは単刀直入に切り出した。

「突然お邪魔してごめんなさいね、ミス・ハイドクレア。でも急ぎの用なの。ふたりきりで話せないかしら」

ベアトリスは断ってやりたかった。やっとめぐってきた復讐のチャンス。いじめの張本人が自ら訪ねてきて、わたしの助けを必要としている。恨みを晴らすためには、静かにドアを閉めればいい。

でもそうすると、部屋に残って、結婚の延期を求める大合唱を聞き続けることになる。たった今も、騒がしい中から、スターリング卿が特別結婚許可証による結婚式のみすぼらしさを嘆く声が聞こえてきた。

きっと結婚延期強硬派の誰かが言わせたに違いない。

叔母さん、叔父さん、レディ・アバクロンビーや公爵未亡人までもが結託し、今すぐ結婚することに異を唱えている。さすがのわたしも根負けするかもしれない。

やっぱり、あと一分だってこの部屋にはいられない。

ベアトリスは勢いよくうなずき、ミス・ブロアムの願いを聞き入れた。

「いいわ、叔父の書斎へ行きましょう」

ベアトリスは、ミス・ブロアムを連れて静かに廊下を進んだ。結婚の決意が揺らいでいる自分の弱さに気を取られ、彼女の用件がどんな質のものかまで頭が回らなかった。それより、結婚を延期した場合の弊害を洗い出すのに一所懸命だった。まず、叔母さんたちともうしばらく一緒に暮らさなければならない。でも何より耐えがたいのは、これ以上長くケスグレイブ公爵と離れればなれでいることだ。

ハイドクレア家の居間で、公爵がたっぷりと時間をかけて夢みたいな別れの挨拶をしたのは、たった十時間前のこと。でももう何年も会っていない気がする。ここ二時間は、まず叔母さんにじわじわと圧力をかけられ、それから他の人も加わっての猛攻撃が始まったから、その対応に忙しかったけれど、公爵への恋しさは募るばかりだった。ただ単にくだらない大騒ぎから逃れたいだけなのか、それとも騒ぎのくだらなさを公爵と一緒に笑いたいからなのか。

ベアトリスは、叔父さんの書斎のドアを開けた。狭い部屋にはオークの書き物机があるが、机の面が見えないほど台帳や紙挟みがごちゃごちゃと積み上げられている。こんなに散らかった部屋へお客を招いたと知ったら、ヴェラ叔母さんは肝(きも)を潰すだろう。

姪っ子の分別のなさに恐れをなして、今すぐ家を出ていけと言うかもしれない。そうなれば、結婚を延期せずに済むのでは？

そううまくいくはずはない。ベアトリスは残念に思いながら、暖炉の前の肘掛け椅子を勧め、自分も隣の椅子に座った。

「さて、お役に立てることはあるかしら」

腰を据えたところで、ベアトリスはようやくミス・ブロアムの目的は何かと考えだした。関係を修復しに来たというところだろうか。人々の予想にことごとく反して、薄汚い小ネズミの〝くすみちゃん〟が公爵を捕まえたのだから、ミス・ブロアムほど本能の鋭いご婦人なら、未来の公爵夫人と仲良くしようとするだろう。

そういえば、もうミス・ブロアムじゃない。ベアトリスはふいに思い出した。姓が変わって何年にもなる。最初の社交シーズンが終わる頃、ソールズベリーのミスター・ノートンと結婚したのだから。ノートン夫人となった彼女は、妻の務めを立派に果たし、後継者（エア）の長男と予備（スペア）の次男に続いて、最悪の事態が起きても領地を継承できるように、三男まで産んである。最近はサウス・オードリー・ストリートの洒落たタウンハウスで、しょっちゅう晩餐会を開いている。仲良しはレディ・ジャージー、お気に入りはリーベン伯爵夫人、オペラで同じボックス席によく座るのはデズモンド夫人だ。

彼女ほどの立場なら、ケスグレイブ公爵夫人と敵対するわけにはいかない。だから和解をしたいのだろう。

びっくり仰天の展開。ミス・ブロアムが謝る場面は何通りも想像したけれど、まさかごまをする日が来るなんて。

よし、慈悲深い態度でいこう。ベアトリスはそう決めた。はからずも公爵夫人になるのだから、寛大な心を持つべきだ。それに、ふいにこみ上げた怒りは、ふいに消えてしまった。よく考えるとここ数年は、ミス・ブロアムに陰口を叩かれたことなど、とくに気にしてもいなかった。かつての宿敵がもじもじする姿を見るのは、胸のすく思いだろうけれど、自尊心の傷を癒やすためだけに、わざわざ怒りを甦らせることもない。

とはいえ、そこまでできた人間でもないから、心の中でほんのちょっぴりはほくそ笑んでしまう。公爵夫人らしさを示す最初の機会をくれるのが、かつての宿敵だなんて。

ベアトリスは、相手が口も開かないうちから、すばらしい時間をありがとうとお礼を言いそうになった。

ノートン夫人は、擦り切れた革の椅子に座って背筋を伸ばし、突然の訪問をあらためて謝った。

「あんなにたくさんのお客さまがいらっしゃると思わなくて……考えてみれば当たり前よね。ごめんなさい。こんなふうに人の家に押しかけるなんて、普段のわたしなら絶対にしないのよ。過去に接点があれば、これほど気まずくはなかったのだけれど。たとえば、同じ年に社交界デビューをしたとか……でもあなたがデビューした年には、わたしはすでにミスター・ノートンと結婚して身ごもっていたから。いずれにしても、ここまで来たら、話さないでは帰れないわ。わたしを助けられるのは、あなたしかいない」

ノートン夫人は息をつぎ、あらためて口を開いた。

「助けてほしいの」はっきりと、でも妙に早口で言う。一気に話してしまわなければ決心が鈍ると不安がっているかのようだ。「昨夜のスターリング卿の舞踏会にわたしもいたの。それで見たのよ、あなたが……ウェム卿と……そう、会話しているのを。驚いたわ。本当にびっくりした。その……ご両親のことも……つらかったでしょう。わたしったら全然知らなくて。とても……悲しい、そう、悲しいことだわ。だけどウェム卿とのやり取りを見て、あなたには口を閉ざそうとする人間から情報を引き出す才能があるとわかったの。そしてわたしが今求めているのは、まさにその能力よ。何度も言うけれど、こんなお願いをするのはおかしいってよくわかっているし、昨夜の出来事が一度きりのことだと思ったら、押しかけてきたりしない。でも最近、いろいろな……うわさを耳にしたの。ラークウェル家の舞踏会でトーントン卿と何があったかとか。もちろん、みんなと同じように、テラスの松明でちょっとした事故があっただけというラークウェル卿の話を信じているけれど、昨夜の出来事を見ると、考えをあらためざるを得ない。それにラルストン夫人が先日話していたの。レイクビュー・ホールでスパイス商人に不幸があったとき、あなたも屋敷にいたと。そして、ひょっとするとあなたが関わっているのじゃないかって。つ

まり……スケフィントン侯爵夫人の身に起きた事態に。すべてを考え合わせると、
あなたは相当に腕のいい探偵のようだわ。そしてわたしは……わたしが必要として
いるのは、まさしく相当に腕のいい探偵なのよ」
　ベアトリスは声を上げて笑った。
おっと、失礼な反応をしてしまった。いや、ひどすぎる。ノートン夫人が勇気を
振り絞って話したのは、肩の力み具合や、つかえながらまくし立てる話しぶりから
一目瞭然なのに。彼女だって、好んでミスター・ハイドクレアの書斎の暖炉の前で
姪っ子に助けを求めているわけじゃないのだ。

　それでも笑いが止まらなかった。自分の社交生活をぶち壊した相手が、自分のこ
とをまるで覚えていないなんて、冗談にもほどがある。こちらは恨みを募らせてい
たのに、意地悪女は、存在を覚えておくという最低限のマナーすら守ってくれなか
ったのだ。子どもの頃から、いちいち覚えていられないほど多くの子をいじめてき
たのだろうか。それとも、わたしの存在感が薄すぎるだけ？

　きっと後者だ。ベアトリスはそう思い、落ち着きを取り戻そうとした。
なんておめでたいのだろう。かつてミス・ブロアムがわたしに目をつけたのは、

特別な理由があると思っていた。でも、ただの偶然だったのだ。なぜだか知らないけれど、この跡取り娘は手頃な犠牲者が必要になり、ふとあたりを見回すと、わたしが近くにいたというわけ。

それくらい単純な理由で、個人的な恨みなんてなかった。

ああそれに、自分の存在を覚えている前提だったのもおめでたいけれど、許しを請いに来たとまで思うなんて。

今度こそ、心からお礼を言わないと。自尊心が膨らみ始めた瞬間に、ぷすりと針で刺してくれたのだから。

しかも、婚約してまだ一週間しか経っていないのに！　一ヵ月後には、どうなっているだろう。自尊心が気球みたいに大きく膨らんで、空高く昇っているかもしれない。

ノートン夫人は、唇を白くなるほど嚙みしめて、ベアトリスの笑いが収まるのを待っていた。いけない。ベアトリスは、相手にとって苦痛な時間を引き延ばすことの残忍さに気づいて、さっと笑いを引っ込めた。

「ごめんなさい」ベアトリスは身を乗り出し、本心だと伝えたくて、ノートン夫人の手を取りかけた。でも馴れ馴れしいしぐさが許される間柄じゃない。ベアトリスはそう思って、椅子の肘掛けを握りしめた。かといって、自分の馬鹿さかげんを説明する気にはなれないから、おかしな態度を昨夜の事件のせいにした。「あなたの言うとおり、大変な夜だった。思ったより動揺しているみたい」

ノートン夫人は、当然だというようにうなずいて、さっと頬を赤らめた。

「やっぱりそうよね。わたしったらこんなときにひどい。もう……おいとまするわ」

「待って、どうぞ行かないで」ベアトリスは今度こそ手を取って、ノートン夫人の動きを封じた。目的を聞かずに帰しては、気になってしかたがないし、それには耐えられそうにない。「お願い、まだ帰らないで。どう見てもお悩みの様子だし、あなたの助けになりたいの。昨夜の件はさておき、わたしが腕のいい探偵だというのは、買いかぶりだと思う。でも問題解決の糸口くらいなら、見つけられるかもしれない」

白々しい嘘だった。優秀な探偵の自覚はあるし、事情がわかれば全力で調査に当たる心の準備はできている。どのみち、たいした事件ではないはずだ。ここ数時間のうちに死人が出ていたら、ノートン夫人だってすました顔で座ってはいないだろう。それに昨夜のドタバタ劇を見て名探偵だと確信したとしても、良家の奥さまなら、嫁入り前の娘に死体を見せるなんてマナー違反はしないはず。

良識ある社交界の一員とはそういうものだ。

とすると、ノートン夫人の問題は、殺人事件に比べればずっと簡単なパズルに違いない。結婚式の当日でなければ、喜んで依頼を引き受けたのだけれど。

本当に？　ベアトリスはすぐに思い直した。ケスグレイブ公爵夫人が社交界のお仲間から気安く調査を引き受けるなんてありえない。叔母さんは脳卒中を起こすだろうし、叔父さんは、姪っ子が社交界を嗅ぎ回って秘密を暴くところを想像して、顔色を見たこともない紫色に変えるだろう。ラルストン夫人は大喜びするはずだ。おいしいスキャンダルに目がないし、ケスグレイブ公爵の新妻が素人探偵を始めるなんて最高のネタだから。

当の公爵も、わたしの探偵癖に驚くほど深い理解を示しているけれど、妻が殺人事件の調査を日課にするとなれば話は別だろう。社交界の手本として尊敬を集めてほしいとは思わないにしろ、公爵ほどの身分となると、ほんの少し伝統を外れるだけで、五百年の歴史を持つ血統が品性を回復せよと騒ぎだす。

　正直に言うと、そんな将来像は自分も描いていなかった。殺人犯を追いかける日々なんて。だってケスグレイブ公爵夫人になったら……そうしたら……。

　でもその先は想像できなかった。公爵夫人として何をすべきか、見当もつかない。婚約してまだ一週間程度だし、その間も両親の事件を調査したり、悲しい最期を嘆いたりしてばかりいた。公爵夫人になるとはどういうことか腰を据えて考えたのは、叔母さんに〝公爵家の使用人リスト〟を見せられたときくらいだ。そのときだって、今後自分が監督することになる使用人の多さに恐れをなして、文字どおり逃走し、謎を用意して待つレディ・アバクロンビーの屋敷へ駆け込んだ——その謎こそ、両親の殺人事件だったわけだけれど。

　真相を突き止め、悪者をこらしめた今、わたしの任務は公爵夫人という役割になじむことだけだ。大急ぎで取りかかろう。具体的に何をすべきか、わかり次第すぐに。

　ノートン夫人は、ベアトリスが突然アイデンティティの危機に見舞われたことなどつゆ知らず、心やさしい申し出に感謝した。「本当にありがとう。わたしのつまらない悩みなんて、あなたには面倒でしかないはずだし、お願いをするのも厚かましいとわかってる。わたしにあなたの時間を奪う権利はないんだから。今ですら、押しかけたことを謝って、これ以上は無理強いをせずに帰ろうかとも思っているわ。でも他に頼る当てもないし、あなたってば、とびきり賢いんだもの。わたしももっと賢い女だったらよかったのに。そうすれば、自力で問題を解決できるんだから」

社交界での地位をやすやすと確立した女が賢くないなんて信じないが、あえて反論するつもりもない。でもそこで気づいた。ノートン夫人は謙遜してみせただけだ。頼み事をする気まずさの埋め合わせに、自分を卑下してみせたのだ。わたしも彼女の立場なら同じようにしただろう。

「面倒なんかじゃないわ。気にしないで」ベアトリスは穏やかに言いながら、頭のどこかでは自分の将来という厄介な問題について考え続けていた。公爵が言うには、領地は管理人のもとで円滑に運営されていて、今後もその体制を維持するつもりであり、わたしは何も手伝う必要がないらしい。妻としての唯一の務めは楽しく過ごすことで、公爵家の図書室にこもってすばらしい蔵書を読みあさりたいなら、それがわたしの務めだそうだ。

ベアトリスは、その将来像に戸惑う自分に気づいて愕然とした。叔母さん一家と暮らした長い年月の中で、心から望んだものといえば、夢中になれる本と、その本に浸ることのできる静かな場所くらいだったのに。かつては救いだったものが、今は自分を追いやるものに思える。屋敷を取り仕切らずに、図書室に閉じこもれば、どんな場所かもわからないうちに、何かを譲り渡すことになるのでは？

ベアトリス、そんなにやわじゃないはずよ。

ふと、バークレー・スクエアにいる公爵の執事の姿が頭に浮かんだ。体も態度も大きい男だった。屋敷に入れてほしいと頼むわたしを見下ろしたときの、いばりくさった目つきときたら。あのときは男装をしていたし、人の家を訪ねるには非常識な時間帯だったけれど、今、ありのままの姿で訪ねたとしても、温かく迎え入れられるとは思えない。威厳たっぷりのマーロウが相手じゃ、財産も家柄もない平凡な行き遅れの女は手も足も出ないだろう。

正直に言えば、毎日マーロウにあきれられて、平気でいられるかわからない。

でも自信がないからこそ、日々の戦いが重要になる。今まで外の世界に尻込みしてきたから、やっと手に入れた我が家で縮こまるわけにはいかない。だから――。

おっと、また別のことを考えてしまった。ベアトリスは頭を振って、結婚生活の心配事をすべて脇へどけた。話に集中しなければ、ノートン夫人に申し訳ない。ベアトリスはそう思い、心境の変化に気づいて笑みを浮かべた。変なの、さっきまで怒ったり軽蔑したりするだけだったのに、ちゃんと話を聞く気になるなんて。

幸いにも、大事な話を聞き逃してはいないようだ。ノートン夫人は、まだお礼を述べ続けている。「でも本当に馬鹿だったわ。あなたは、わたしにかまっている暇なんてないと気づくべきだった」

また自分を卑下するふりだ。ベアトリスはそう思って受け流した。

「大丈夫、少しなら時間は取れるわ」朝食の間の騒ぎは当分収まりそうにないし、収まるまでは戻りたくないもの。

「すごく突拍子もない話に聞こえると思うけど」ノートン夫人は頰をうっすら上気させた。よほど荒唐無稽な話をするのだろう。「正直に言って、わたし自身も信じているかわからない。でもすべての可能性を検証するまでは、心穏やかでいられないわ。子どもの頃、おじいさまが寝る前によく聞かせてくれた物語で、ただの作り話だと思ってた。おじいさまの遺書を読んで初めて、現実の話かもしれないと気づいたの」

そこでノートン夫人は口をつぐんだ。先を続けるか迷っているのかもしれない。

ベアトリスはあわてて励ました。「わたしの経験からして、信じられない話が本当だということはよくあるわ」具体例を挙げるのはやめておこう。宿敵にのろけ話をしてもしかたがない。

「ありがとう」ノートン夫人が言った。「わたしったら馬鹿ね。さっさとすべてを話して、信じるかどうかは、あなたの判断に任せればいいのに。昔、ジャン＝バティスト・タヴェルニエという男がいたの。十七世紀のフランスの宝石商だった」

ベアトリスは大きくうなずいた。「十七世紀のフランスの宝石商ね」

ノートン夫人は目を見開いた。「まさか知ってるの？」

「ええ、知っているわ」ベアトリスは言った。「アジアを長く旅したときのことを彼自身が書き残している。『ジャン＝バティスト・タヴェルニエの六度の旅』という本で、内容が詰まっているし、読み物としても面白い。鋭い観察眼を持っていて、才能ある人類学者でもあった人よ」

「あら、よかったわ」ノートン夫人はつぶやくように言った。「とってもよかったわ。それなら、信じられない話だとは思わないかも。わたしの祖父の父が——つまり、わたしの曾祖父のパーシュス・ブロアムのことなのだけれど——彼も貿易商だったの。イングランド北部の農家出身だった。とても貧しい農家よ。だから地元を離れて王立メソポタミア会社に入った。やがてペルシャへ渡り、たばこ貿易に関わりだした。想像できると思うけれど、大変な事業だった。粗野で無学な労働者と渡り合わなければならなかったから。でもどうにか味方を見つけた。〝ショウ〟という名前のその国の支配者が、ずいぶん力になってくれたの。だけどそのとき、ショウが地元の人と喧嘩をして、失脚してしまった。一七四〇年代中頃のことよ」

〝喧嘩〟だなんて。ベアトリスはほほ笑みそうになるのをこらえた。十五人の家臣が共謀して、頭をちょん切ったというのに。ナーディル・シャーの惨殺をについては、暗殺後の混乱をなんとか逃れたシャーの侍医、ペール・ルイ・バザンが詳しく書き残している。

「でもミスター・ショウが殺される前に、ひいおじいさまは重要な働きをしたの。家臣の中に不平不満を言っている人が何人かいると忠告をした。ミスター・ショウは、お礼に、とんでもなく価値のある宝石をくれた」ノートン夫人はそこで話を切り、深く息をついた。「わたしのこと、おかしな女だと思っているでしょう。それどころか、こんな荒唐無稽な話を信じるなんて、まぬけにもほどがあると思っているでしょう。否定しなくていいのよ、ミス・ハイドクレア。顔にはっきりと書いてあるもの」

「そんなこと思ってないわ」ベアトリスはすぐさま否定した。何かが顔にはっきり書いてあるとしたら、それは純粋な驚きだ。元ミス・ブロアムの祖先が、ペルシャ屈指の統治者の暗殺に関係していたなんて。ナーディル・シャーが破滅した原因は、護衛兵に暗殺されると本人が思い込んでいたためだと言われている。でも暗殺計画を示す根拠はなく、健康状態の悪化による妄想だと考える人も多い。

でもひょっとすると、暗殺されると思い込んだのには、理由があったのかもしれない。

どこかの学者に報告するべき？　わたしが読んだ歴史書の著者は存命かしら。

向かいに座ったノートン夫人は、ベアトリスが考え込んでいるのを、話を信じていないからだと誤解したらしく、口をへの字にゆがめた。

「おじいさまの話を信じるなんて、とんだ馬鹿女だと思っているのでしょう。けっこうよ。さきほどと同じくあなたの判断を受け入れて、四ヵ月前、おじいさまが死の直前に書いた手紙をお見せしましょう。これを読んだあとも、子どもだましの夢物語だと言えるかしら」バッグから手紙を取り出す。「インクのにじみは気にしないで。読んでいるうちに感極まってしまったみたい」

ベアトリスは、有名な史実に驚きの脚注がついたこと以外、話の要点がよくわからなかったので、差し出された手紙を黙って受け取った。たしかに、手紙にはインクの染みがいくつもついている。感極まったノートン夫人が涙を落とした箇所なのだろう。筆跡は丁寧で乱れがなく、あちこちに染みがあるわりに、文字は読み取りやすかった。

可愛いマディへ

人生が終わりに近づき、自分の死に向き合うときが来た。でも直視できない現実がある。それは、もう二度とおまえの美しい顔が見られないことだ。刻一刻と容態は悪化しているから、死ぬ前に会うことはできないだろう。いとしい、いとしいマディ。

晩年を幸せに過ごせたのは、おまえという喜びのおかげだ。孫はみんな可愛いが、心がきれいで、愛娘のジュリアにそっくりのおまえは、胸の中で特別な場所を占めている。

楽しい時間をたっぷりと一緒に過ごしたのに、言い残したことがある。おまえの将来の安寧に必要な、大事な話だ。時間はまだまだあると思っていたのが間違いだった。老人は誰しも、そう思うものだろう。手遅れになる前に、おまえが枕元に来られたらよかったが、この忌々しい嵐では馬車も動けない。だから、こんなふうに残念な形でさよならを言う他ないのだ。じきに別れのときが来るが、子どもの頃に聞かせた物語が、置き土産となっておまえを慰めるだろう。アクバル氏を覚えているかな？　今は庭にいる。庭を訪れて彼を見つければ、何不自由なく暮らせるはずだ。

そろそろペンを置かねば。蝋燭（ろうそく）の火は消えかけているし、医者が疲れた頭を休めろとうるさい。死んだら悲しんでおくれ。でも少しでいい。充実した、自分にはもったいないほど幸せな人生を送れたのだから。

いとしい、いとしい孫娘よ、さようなら。

胸いっぱいの愛を込めて

祖父オーガスタス・ブロアムより

ベアトリスの頭にいくつかの考えがひらめいた。突拍子もない考えだけれど、当たっているとしたら、ノートン夫人が信じられない話だと繰り返すのもうなずける。でも口に出す前に、手紙を読み直した。死にゆく老人のしめっぽい嘆きは申し訳ないけれど読みとばし、アクバル氏の名前に目を留めた。偶然にしては、できすぎている。他の情報を考え合わせればなおさらだ。

やっぱり間違いない。元ミス・ブロアムの頼み事とは、ローズカットの施された二百八十カラットのダイヤモンドを捜し出すことだ。

我ながら、すばらしい発想力。

ベアトリスは淡々と言った。

「おじいさまは、かの有名なダイヤモンド〈グレート・ムガル〉をどこかに隠した。その捜索を手伝ってほしいというわけね」

ノートン夫人は、名推理に驚きと口惜しさの入り交じった、ともすると滑稽な表情を浮かべた。ベアトリスは彼女の気持ちがよくわかった。すごい話でびっくりさせようとしたのに、相手は憎らしいほど頭がよくて先回りをする。悔しくてたまらないだろう。わたしも公爵のせいで何度も同じ悔しさを味わっている。

ノートン夫人は、いらだち交じりの驚いた表情を崩さず、あんぐりと口を開けてベアトリスを見ていたが、しばらくして言った。

「いったいぜんたい、どうしてわかったの？」

お客さまに恥をかかせるわけにはいかない。ベアトリスは、単純な話だとは言わずに、結論に至る道筋を説明した。

「アクバル大帝よ。ムガル帝国の拡大を主導した人物。手紙に彼の名前があったのが、大きな手がかりになった。おじいさまもヒントのつもりだったんじゃないかしら。それから、あなたは最初にジャン＝バティスト・タヴェルニエの名前を挙げた。彼は旅行記にダイヤモンドのことを書いている。タヴェルニエがダイヤモンドを目にしたのは、インド滞在中のことだった。でもナーディル・シャーが」ノートン夫人が〝ショウ〟と言ったのは間違いだと教えるために強調した。「数十年後にムガル帝国に侵攻したとき、ダイヤモンドを戦利品の一部として手に入れた。この経緯は、同時代のペルシャの宮廷歴史家が書いた歴史書に記されている。ダイヤモンドは、シャー暗殺後の混乱で失われたと考えられていた。でもその仮説は間違っていたようね。実際には、シャーがあなたのひいおじいさまに与えて、ひいおじいさまがイングランドへ持ち帰り、息子、つまりあなたのおじいさまであるオーガスタス・ブロアムに渡した。そしておじいさまはとても上手に隠した。あなたが見つけられっこないと不安になるくらいに」

ノートン夫人は目を細めてゆっくりとうなずいた。

「すばらしいわ、ミス・ハイドクレア。すばらしいとしか言いようがない。あなたをずいぶん見くびっていたみたい。昨夜のパフォーマンスもすごかったけれど、てんでばらばらの情報から結論を導き出す手腕は、まさに目をみはるものがある」

昨夜の悲惨な出来事を〝パフォーマンス〟と言われ、ベアトリスはさっと身を引き肩をこわばらせた。強気で抗議しなければと思うけれど、ちゃんと頭が働かない。

ウェム伯爵との対決は、社交界の人たちの目にそう映っていたの？

「あらいやだ、違うの」ノートン夫人は、ベアトリスの引きつった顔に気づいて大きな声で言った。「あんな言葉が口をついて出るなんて、信じられない。わたしったら嫌な女ね！　浅はかで意地悪だわ！　どうか信じて、ミス・ハイドクレア。昨夜の恐ろしい状況を、演劇の一場面と同じに考えたことなんて一秒もない。本当よ。許してちょうだい。そうでないと、立ち直れないわ。お願いだから、許すと言って。ねえ、このとおりよ。わたしのことを、どうか冷酷な女だと思わないで」

何年も前、ベアトリスは、彼女がまさしくこのすがるような声で許しを請うさまを想像したものだった。今、妄想ではなく、現実にその姿を目の当たりにすると、あまりの滑稽さに笑いそうになる。この世界はなんて不思議なところだろう。

「ええ、許すわ」ベアトリスは、笑みを浮かべて肩の力を抜いた。でも、不愉快な考えを頭から追い払うことはできなかった。注目を浴びようとしてウェム伯爵とのおぞましい場面を演出したと、本気で思っている人がいるのだろうか。

「ミス・ハイドクレア、あなたは天使よ」ノートン夫人は真顔で言って、ほっとした様子を見せた。「だから今度は、助けると言って。断っておくけれど、自分には無理だと謙遜(けんそん)してごまかさないでね。ラルストン夫人の言葉どおり、あなたはどう考えても優秀な探偵なんだから。違うとは言わせない。良家の娘なら謙虚であるべきだけど、度が過ぎると自慢ばかりするのと同じくらい野暮よ。わたしにはわかる。あなたなら頑固者のローズ氏とひと言かふた言交わしただけで、すっかり謎を解いてしまうわ」

うわさ好きで有名なラルストン夫人の名前を聞いて、ベアトリスはまた不安に襲われた。叔母さんたちが公爵との性急な結婚を心配しているのを思い出したからだ。いや、性急なんかじゃない。ベアトリスは開き直るようにそう思った。公爵が特別結婚許可証を手に入れてから、もう一週間が経とうとしている。慎重に事を進めすぎているくらいだ。ベアトリスは明け方の別れのキスを思い出して身もだえした。

今すぐにでも、妻になりたい。

とはいえ、ラルストン夫人を甘く見てはいけない。そんなことをしたら、公爵が笑い物になる危険がある。ロンドンで一、二を争う社交上手のノートン夫人に貸しを作っておけば、少しは公爵を守れるかもしれない。

これは一考に値する。

「ローズ氏と言ったかしら」ベアトリスは、考え事をしている間に、何か聞き逃したかもしれないと思って訊いた。

「ええ、おじいさまがあれこれ管理させるために雇った事務弁護士よ」ノートン夫人が言った。「手紙にあった、〝庭〟というのは、ローズ氏のことなの。わたしも直接話をしたけれど、ダイヤモンドの存在を認めようとしないし、もちろん隠し場所も教えてくれなかった。わたしはおじいさまの後継者じゃないから。その栄誉は伯父のガレスのものだけれど、伯父は宝石の存在を知らないし、宝石がなくても死ぬまで贅沢三昧できる。そういうわけで、ローズ氏は、わたしが行っても、相続や遺産の相談にはいっさい応じてくれないの。とんだ悪人よ、ミス・ハイドクレア。今際の願いを無下にする、人でなしの悪党よ。ひどいことをしておいて、よくおめおめと眠れるわよね。手紙を見せたら、本物だと認めはしたの。おじいさまの筆跡はよく知っているから。それなのに人情も良識も通じない。でもあなたなら、きっと突破口を開けるはず」

ノートン夫人の確信に満ちた話しぶりに、ベアトリスは反論してみたくなった。

「わたしなんかが行っても――」

「そこまで」ノートン夫人は、ぶんぶんと首を横に振って、発言を封じるように右手を上げた。「また無神経なことを言ったらごめんなさい。でも思い出して。あなたは昨夜、招待客がひしめく舞踏会のど真ん中で、人殺しから自白を引き出したのよ。最高に華々しい人たちが集まる舞踏会でよ、ミス・ハイドクレア。断りたいなら、どうぞお断りになって。わたしにはあなたに命令する権利はないし、女性にやりたくないことを無理強いするつもりもないわ。でも、できるかどうかわからないと言うのは、お願いだからもうやめて。わたしがこの二十四時間で目にした事実を考えれば、あなたにできないことなんてあるのかしら」

ベアトリスは、自分がここまでの絶賛に値しないとわかっていた。ウェム伯爵は、クララが他の男と恋仲にあると思い込み、長年怒りを溜め込んでいたから、その怒りを噴き出させるためには、ほんの少し挑発するだけでよかった——けれども、褒めちぎられてうれしくないと言えば嘘だった。それどころか、うれしくてめまいがする。だって称賛の言葉を口にしているのは、かつてわたしを馬鹿にして見下した女なのだから。叶うなら、最初の社交シーズンに飛んでいって、若き日の自分に耳元でささやいてあげたい。目の前の意地悪令嬢は、いつの日か、あなたに最高の賛辞を送って、助けてほしいとすがりつくと。

昔の冴えないミス・ハイドクレアは、絶対に信じないだろう。

そしてそれは現実となり、今の冴えないミス・ハイドクレアもにわかには信じられなかった。だから答えた。

「引き受けるわ」

3

ベアトリスは、もう絶対に朝食の間へは戻りたくなかった。戻ればまた、結婚を延期しろとうるさく言われるだけだ。でも戻らないのも気が引ける。良心の呵責さえ感じずに済めば、自分の部屋にひきこもって、気持ちの整理ができるのだけれど。まあ、しかたがない。腹をくくって朝食の間へ戻ろう。

だって申し訳ない状況だから。ベアトリスは苦々しく思った。行き遅れの冴えない娘が玉の輿に乗るなんて、世間さまに申し訳ない。自分からはあまり物を言わず、控えめにしていなくては。

もともとそういうタイプではある。六度のシーズンをとおして、やさしく話しかけられても、〝ええ〟とか〝まあ〟としか返せなかった。でもたった今、にっくきミス・ブロアムをひれ伏させたのは誰？　持ち前の知性と度胸で宿敵をアッと言わせられたのだから、おせっかいな親戚を説き伏せることもできるはず。

やってやろうじゃないの。穏やかに、でも確実に事態を収拾してみせる。ベアトリスは、ドアノブをつかんだ。すっと息を吸い込んで胸を張り、勇気をかき集めていざ突入——。

部屋にいたのは、ケスグレイブ公爵だけだった。

彼の姿を見た瞬間、心臓がばくばくして、息ができなくなった。ドアノブを握りしめたまま立ち尽くす。感覚が麻痺（まひ）していく。なんてハンサムなのだろう。流行より少し長いブロンドの巻き毛が額にかかり、ブルーの瞳はわたしの驚く様子を面白がってきらきらしている。こんなふうに不意打ちをされて、わたしがどう感じるかなんて、すべてお見通しなのだ。胸がいっぱいで何も考えられない。ベアトリスは息を整えようとしながら、言葉もなく公爵を見つめた。

公爵はわたしを待っていたに違いないから、自分から口を開いてもよさそうなものだ。でもわたしが彼を見つめるように、彼も黙ってわたしを見つめ、しまりのない笑みを浮かべている。こちらもきっと、にんまりとまぬけな笑みを浮かべているのだろう。

馬鹿みたい。今すぐ公爵の胸に飛び込みたくてたまらない。もう何週間も会っていなかった気がする。わないように、ドアノブをぎゅっと握りしめた。

うれしくて頭がおかしくなりそうだったが、なんでもないふりをするために、公爵が登場したタイミングのよさを嫌味っぽく褒めることにした。

「快適で安全なご自宅から出るのをわずか数分遅らせることで、ご意志をねじ曲げようとする善意の親類に取り囲まれる事態を回避されたわけですね。お見事ですわ」

公爵は唇をゆがめ、ベアトリスの顔をしげしげと眺めた。

「どう考えたものかな。きみは口で言うことと頭で思っていることが違う場合もあるからね。今のはきっと、ぼくを臆病者だと責めたのだろう」

そのとおりだったが、ベアトリスはひたすら驚いたような顔で、婚約者に向かって目をぱちくりさせた。

「とんでもございませんわ。大騒ぎが終わったあとにいらっしゃるなんて、すばらしいタイミングだと褒めただけです」そう言いながら、ドアノブを握る力をゆるめた。ここまで落ち着けば、いきなり胸に飛び込んだりしなくて済むだろう。「おばあさまがハイドクレア家に乗り込んでくるなんて、夢にもお思いじゃなかったでしょう。行ってはだめだと公爵さまじきじきに釘を刺されたわけですから。孫の言うことなら何でも素直に従うお方ですものね」

「ぼくをけなしてばかりのきみを、なぜこんなに愛せるのか不思議でならない」公爵は真面目くさった顔でベアトリスを見つめた。「お嬢さんに教えておこう。ぼくがここへ来たのは、大騒ぎのあとではないよ。ドーソンに案内されて部屋へ入ると、やかましい議論の真っ最中だった。この場に誰もいないのは、ぼくが頑張ってひとり残らず追い出したからだ。みんな、今すぐ結婚するなんて馬鹿な真似はやめろとわめき続けていたがね。おばあさまに至っては、股関節が痛くて立ち上がれないなどと臆面もなくおっしゃっていたよ。先日ぼくの反対を押し切って、いとこのジョセフィーヌとハイドパークを元気に散歩したばかりなのに」

愛の謎について気の利いた答えを用意していたけれど、もうそんなのはどうでもいい。一、二、三と駆けていって公爵の胸に飛び込んだ。ブロンドの巻き毛には抗えるし、きらめくブルーの瞳にも耐えられるけれど、愛するおばあさまを容赦なく追い出してくれたとなれば降参だ。

公爵は一歩足を引いてバランスを取り、ベアトリスを軽々と受け止めると、ぎゅっと彼女を抱きしめた。そして唇を重ねた。最初はやさしく、しだいに激しく。ベアトリスは公爵の首をかき抱いて引き寄せた。心臓のどきどきが止まらない。考えるのはやめて、感覚に身をゆだねる。

ゆっくりと満ち足りた時間が流れるなか、部屋の隅にある振り子時計の音だけが響いている。しばらくして公爵が顔を離した。ベアトリスは抗議のうめき声を上げた。まだ夢見心地でいたいのに。

「やめないで、お願い」公爵の顎におねだりのキスを浴びせる。

公爵は動じない様子を見せたものの、根負けしてしばし甘い求めに応じ、それから、やっぱり話し合うべきだと言いだした。

話し合ってもきりがないのに。ベアトリスはぶつぶつ言いながら、公爵の隣の椅子に腰を下ろし、じとっとした目でにらみつけた。

「どうせ結婚を延期しようとおっしゃるのでしょ」つっかかるように言った。正直なところ、公爵が早く結婚したいと思っているのかどうかよくわからない。あっさりとキスをやめられたということは、正気に返ってしまったのかも。「やかましい親戚たちの言葉をオウムみたいに繰り返して、一、二週間延期しようとおっしゃるのでしょ」

公爵はしぶしぶうなずいたが、延期は一週間だけだとすぐさま宣言した。

「ぼくの自制心をもってしても、二週間は我慢できない。もちろん、決めるのはきみだ。ぼくの一番の願いは、きみの望みを残らず叶えることだからね。だが思ったんだ。やかましい親戚たちの心配ももっともで、不本意ながら自分は少し考えが足りなかったと」ベアトリスのほうへ椅子を寄せ、指を絡ませる。「秘密にしていたわけじゃないが、ぼくはどうもきみの前では判断力が鈍りがちなようだ。トーントンに話を聞きにいったときの付けひげのことを覚えているかな？　ぼくは従者に劇場から別のひげを取ってこさせた。もっと華やかなものを、と言ってね。賢明な判断ができる、頼りがいのある男の振る舞いとは思えない」

感動的な演説に違いなかった。わたしが公爵の振る舞いに影響を及ぼせる存在だなんていまだに驚きだし、場違いな付けひげを選ぶくらい惑わせてしまうとは。でも、公爵の判断力が鈍っているのは、たぶん事実だ。そう考えると、ほとんど出会った瞬間から彼が感じていたらしい、おかしな気持ちにも説明がつく。

そうだとしても、公爵が家族や友人の脅しにおとなしく屈するなんて、プライドが許すはずがない。

「あなたはケスグレイブ公爵なんですよ」ベアトリスはきっぱりと言った。

公爵はそのとおりだとうなずいた。

「流行を決めるのは公爵さまです」熱っぽく続ける。公爵本人が自分の偉大さを誇示するためによく口にするセリフだ。「公爵さまが殺人犯の恐ろしい自白のあとに、特別結婚許可証を得て結婚した瞬間から、それが流行になるんです。今週末には、侯爵も子爵も恐ろしい自白を引き出して、それから大急ぎで結婚するはずですよ」

公爵はさっきと同じくうなずいた。

「たしかに。〝予定の変更はやめて、最初に決めたとおり、今日の午後に結婚しよう。きみの頭脳明晰な状況判断に深く感謝するよ、ミス・ハイドクレア」

本心からの言葉だ。ベアトリスはそう感じた。〝頭脳明晰〟な判断だと言ったのは、大真面目で、一つも皮肉じゃない。

でも一瞬、皮肉かと思った。だって、心配してくれる人の気持ちを踏みつけにして押し切るなんて愚か者のやり方だもの。皮肉を言われて当然だ。わたし自身が気になっていることもあるのに。

んもう！

ベアトリスは深くため息をついて言った。「ヨハネス・ケプラー」

公爵はとうとつな話題の転換にも戸惑いを見せずに応じた。

「すばらしい科学者だ」

「叔父がヨハネス・ケプラーの伝記を読んでいるんです」

公爵は何の話かわからないまま、愉快そうにあいづちを打つ。

「読むに値する本だね」

ベアトリスは指を絡め合った手に目を落とし、そっとほほ笑んだ。

「叔父はわたしと絆を深めようとしているんです。わたしのことをもっとよく知りたいと思ったとき、ヨハネス・ケプラーの伝記がふたりをつないでくれると考えたみたいです」

「なかなか目のつけどころがいいね」

公爵の言葉に胸がキュンとした。やっぱり思考回路がわたしと同じだ。

「そのとおりです。そしてわたしは、叔父の努力に感動していなくもないんです。心のどこかで、叔父と叔母が両親の死の真相をきちんと受け止める前に家を出れば、ふたりを見捨てることになる気がしています。ふたりはずっと両親が過ちをおかしたと思ってきたのに、たった数時間のうちに、ウェム伯爵の犠牲者だと知りました。もっと言えば、自分たちも加害者だったと。叔父たちは罪悪感を覚えて、埋め合わせをしようとしています。そんな必要はないのに。悲惨な状況で悲惨な振る舞いをしたからといって、わたしはふたりを恨んだりできません。どうしたってできないんです」話すうちにこみ上げるものがあって、公爵を説得しているみたいになった。「叔父たちにはなんの罪もありません。わたしが許すまでもないんです。それなのに叔父はヨハネス・ケプラーを読んでいて、そのことを思うと、なぜだか泣きたい気持ちになるんです」

でもベアトリスは泣かなかった。悲しげな笑みを浮かべ、公爵を見上げただけだった。公爵は椅子を近づけた。膝と膝が触れ合う。それから手をぎゅっと握って言った。

「きみにはおかしなところがいくつもある。たとえば、ぼくの魅力をいまいち理解していない。かなりの変人といえる。だが情のない人間ではない。きみが悲しいなら、それは悲しいことなんだ。叔父上たちに償いの機会をあげるのは、間違ったことじゃない。人の言いなりになるのではなく、自分で決めるならいいんだ。一週間もあれば、ケプラーについて議論を尽くせるのでは？　叔父上がそのあとも議論を続けたいなら、ケスグレイブ邸に来てもらえばいい。叔父上も叔母上もいつだって歓迎するよ」

　ベアトリスは、〝普通が一番〟が信条のヴェラ叔母さんがバークレー・スクエアの豪邸でしおらしくしている姿を思い浮かべると、笑いがこみ上げてきて、ぱっと明るい気分になった。心配な気持ちが消えていく。なんとなく不安だったのは、悲しかったからなのかも。

　公爵は満足そうにベアトリスを眺めた。

「よし、では決まりだ。ミス・ハイドクレアは、今日からきっかり一週間後にケスグレイブ公爵と結婚する。恐ろしい自白はなし、家族の心配もなし、王室の戴冠式よろしくファンファーレを鳴らしてきみをお披露目しようとするレディ・アバクロンビーの凝りに凝ったパーティ計画もなし。ああ、そうだ」公爵は、驚いた顔のベアトリスに言う。「計画といえば、結婚式の詳細な計画に目を通さなければ。今日中に招待客のリストも提出しないと。ぼくが大騒ぎの真っ最中にやってきたと言ったとき、きみは信じていなかっただろう。でも本当にみんな議論に夢中で、ヌニートン以外、きみの不在に気づいていなかった。ドーソンから聞いて、ノートン夫人と書斎へ行ったと知ったんだ。ちなみに彼女は元気だったかな？　とにかくぼくが言いたいのは、ぼくたちは今日から一週間後に結婚するのであり、誰にも邪魔はさせないということ。それでいいね？」

部屋を出たときのめちゃくちゃな状況を思い出し、ベアトリスはまた愉快になって笑った。結局、わたし抜きでも大盛り上がりだったのだ。思ったとおり、みんな騒ぎたいだけで、わたしの存在は二の次だった。

「ええ、いいですよ。交渉成立のしるしに、紳士同士よろしく握手でもしますか」

だが公爵はもっと楽しいやり方を提案した。そして交渉成立が揺るぎないものとなったあかつきには、ベアトリスは公爵の膝の上に乗り、ふたりそろって息をはずませていた。

さっきと同じく、喜びあふれる行為にストップをかけたのは、公爵のほうだった。

不満げなベアトリスを元の椅子に座らせ、自分の椅子をテーブルから三十センチほど離す。

「お嬢さん、一日中こんなことをしているわけにはいかないよ」と言いつつ、おどけた顔で無念そうにつけ足す。「ぼくの当初の計画では、一日中こんなことをする予定だったがね。おいおい、顔が真っ赤だぞ。さあ、気を紛らわせるために、あたりさわりのない話題について語り合おうじゃないか。ケプラーについてはどう思う？　地動説の議論については？」

ベアトリスは、にっこりとしてかぶりを振った。

「ケプラーでは無理ですよ。全然気が紛れません。それに実を言うと、二週間ほど肌身離さず本を抱えていたものの、一文字も読んでいませんでした。公爵さまを想って絶望していましたから。公爵さまが壁を上ってわたしの部屋へ告白しに来たかったけれど、臆病風に吹かれてためらっていらしたときのことです。まさかお忘れじゃないでしょう。わたしは本のページに目を落として、公爵さまのハンサムなお顔を思い浮かべてばかりいました。ほら、またキスしたくなってきたのでは？　あと三十センチほど椅子を離してさしあげますね。気を紛らわせたいなら、ミス・ブロアムについて質問なさってもいいですよ」

公爵はとうとつな提案に戸惑って眉をひそめた。

「ミス・ブロアムとは？」

「よくできました」ベアトリスは満足そうに言った。「ミス・ブロアムはわたしの宿敵です」

もっと混乱させようと思ったのに、公爵は愉快そうな顔をする。

「きみの宿敵だって？」

「そうです、ミス・ブロアムは、わたしが社交界デビューするやいなや〝くすみちゃん〟とあだ名をつけて、わたしの社交生活を台無しにしたんです」淡々と説明する。「持参金もごくわずかな孤児なりに、ささやかな幸せを手にできたかもしれないのに、彼女がわたしを指差してあざ笑い、くすんだ小ネズミ呼ばわりした時点で、その夢もはかなく散ったんです。しみったれとも言われました。両方言われたことも。しみったれの〝くすみちゃん〟ことミス・ハイドクレア。みんなとっても気の利いたあだ名だと思ったらしく、大流行になって、わたしはどこへ行ってもその名をささやかれました。今は当時の皮肉な状況がよく理解できます。言及に値する美点がないから、美点のなさに言及するしかなかったのだと。でも当時は笑い物にされて恥ずかしかったし、恥ずかしい気持ちが悪循環を生みました。どれほどやさしく話しかけられても、つっかえずにまともな返事をすることができなくなりました。だからそれ以上恥をかくよりましだと思って、口をつぐむことにしたんです」

しゃべっているうちに気づいたけれど、誰かにこの話をしたのは初めてだ。最初のシーズンで笑い物にされたのは、自分にとっては天地を揺るがす大事件だったものの現実には取るに足らない出来事だった。今ならわかる。人生の軌道がほんのちょっぴりずれただけ。あんまり小さなずれだったから、家族の誰も気にも留めなかった。

そりゃそうでしょ？　ベアトリスは自嘲気味に思った。笑い物にされて、わたしは人生の谷を転がり落ちた。でもそれは、叔母さんたちの予想どおりだった。みんな、わたしなんかが社交界でうまくやれるはずがないと、ずっと前からわかっていた。

ベアトリスは黙って首を横に振った。悪いほうへ考えてはだめ。古傷をえぐったところで何の得にもならない。時間の無駄だし、叔父さんたちと和解しようにもうまくいかなくなりそうだ。

　ああ、過去を忘れようと決意することと、実際に忘れることは大違いだ。ほんの二、三十分前、元ミス・ブロアムの隣に座って、傷はすっかり癒えたのだから恨むのはやめようと心に決めたばかりなのに。でも公爵に説明する自分の声を聞くうちに、本当にひとりぼっちだったのだと気づいて、あらためて胸が痛んだ。これまで誰にも話さなかったのは、話せる相手がいなかっただけ。

　ぞっとする。自己嫌悪に陥る新しい方法がまだ見つかるなんて。

　ベアトリスの憂鬱に気づいているのかいないのか、公爵は言った。

「そうだとすると、ぼくはミス・ブロアムに一生をかけても恩を返しきれない。きみが最初のシーズンで結婚相手を見つけていたら、ぼくを容赦なくやり込める暇などなかっただろうから。何年も前に賽は投げられていたのだね。ささいなきっかけで運命が変わっていたかと思うと、かすかに鼓動が速くなる。ミス・ブロアムがほんの少し手加減をしていたら、ぼくはきみのいない人生を送るはめになったわけだから」

　なんてうれしい言葉だろう。大好きな、運命の人。ベアトリス・ハイドクレア程度の意志の強さじゃ、こんなふうに言われて暗い顔をしてはいられない。自分の鼓動もちょっぴり速まるのを感じながら、公爵のほうへ椅子を引きずっていく。膝と膝がまた触れ合う。

傍から見たら馬鹿みたいかしら。ベアトリスはふわふわした気分で思った。椅子をテーブルから一メートルも離して何をやっているんだか。それから、明るく歌うような声で言う。「ご心配には及びません。できますから」

「できるって何を?」

「元ミス・ブロアムへの恩返しです」ベアトリスは言った。「いいお話をいただいたので」

公爵はわけがわからなかった。「いいお話?」

「ええ、いいお話です」ベアトリスは、公爵の困惑ぶりを面白がって繰り返した。〝いい話〟と言われても、何の話だかわかりっこない。だからわざとそう言ったのだし。「とってもいいお話ですから、わたしたちはすぐに調査に取りかからなければなりません。今、わたしたちと言ったでしょう? 公爵さまはパートナーですから、あなたの手伝いなしに調査を始めようとは絶対に思いません。心からこう言えるのは、何より確かな愛の証です。公爵さまの変装技術は、わたしが求めるレベルをはるかに下回っていますからね。ライトさんの助手に扮したときの付けひげを例に挙げれば、異論の余地はないでしょう。さきほどご自身でも、間違った判断だったとお認めになりましたよね？」

公爵は楽しそうに目を輝かせた。「失態を大目に見てくださり、ありがとうございます」神妙な口調で礼を述べてみせる。

ベアトリスのほうもしゃちほこばった態度を崩さず、もったいぶってうなずいた。

「わたしの指導を受ければ、必ずや上達するでしょう」

「なんだか恐ろしいな」公爵は大げさに身震いをした。

「独学は気が滅入るものですよ」ベアトリスは言った。「一緒に調査してくださいますよね。反対する理由はないはずです」

真面目ぶっていた公爵が、とうとう我慢できずにふきだした。

「妻がいい話とは名ばかりの事件を調査するというのに、反対する理由がないだって？」

調査をする能力は、大人の女性として唯一自信が持てるものだ。他の人なら見落とす証拠や忘れがちな情報から結論を導き出すことができる。そのわたしが、反対する理由がないと言っているのだから、反対する理由はないはず。もちろん、結婚後も探偵を続けるつもりはない。両親の死の真相を追っているとき、不安に襲われ、かつてない危機感を覚える瞬間があった。自分が事務弁護士や執事に扮していることがばれたら、公爵も自分も身の破滅だと。今朝、叔母さんたちがまくしたてたとおり、スターリング家の舞踏会では派手にやりすぎた。公爵夫人になる予定がなければ、社交界から追放されていただろう。

だから死体にかかずらうのは、他人に言われるまでもなくやめるつもりだ――ちょっと未練はあるけれど。きっと他にも得意なことが見つかるはず。いかにも公爵夫人にふさわしい何かが。たとえば……ええと……。

だめだ、やっぱり想像がつかない。ケスグレイブ公爵夫人になるって、いったいどんな感じだろう。

いずれにしても、今度の調査の場合は、公爵夫人が殺人犯を追う事態にはならないから安心だ。公爵にも説明するとおり、この事件に死体の出番はない。

「ご心配の種は、ファゼリー卿の事件のときに、理不尽な要求をなさった点ですよね？　あのとき公爵さまは、助ける代わりに、死体が目の前に転がっていても今後いっさい犯人捜しはするなとおっしゃいました。公爵さまにご賛同いただきたいので、ちゃんと言いつけを守っていますよ。今回は死体なしです」そう言った瞬間、愛する公爵さまは正確さを重んじる方だったと思い出し、急いで訂正した。「厳密に言えば、死体はあります。ノートン夫人のおじいさまの死体です。でも亡くなったのは四ヵ月も前ですし、すでに埋葬されていますから、わたしの目の前に転がったりできません。誰かがわたしの目の前に転がすこともできません。どちらも絶対にだめだとわかっていますよ。とにかくわたしの目の前に死体が存在するという事態が我慢ならないのでしょう？　今回は幸いにも、死体はすでに土の中です」

短い説明の中にも公爵の興味を引きそうな内容を盛り込んだ。ノートン夫人の祖父ならいつ亡くなってもおかしくない歳だから、彼の死の真相を突き止めるわけじゃない、それなら何を調査するんだろうとか。だからベアトリスは、公爵がしたり顔で口にした質問に驚いた。

「ぼくに賛同してほしいのかい？」

さんざん公爵に口ごたえしたり彼をからかったりしてきたことを思えば、したり顔も当然だし、得意げな口ぶりに文句をつけるつもりもない。公爵がどんな返事を期待してるか知らないけれど、わたしの中の答えははっきりしている。いてもたってもいられないくらい、公爵に賛同してほしい。そりゃそうよ。これまで意見を聞ける人なんていなかった。叔母さんと叔父さんは昔から無関心だったし、いとこは気まぐれすぎるし、友達はいなかった。頼れる人がいなくて、ずっと不安だった。だから今は、天に感謝したい気分だ。やっと、まともな判断を仰げる存在が現れたから。

でもわざわざ悲しい話はしたくないので、代わりにこう言う。

「もちろんでございます、閣下。公爵さまにご賛同いただけなければ、ノートン夫人をがっかりさせてしまいます。そうすれば、わたしだってがっかりです。気高く広い心でノートン夫人を助けようと決めていましたから。宿敵にやさしくできなくて、公爵夫人になる意味がありますか」

公爵をからかうように言ったけれど、自分への皮肉を込めたつもり。

でも公爵は挑戦を受けて立つように言う。

「公爵夫人になる利点は他にもある。教えてあげよう」

公爵は熱心に教えすぎて、最後にはまた婚約者を元の椅子に戻さなければならなかった。この朝、二度目だ。

公爵はテーブルの向こう側へと退散し、残念そうな顔でほほ笑んで、事件の詳細を尋ねた。

「元ミス・ブロアムがぼくたちの調査力を必要とする理由は何かな？」

こんなにわたしから離れないと、気持ちを抑えられないなんて。ベアトリスは妙ないとおしさがこみ上げるのを感じながら、任務は幻のダイヤモンド〈グレート・ムガル〉を見つけることだと説明した。

「ノートン夫人のひいおじいさまが、ペルシャの君主に内密の情報を教えて、褒美にダイヤモンドを賜ったんです。ノートン夫人のおじいさまは、ダイヤモンドを秘密の場所に隠したのですが、隠し場所を打ち明ける前に残念ながらお亡くなりになりました。推測にすぎませんが、ノートン夫人がおじいさまから聞いたおとぎ話や、おじいさまが死の直前に書いた遺書の内容から考えると、そういうことになりますね。遺書はわざとあいまいな書きぶりをしていますが、ノートン夫人は、おじいさまのお抱え弁護士のローズ氏がダイヤモンドのありかを知っていると確信しています。彼女が直接問い合わせをしたときは、はぐらかされてしまいました。そんなとき、昨夜のわたしとウェム伯爵のやり取りを見て、わたしならローズ氏から本人が気づきもしないうちに情報を引き出せると思ったようです。そんなにうまくいくかはわかりませんけど、自分の社交生活を台無しにした相手にすがりつかれて、悪い気はしませんでした」

公爵が何か言おうとしたそのとき、ドアが開いてヴェラ叔母さんが入ってきた。顔がひきつっていたが、ふたりがテーブル越しに座っているのを見てほっとやわらぐ。にこやかな笑みを浮かべ、邪魔したことを謝った。

「でもしかたがないでしょう？　姪っ子が男性とふたりきりで何十分も部屋に閉じこもっているのですから。ハイドクレア家はふしだらだとうわさされたくはありませんわ。そんなでたらめは許せません。うちは社交界で一、二を争うほど道徳を重んじる家庭ですから。だから息子のラッセルにも、ボクシングなんて野蛮なものはやらせないようにしていますの。あっ、ええと……でも……最近は若い殿方の間でずいぶん人気のようですね」

公爵が元チャンピオン、ジャクソン氏のスパーリング仲間だと思い出したようだが、もう手遅れだ。叔母さんは顔を赤らめて、わざとらしく咳をしながら、別のふしだらな例を必死にひねりだそうとしている。しばらくすると、ハッとして、友人のランバート夫人の名前を挙げた。「あの人ったら、魚屋のつけをなかなか払わないんですよ。フランスの物乞いたちが貴族の首をギロチンでちょん切って以来の悪行ですわ」

めちゃくちゃだ。本人もよくわかっているらしい。顔はどんどん赤くなり、それにつれておしゃべりは迷走をきわめ、道徳や礼儀の話からニシンやサバの燻製（くんせい）の話へと移っていく。ベアトリスは公爵のほうを見ないようにした。目が合ったら最後、絶対にふきだしてしまう。

「でも腕利きのシェフなら、そのとき市場で手に入る食材から料理を作ることができるはずですよ。最高の食材がなくても、最高の料理はできますから」叔母さんは続けた。さっきはいくら腕がよくても材料が悪ければだめだと言っていた気がするけれど。「つまりわたしが言いたいのは、社交界の一員として、商店への支払いは期日を守らなければならないということです。そういうことを怠ったから、フランスの議会はジャコバン派なんかにひっくり返されたんですわ」

道徳論にけりがついたのかどうかよくわからなかったが、公爵は叔母さんがひと息入れたタイミングを逃さず、熱心な口調で彼女の意見に賛成してみせた。

「おっしゃるとおりです。政治と食欲を結びつけるとは、なんて斬新なお考えでしょう」

褒められて気をよくした叔母さんは、熟考の末に思い至ったのだと得意げに言い、それから結婚の日取りは決まったかと尋ねた。

「もちろん、延期をするようにベアトリスを説得してくださったのでしょう?」

公爵は大きくうなずき、無事に説得できたと請け合った。

「さすがは公爵さまですわ」叔母さんは満足そうに言った。「おばあさまとレディ・アバクロンビーにもご報告しなくちゃ。ふたりとも、正しい決断ですよ。あわてて間に合わせの結婚式を挙げるより、六月に向けてきちんと準備するほうがずっといいですわ」

「延期は一週間だけですよ」ベアトリスはすかさず言った。結婚を急ぐことの欠点や婚約期間を延ばすことの利点を長々と語られてはたまらない。「よく考えると、叔母さまたちのご意見ももっともです。社交界の方々に、昨夜の恐ろしい事件を受け止めるための時間を与えるほうがいいと思い直しました。一週間もあれば、気持ちの整理を始められるのでは？　わたしが結婚したあとも、少しずつ現実を受け入れていけばいいわけですし」

叔母さんと叔父さんの話だと伝わったかしら。いずれにしろ、叔母さんはとくに気にするそぶりも見せず、せめて一ヵ月、それがだめなら三週間、いや二週間でいいから、もう少し延期してほしいとしつこく交渉してくる。ここは先延ばしの日数を一週間と一日に増やすのが得策だろうか。そうすれば、頑固な姪っ子を説き伏せてやったと満足するかもしれない。でも公爵のハンサムな顔をちらりと見ただけで、そんな考えは吹き飛んだ。うれしそうに輝くブルーの瞳。楽しそうに弧を描くやわらかな唇。一週間だって待ちきれない。

叔母さんは、姪っ子が頑として譲らないとわかると、ため息をついて別の作戦に切り替えた。「この件はまたあとで。他にも話すべきことが山ほどあるんですから、今晩ぐっすり寝て、明日の朝あらためて相談しましょう。昨夜の驚天動地のトラウマ体験のあとで、あなたも疲れているはずよ。さあ、居間へ移って、婚約中に揃えるもののことでものんびり話しましょう」公爵に愛想よくほほ笑みかける。「ぜひご一緒にどうぞ。でも公爵さまには退屈な話題ばかりかもしれませんわ。いろいろと大切なお仕事もおありでしょうし。お引き止めしてはご迷惑ですわね」

公爵はふたりきりの甘い時間は終わったと悟ったのか、叔母さんの言葉におとなしくうなずいたので、ベアトリスは内心あわてた。このまま帰られては、ノートン夫人のダイヤモンドを捜すための相談ができない。調査が始まる前から行き詰まってしまう。

なんとかしなくては。ベアトリスは口を大きく開け、どっと疲れが出たかのように、あーあと声を上げてあくびをした。

「あら、ごめんなさい」ベアトリスは口元を手で隠すそばから、もう一つあくびをしてみせた。「叔母さまのおっしゃるとおりだわ。とっても疲れているみたいです。昨夜は驚天動地のトラウマ体験のせいでよく眠れなかったので、休息が必要なようです。もしよろしければ、居間でのおしゃべりはやめて、お昼寝をしたいのですが。急に眠気が襲ってきたんです。夕食まで起きないかもしれませんわ」

叔母さんは、自分も昨夜はほとんど寝ていないので、ベアトリスの提案に賛成した。

「わたしもお昼寝をするわ。ほんの少し横になるだけ。やるべきことが山積みで、一日中寝てはいられませんからね。でもあなたは、何も気にせずゆっくりお休みなさい。頭がすっきりしたら、結婚の日取りの件をまた相談できそうね。一週間後なんて絶対に無理だと気づくはずですよ」

ベアトリスは反論しても無駄だとわかっているので、あいまいにうなずき、公爵に別れの挨拶をした。

「ライトさんと打ち合わせがあるのをお忘れなく。たしか」頭の中で必要な時間をすばやく計算する。男装をして家を抜け出し、辻馬車を拾ってバークレー・スクエアにたどり着くのは――「二時間後。そうおっしゃっていましたよ」

叔母さんは失笑した。「ベアトリスったらおかしな子ね。公爵さまがお忘れになるはずないでしょう。公爵家の……」ライト氏が何者かわからないので、言葉に詰まった。

「事務弁護士です」ベアトリスが教えた。

「家令です」公爵が同時に言った。

叔母さんは眉をひそめた。答えの食い違いをいぶかしんでいるのではなく、姪っ子の出しゃばりをとがめているのだ。「ライトさんはすばらしい家令に違いありませんわね」公爵の機嫌を取るように言う。そもそもライトさんなんていないのに。

公爵はうなずいた。「ええ、おっしゃるとおりです。お褒めの言葉を本人にも伝えておきますよ。二時間後に」さっとベアトリスへ視線を向ける。「ケスグレイブ邸で」

ベアトリスはうなずいた。了解。

「待ちきれないな」公爵が笑みをこぼした。

叔母さんは公爵の使用人に対する態度を褒め称えた。「夫もそれくらい家令に会うのを楽しみにしてくれるといいのですけれど。そうそう、なんとも奇遇ですが、我が家の家令もライトという名前なんですよ」

ベアトリスは、公爵が調査の件だとわかっているのか心配になり、念を押すことにした。

「ライトさんの補佐の方も、傷が癒えて出席できるといいのですけれど」

「まあ大変」叔母さんが声を上げた。「補佐の方に何があったのですか。重傷ではないのでしょう?」

「たいしたことはないようですよ」ベアトリスが控えめな調子を心がけて言った。「いわゆる〝口ひげの傷〟というやつですわ。しばらく目も当てられない状態でしたけれど、最後はプライドに傷が残るだけでした」

〝口ひげの傷〟なんてでっちあげなのに、叔母さんは知ったかぶりをしてうなずいた。

「おふたりともご心配なく」公爵が言った。「副家令はすっかり回復して、午後の打ち合わせにも出席する予定ですから」

よし、大丈夫そうだ。

「ああ、もうまぶたを開けていられませんわ」ベアトリスは大げさなあくびをもう一つすると、叔母さんがまた何か言いださないうちに急いで部屋を出た。さあ、幻のダイヤモンド〈グレート・ムガル〉の捜索開始よ。

4

ベアトリスは、サヴォイ・ストリート二十二番地にあるローズ氏の事務所に足を踏み入れて驚いた。殺人事件の調査中に何度か事務弁護士のふりをしたけれど、実際に弁護士事務所を訪れるのは初めてだ。意外にもゆったりとしていて、かなり豪華なしつらえになっている。地味な建物の外観とはうってかわり、部屋の内装にはいろんな色や模様や素材が使ってあって、めまいがしそうだ。でもぎりぎりのところでビジネスにふさわしい落ち着いた空間に仕上がっている。チャコールグレーの地にピンク色のデイジーをあしらったジャガード織の生地のソファも、グジャクとウサギ柄の真っ赤な壁紙に不思議となじんでいた。客をさらにくつろがせるための工夫だろうか、かなりきついラベンダーの香りがする——窒息するほどではないものの、むせかえりそう。

弁護士のローズ氏本人はイメージどおりだった。中背でやせ形、フクロウみたいな目に分厚い眼鏡、インクの染みのついた袖口。年齢は予想より少し若いかもしれない。叔父さんよりも公爵に近い歳だろう。でも仕事机はつやつやとしたチェリー材で、優美な猫脚までついており、プロとしての意気込みを感じる。ノートン夫人にダイヤモンドのありかを訊かれて答えなかったのも納得だ。法曹界の一員たるもの、法を破って正統な後継者でもない人間に財産の情報を開示するわけにはいかないのだろう。

ベアトリスはローズ氏を観察しながら、勧められた椅子に腰を下ろした。こちらもこっくりした紫色の上等なブロケード生地を使った代物だ。

「突然押しかけて申し訳ありません」

ベアトリスと公爵が事務所に着いたとき、ローズ氏はウェストミンスターに用事で出かけていたが、事務員が言ったとおりすぐに戻ってきた。

「急用でなければ、こんな無礼なことはしないのですが」前回の調査で磨きをかけた深みのあるテノールを使う。いつも驚くけれど、男装にはみんなあっさりだまされる。人はきっと、見たいものしか見ないのだろう。男だと聞けば、ちょっと声が高かろうが、顔立ちがやわらかかろうが、そんなものは目に入らない。わたしが少し男っぽい体つきなのも功を奏しているはずだ。とくに肩なんて、叔母さんにフェンシングの選手並みと言われるほどいかついから。

「まったくかまいませんよ」ローズ氏はハエでも追い払うように左手を振って言った。「いつ何が起こるかなんて、誰にも予想できませんから。問題というものは、たいてい最悪のタイミングで発生しますしね。いえ、あなたがいらっしゃったのが最悪のタイミングだと言っているわけではないですよ。朝の仕事は片付けてきましたから、たっぷり――」懐中時計を取り出す。「四十五分はお話をうかがえます。さあ、ぼくたちの問題を解決しましょう」

ベアトリスはローズ氏の受け答えに喜んだ。〝ぼくたち〟という協力的な感じのする語を使っているし、話が早そうだ。法に忠誠を誓った人だと気づいたときは楽観できないと思ったけれど、これならきっと必要な情報を手に入れて帰れるだろう。

「あらためて自己紹介をさせてください。わたしはライトと申します。こちらは同僚のスティーブンズです」頭を傾けて、隣の席のケスグレイブ公爵を指し示す。変装のために、前に事務職員に扮したときと似たような質素な茶色のスーツを着ている。前回の服は手入れが行き届きすぎていたので、やんわりと注意した。袖口もまっさらだし、ほつれ一つないなんて不自然だと。今回はどうやって改善したのだろう——袖口が擦り切れるよう、従者に生地をこすらせた？　それとも、本物の事務職員から服を買い取ったとか——少しは冴えない感じに見えるし、威厳もずいぶん減った。努力は認めよう。でもボタンを引きちぎっても、肘の部分の生地を擦り切れさせても、どうしたって貴族の御曹司らしさはぬぐいきれない。ちょっとした所作や、胸を張った姿勢や、まっすぐな視線が物語ってしまう。誰かの許可を求めて卑屈に目をそらした経験なんてないのが丸わかりだ。

「わたしは大英博物館の現代工芸品部門の長を務めておりまして、スティーブンズはわたしの助手です」ベアトリスはローズ氏を見定めるように首をかしげた。「文化に関心の高い方とお見受けします。我が博物館のモンタギュー・ハウスにもいらしたことがあるでしょう」

さも当然という口ぶりに面食らったのか、ローズ氏は肩を丸めて恥ずかしそうに答えた。

「残念ながらまだです。なんとか時間を見つけてうかがいたいとは思っていますが」

ベアトリスは同情するようにうなずきながら、内心ほっとした。文化に造詣の深い人ではなさそうだ。これならうまくだませるかも。

「それは残念。ああ、残念です。時間をひねり出してでも見るべき展示品や宝物がたくさんありますのに」それから外国の動物を剝製にする工程についてうんちくを語った。滔々と知識をひけらかす口調は、実際の学芸員ゴダード氏の物真似だ。フアゼリー卿の事件のときに、大英博物館へ行って閲覧室の資料を見せてほしいと頼んだら、女はだめだと断られた。

あのときは幸いにも、公爵がどこからともなく現れて助けてくれた。でもちょっと不満が残る。女性を見下す偏屈男をもっとののしってやりたかったのに。

ベアトリスは、理不尽な出来事を思い出していらいらするうちに、本来の目的をうっかり忘れ、剝製に使う針金の組み立て方についてことこまかに語っていた。動物の皮の処理の仕方の説明へ移ろうとしたそのとき、公爵が割って入った。

「あまり詳しく話しすぎると、展示を見たときの驚きや感動が失われてしまうのでは？」

え、公爵さまがそれを言うの？　ベアトリスは笑いを噛み殺した。ここで助手のスティーブンズを見てにやりとしたら、せっかく真面目な博物館職員を装っていたのが台無しになる。でもやっぱり面白い。細部の厳密さを愛する公爵が、詳しく話しすぎだと注意するなんて。戦艦の名前を挙げるにも、海軍の伝統に従って参戦順に挙げないと気が済まない人なのに。だけどその公爵が割って入ったということは、よほど長く無関係な話を続けていたのだろう。

「おっといけない、ついまた熱く語りすぎてしまいました」ベアトリスは半分は本物の苦笑いを浮かべた。「職業病みたいなものですね。情熱がないと、後世のために宝物を保存するという責務は果たせませんから。実は本日うかがったのも、この重要な責務に関する用件なんです」

よし、わりと自然に話題を変えられたし、博物館職員だと信じさせることもできたはず。大英博物館の部門長に扮するというのは公爵のアイディアなのだが、それを聞いたときには戸惑った。だって、ノートン夫人に雇われた事務弁護士のふりをするほうがずっとシンプルだし、〝シンプル・イズ・ベスト〟と言うじゃない？　弁護士ならいろいろなタイプの人がいるから、特殊な知識がなくても演じられそうに知識が必要だろう。

だ。でも博物館の部門長ともなれば、人材管理や博物館そのものについてそれなり

知識があるふりをするのは、ずっと難しいはず。

公爵はこの点についてはあっさり認めたものの、意外性のある要素を取り入れる利点は欠点を補って余りあると反論した。

「ノートン夫人は、すでにローズ氏に連絡をしたのだろう？　ローズ氏は、また仕掛けてくると待ち構えているはず。二回目は一回目とは少し違う手で来ると予想するだろう。ぼくたちがノートン夫人の弁護士だと名乗ったら、ローズ氏はそら来たと思うはずだ。だがスチュワート作戦を使って奇襲を仕掛けたら？　二回目の攻撃だと気づきもしないさ」

「スチュワート作戦ですか？」ベアトリスは冷めた声で言って、うさんくさそうに公爵を見返した。

「そうだ」公爵は自信たっぷりにうなずいた。「スチュワート作戦は、半島戦争の際に第二歩兵師団を率いるウィリアム・スチュワート中将が用いたものだ」

ベアトリスは幅広い分野の本を読んでいたが、苦手分野もあり、その最たるもの

が戦術だった。部隊をどう動かすかなんて話はつまらないし、歴史書や紀行文や科学の本を読むほうがよっぽど楽しい。だから、スチュワート作戦なるものが本当にあるのかどうか判断がつかなかった。大英博物館の職員に扮するという思いつきにそれらしい作戦名をつけて、ごり押ししようとしているのでは？　でも公爵がそんな姑息な真似をするだろうか。わたしだったら議論に勝つためには手段を選ばないけれど。こうなったら試してやろう。

「具体的にはどんな作戦なのですか」

質問を投げかけたとたん、公爵の顔がぱっと輝いた。どうやら実在する作戦のようだ。知識をひけらかすことは、公爵にとって最高の楽しみだから。それに気づいたのは、レイクビュー・ホール滞在二日目の晩、屋敷の当主がナイルの海戦でネルソン提督が指揮を執った戦艦の数を間違えたときのこと。公爵は戦艦の名前を全部挙げて、その場のみんなをげんなりさせた。

ベアトリスが出会った頃の思い出にひたっているのも知らず、公爵は説明を始めた。

「スチュワート作戦は、スペインのマヤ峠にまつわるものだ。スチュワート中将は、英国軍のためになんとしてもマヤ峠を押さえたかった。そうすれば、フランス軍のとある部隊を北に控える大部隊から孤立させ、退路を断つことができたからね。フランス軍の部隊はマヤ峠で英国軍が奇襲を仕掛けてくると考える、とスチュワート中将にはわかっていた。それが退路を断つ最良の方法なのは明らかだったから。そこでスチュワート中将は、自分の部隊をマヤ峠から撤退させ、近くのアマユールという村にある古い要塞へ移動させた。要塞からはマヤ峠とは別の、第二の峠を見渡すことができた。こちらのほうが急勾配で越えにくかったが、距離は短くて済んだ」

自分は今どんな顔をしているだろう。ベアトリスは公爵の説明を聞き流しながら、ぼんやりと考えた。小馬鹿にする気持ちと、知識をひけらかさずにはいられない公爵へのいとおしさが入り交じった表情かしら。すると、物思いがばれたのだろう、公爵が途中で話をやめて、詳細を知ることの重要性を力説しだした。

「詳しい状況がわからなければ、作戦が成功した理由も理解できない。この作戦では、第二の峠を選ぶことに信憑性があるかどうかが重要なんだ。スチュワート中将の判断がどう考えてもありえないものだったら、フランス軍は信じないからね。幸いにも、フランス軍の将軍、エルロン伯爵ジャン＝バティスト・ドルーエは、スチュワート中将の判断を妥当だと考えて、自分の部隊もアマユールへ移動させた。夜の闇に紛れて移動させ、驚かせようとした。でもスチュワート中将は裏をかいて、自分の部隊をマヤ峠へ戻し、フランス軍との衝突を避けつつマヤ峠を押さえた。これが意外性をうまく使うということだよ。ぼくたちもこの作戦でローズ氏を出し抜こうじゃないか」

ありかも。ベアトリスはそう思い直し、今回の調査では具体的にどうすればよいか、公爵に尋ねた。そして答えに納得したからこそ、今さっき、現代工芸品部門の職員だと名乗ったのだ。

ローズ氏に訪問の目的を告げる段になり、ベアトリスは、作戦は当たりかもしれないと思った。相手に正面からぶつかるより、脇から近づくほうがずっと巧妙な手だ。実際、ローズ氏も〝宝物〟と聞いても動揺したり疑ったりするそぶりはない。妙な角度に顎を上げて「そうなんですね」と言っただけだ。

「ええ、そうなんです。わたしたちの一番重要な仕事は、国内外で発見された宝物を保存することです。貴重な品は、価値のわからない人やぞんざいな扱いをする人によって簡単に破壊されてしまいますからね。幸いにもわたしたちの組織は大きく資金も潤沢です。だから大陸の垣根を越えて多くの国々に調査チームを持つことができています。そうやって情報を収集しているんです」ベアトリスは身を乗り出し、秘密を明かすように声を少し落とす。「実はそうした情報の一つについて、あなたに忠告をしに来たんですよ」

博物館職員の情報網は、事務所に来る馬車の中で公爵が思いついた設定だ。こんなの、ローズ氏は信じるかしら。

でもローズ氏は鼻で笑ったりしなかった。鼻で笑って終わりかも。それどころか、考え込むような顔で顎をさすりながら、こちらをじっと見返している。

ベアトリスは、ローズ氏が話に引き込まれている様子に勇気づけられて先を続けた。

「情報源からの報告によると、あるとても貴重な品が盗難の危険にさらされているらしいのです」

こう言えばわかるわよね？　でもローズ氏の目にハッと気づいたようなきらめきはない。ちょっと強調して言ってみようかしら。

「とっても、とっても、とっても貴重な品です」

だめだ、全然気づいてくれない。

ベアトリスはため息は我慢したが、ほとんどそのまま言ってしまった。

「つまり宝石ですよ」

今度こそ伝わったようだ。ローズ氏は肩をびくっとさせてのけぞった。でも口を開く様子はなく、ライト氏の次の言葉を待っている。ドラマチックな演出を加えてみよう。ベアトリスはそう考えて、機先を制するように片手を上げた。

「何もおっしゃらないでください。問題の品について議論するために来たわけではありません。わたしの目的は、あなたに必要な予防措置を取ってもらうことです。他のことは現代工芸品部門長の管轄外ですから。ご理解いただけましたか」

常識的に考えれば、答えはノーだろう。わたしの話はほとんど意味不明だったのだから。でもローズ氏はしばらく黙って考え込み、ゆっくりとうなずいた。

「ええ、理解しました。でも質問があります。危険にさらされているというのは確かなんですか。具体的にはどんな情報に基づいて、警戒が必要だと判断したのですか」

当然の疑問なのに、まったく答えを準備していなかった。でも大丈夫。宝石の売買のことなら、ジャン＝バティスト・タヴェルニエの旅行記で読んで多少は知っているから。

「ロンドンの宝石商が問い合わせを受けたんです。とても大きな宝石を小さくカットすることは可能かと」ベアトリスは言った。「大きな宝石は目立ちますからね。有名なものならすぐに特定できます。盗品だとばれないようにするには、カットして小さなかけらに分けるのが一番です。宝石商は、悪巧みをしている輩（やから）がいると気づいて、通報してくれたんですよ。その大きな宝石がダイヤモンドとは限りませんから、わたしたちは可能性のある他の宝石の関係者にも忠告して回っています。大英博物館の職員たるもの、一級の工芸品を守るべく念には念を入れなければなりません」

ありがたいことに、ローズ氏は納得した。

「わかります、そういう問い合わせがあったなら、ご心配ももっともです。わざわざ忠告しに来てくださり、ありがとうございます。わたしの管理する……つまり……それが危険にさらされているとは考えにくいですが。しかしながら最近、若い女性が訪ねてきて、宝石は自分のものだと主張したのです。でも事実関係を証明する書類は持っていませんでした。だから力になれないと伝えました。正統な相続人ではないので無理だと。すると何も言わずに帰っていきました。ひょっとして、この女性が盗難に加担していると言いたいわけじゃないですよね？」

おっと、予想外の展開だ。ローズ氏のほうからノートン夫人の話を持ち出すなんて。彼女の話題を避けるか、宝石なんて知らないふりをすると思ったのに。意外とあっさり目当ての情報を引き出せるかも。

ローズ氏が前のめりなら、戦法を変えて引いてみよう。ベアトリスは、ぎょっとしたふりをして、同僚のスティーブンズのほうを見た。

「これはつまり……？」

先は続けず、わざとぼやかす。

公爵は一瞬戸惑いの表情を浮かべたが、すぐにベアトリスの意図を察した。

「……そういうことでしょうね」

公爵も言葉を濁す。

完璧。難なくボレーショットを拾うなんてさすがだ。

「とすると、わたしたちはそろそろ……？」ベアトリスは、退散をほのめかしているとわかるように、大げさに頭を傾けてドアを指し示した。

ローズ氏は意味深なやり取りに動揺し、ベアトリスの思惑どおりにふたりを引き止めた。「ご存じのことをどうか教えてください。ノートン夫人なんですか。彼女が盗難に関わっていると？　まさか。社交界でも尊敬されている上品なご婦人ですよ。盗人に身を落とすなんてありえません。〈グレート・ムガル〉はそもそも彼女の曾祖父の持ち物で、歴史的価値のある家宝です。それを伯父から盗むなんて、自分の家族から盗むも同然です。そんな愚かな真似をするとは思えません」ローズ氏は断固として言った。でもすぐに肩を丸め、不安そうな目でベアトリスを見た。「それともやっぱりノートン夫人が？」

〝押すより引け〟作戦が効いているので、ベアトリスは逃げ腰の態度を装い続けた。「それはわたしが判断する問題ではありません。わたしたちがここに来た目的は、あなたに忠告することであって、それはもう達成できましたから。早く他の方々にも忠告しに行かなければ。本日はお忙しいところ、ありがとうございました」

ベアトリスは公爵に向かってうなずき、立ち上がるよう合図した。でもふたりが立ち上がらないうちに、ローズ氏が言った。

「とんでもありません。こちらこそありがとうございました。でもちょっと待ってください。とても動揺していて、頭を整理するのに少し時間が必要なんです。その間、帰らずにいてくれませんか」

ベアトリスはもったいぶって椅子に深く座り直した。

「わかりました。どうぞごゆっくり頭を整理してください」恩着せがましく言ったが、もちろん宝石の隠し場所を突き止めるまで帰るつもりはない。「ご心配には及ばないでしょう、ローズさん。あなたは賢い方とお見受けします。それほど価値の高いものなら、危ない場所に保管してはいないはずです」

この言葉にローズ氏はいっそう動揺し、目を泳がせながら両手を握りしめてコクコクとうなずいた。

「ええ、もちろんです。でも、保管しているのは別の人で、実を言えば、わたしはほとんど関わっていません。ブロアム氏は自分の馬丁に託したのです。リチャード・フラワーデューという名前で、絶対の信頼を寄せていた人物です。だからわたしにはどうしようもないのです。あなたがたもノートン夫人も、わたしが宝石を隠しているわけですから、フラワーデュー氏が持っていれば、ある意味では安全かもしれません。泥棒も、存在すら知らない相手から情報を引き出すことはできないでしょう。ああ、でも油断しすぎでしょうか。少し楽観しすぎでしょうか。やっぱりフラワーデュー氏にも忠告したほうがいいですよね。だけど忠告しに行くことで、泥棒に彼の存在を知られてしまい、彼が狙われてしまうかも。ああ、でも彼が危ないなら、わたしの身だって危ないのでは？　だって、わたしが宝石を隠しているとみんな思い込んでいるのですから。脅されたりするかも？　ナイフの先を突きつけられて、ダイヤモンドのありかを吐けと迫られたり？」恐ろしい状況を想像しているらしく、手がぶるぶると震えている。「ああ、とんでもないことになった」

ちょっと脅かしすぎたかも。本当は何の危険も迫っていないのに。ベアトリスはローズ氏を落ち着かせようとして言った。

「先ほど博物館職員の情報網があると申し上げたでしょう。報告では、さまざまな要素を検討した結果、あなたがダイヤモンドを所持しているか、隠し場所を知っている可能性は低いという結論でしたよ。顧客が弁護士を心から信用することはほとんどありませんしね。だからあなたを訪ねてきたのは、ただ万全を期すためなんです。〝念には念を〟がわたしたちのポリシーですから。たいして危険がなくても、忠告するに越したことはありません」

ローズ氏は胸をなで下ろしてうなずいた。それから、慎重に進めることの重要性を契約書の作成業務と関連づけて長々と論じだした。

「落とし穴はたくさんありますからね。法律では細部が大切なんです。ほんの小さなミスが命取りになるんですよ」

ベアトリスは、宝石を持っている人の名前がわかったから、今すぐ帰りたかったが、ローズ氏が長広舌を振るう間、じっと我慢して座っていた。おしゃべりが止まらないのは、仕事の苦労を語りたいというより、ほっとしたからだろう。不安にさせたのはわたしだから、少しはつきあってあげなくちゃ。

とはいえ、ノートン夫人の祖父の馬丁のことを一刻も早く公爵と相談したいのに、黙って椅子に座っていなくちゃならないなんて。気が急くだけじゃなく体までおかしくなりそうだ。

ミスター・花の露(フラワーデュー)！

ブロアム氏が孫娘への遺書で〝庭〟と書いていたのは、どう考えても彼のことだ。庭、それは命の輝きにあふれた場所。ローズだけじゃなく、いろんな花々が息づいている。でもノートン夫人が気づかないのも無理はない。使用人が大事なものを預かっているとは思わないだろうし、そもそも存在を認識していないかも。わたしだってローズ氏が口車に乗ってしゃべらなければ、自力でフラワーデュー氏にたどり着けたかどうかあやしい。〝庭〟がローズ氏以外の人を指すなんて考えもしなかったから。

さて、公爵の作戦が運よく成功したところで、お楽しみはこれからだ。元ミス・ブロアムにわたしの利発さを見せつけてやろう。目的を達成できると見込んだからこそ、助けを求めたのだろうけれど、こんなに早く達成するとは予想していなかったはず。難題だと思っているようだったし。

まあ、誰かさんにとっては難題かも？

意地悪な跡取り娘はわたしが同じ年に社交界デビューしたってことを忘れていた。美貌も家柄もないわたしをいじめの標的にしたのは、単なる彼女の気まぐれだった。でもその事実を知っても、今この瞬間の快感は少しも減らない。肝心な部分はくすんでもしみったれてもいないと、こんなに鮮やかな手際ではっきりと証明できる。そう、わたしには知性がある。

難題クリアを知らせるには、どんな方法がいいだろう。ベアトリスは、ローズ氏がカンマの打ち間違いが引き起こす大惨事の話へと移るなかで考えをめぐらせた。手紙を書いて届けようか。それとも、直接会って話そうか。後者なら、ノートン夫人がアッと驚く顔をこの目で確かめられる。それは魅力的だけれど、時間がかかるのが難点だ。男装をしているから着替えをしなきゃならないし、向こうの都合だってあるだろう。社交界の人気者は、午後にいきなり訪ねて会えるものかしら。

手紙にしよう。驚く顔は見られなくても、早く勝利の快感を味わいたい。

ベアトリスはそう決めて、頭の中で作文を始めた。ローズ氏は助手を雇って契約書の校正をさせる必要について論じている。「ここ数ヵ月で雇った助手はみんな悪くなかったのですが」ふと思いついたように尋ねる。「ひょっとして現代工芸品部門、いや大英博物館おすすめの校正者はいませんか」

ローズ氏は憂い顔で続ける。「いえなに、優秀な校正者を確保するのが難しいのはご存じのとおりでしょう?」言葉を切って同意をうながす。ベアトリスたちが黙っていると、それを勝手に同意のしるしと取って心得顔でうなずき、また別の話を始める。「それから印刷所ですけれどね。あいつらはぼったくりですよ」

口角泡を飛ばして、インクの理不尽な値付けにいちいち文句をつけていく。ケスグレイブ公爵は、他人に退屈を強いるのはお手のものだが、自分が退屈な気分を味わわされるのには慣れていない。我慢の限界だった。五百年の歴史を持つ公爵家ならではの尊大さですっくと立ち上がると、事務弁護士にいとまを告げた。

ローズ氏はハッとして公爵を仰ぎ見た。

ベアトリスは笑いをこらえて自分も立ち上がり、助手の非礼を謝った。

「スティーブンズはとても仕事熱心なんです。楽しいおしゃべりを続けたいのはやまやまですが、もう戻らなければ。ローズさん、今日は貴重なお時間をありがとうございました。大変助かりました」

事務弁護士は気を悪くする様子もなく、見送りに立った。

「仕事への情熱はよく理解できます。わたしも相当な仕事人間ですから」そう言ってから、弱々しい笑みを浮かべる。「お気づきでしょうが、実は仕事の話を始めると止まらない性分でしてね。ひとりよがりになって、くだらない話を披露してしまいました。お仕事の邪魔をしたのであれば、本当に申し訳ない」

ベアトリスは少しかわいそうになり、あわてて言った。

「とんでもありません」

だが良心の呵責などかけらも感じていない公爵は、同時にこう言った。

「まったくだ。きみがくどくどと長話をするせいで、優秀な人材が集まらないんじゃないか」

ローズ氏は赤面した。でも目を泳がせたりはせず、如才なく忠告に感謝した。

「つまらないひとり芝居へのご意見ありがとうございます。肝に銘じておきます」

公爵はえらそうにうなずいた。レイクビュー・ホール滞在中に何度も見たやつだ。わたしもやられた。まさに冷淡さと短気さがなせる名人技。卑屈な博物館職員を演じるのが嫌になって、元の姿に戻ったのだ。弁護士の長話に二十分もつきあえるはずがない。二十年も叔母さん一家のもとでもっと退屈な話を聞かされ続けてきたわたしからすると、公爵のこらえ性のなさは愉快だし、爽快にすら思える。

ベアトリスは、自制心を見せつけるようにすまし顔をしていたものの、公爵の馬車に乗り込んだとたん、けらけらと笑いだした。なんておかしな光景だっただろう。

振る舞いは高飛車で尊大な公爵なのに、見た目はくたびれたスーツに地味なひげの庶民スティーブンズだなんて。ローズ氏もびっくりしてあんぐりと口を開けていた。一介の事務職員があれほどえらそうに振る舞う姿は生まれて初めて見ただろうから。

馬車が動きだすと、公爵は穏やかな口調で言った。

「自分だってくどくどと長話をするくせに、と言いたいのだろう？　きみのことだから、皮肉をたっぷり用意しているだろうね。でも言っておくが、ローズ氏とは違って、ぼくは思いつくまま脇道にそれたりしない。話題に一貫性を持たせるようにしている。自制心の賜物だ」

たしかに、公爵は聞き手がつらくなるほど、同じお題について延々と語り続ける。ナイルの海戦の話をしたときだって、半時間も英国海軍のことばかりで、ナポレオン艦隊にはいっさい言及しなかった。それが〝自制心の賜物〟だったなんて。さっきはこらえきれずに立ち上がったくせに。だめだ、もう我慢できない。ベアトリスはお腹を抱えて笑いだした。

公爵は馬鹿にされてもすました顔で、袖口のほつれを調べながら、ベアトリスが落ち着くのを待っている。スチュワート作戦が大当たりだったことを自慢するつもりはないようだ。ベアトリスは公爵の慎ましさに妙に感心した。たしかに自制心があるのかも。

公爵が褒め言葉を求めないとなると、逆に褒めなきゃならない気がしてくる。

「情報を引き出す手助けをしてくださり、ありがとうございました。おかげさまで、事を荒立てずに済みました」ベアトリスは言った。「ほら、覚えてらっしゃいますか。情報を手に入れるためには、ひと芝居打たなくてはならない場合もあります。今回は幸いにも、ご提案のおかげで、その必要はありませんでした」

公爵は顔を上げてベアトリスを見た。

「〝ひと芝居〟というのは、たとえばぼくが棚をあされるように、きみが失神するふりで相手の注意を引くとかそういうことかい?」

「逆ですよ。わたしが棚をあされるように、公爵さまが失神するふりをするんです」

「ああ、そうだな」公爵は唇をゆがめた。「きみのほうが上なのだから、当然だ」

わたしが上? いやいや、ただの冗談だ。現代工芸品部門の上司と部下という、仮初(かりそ)めの立場を面白がっているだけ。現実の話じゃない。ケスグレイブ公爵閣下が誰かの下に甘んじるわけがないもの。それでも、いくらかは本心が交じっていると感じたから、一瞬返す言葉に詰まった。公爵がわたしを尊敬してる？　そう思うと、急に鼓動が速くなる。馬車の薄暗がりの公爵を見つめる。少し困ったような笑み。トーントン卿に話を聞いたあとと同じだ。わたしの今の気持ちもあのときと同じ。いとおしくてたまらない。彼に近づく。瞳の奥をのぞきこむ。このきらめきは、わたしだけのもの。そっと唇を寄せる。

おっと、いけない。公爵の付けひげが顔をくすぐった。あやうく前回と同じミスをおかすところだったわ。

ベアトリスは、付けひげの端をつまんでそっとはがそうとした。前に馬車の中でキスをしたときは簡単に取れたのだから、ほんのちょっと引っ張ればはがれるはず。でもはがれない。少し強めに引っ張ってみる。まだだめだ。この頑固な小道具め。グッと力を込めて引っ張る。取れた。と思った瞬間、勢いあまって壁に手をぶつけた。ヒッとベアトリスが小さく悲鳴を上げるのと同時に、公爵も声を上げた。「痛い！」

あらやだ、どうしよう。公爵は手で上唇の傷を調べている。ベアトリスはなぜか笑いがこみ上げてきた。付けひげの馬鹿。二度も恥をかかせるなんて。

ベアトリスはこらえきれずに、またお腹を抱えて笑いだした。恥ずかしさとおかしさがいっしょくたに襲ってきて、謝るどころじゃない。でも申し訳ない気持ちでいっぱいだ。わざとではないにしろ、皮膚をむしり取ってしまったのだから。

公爵はベアトリスを落ち着かせようと両肩をそっと手で包み、心底不思議そうに言った。

「なぜぼくはこんなおかしな子を愛しているのだろう？」

それについて自問自答を繰り返してきたベアトリスは、なんとか笑いを収めて言った。

「本当に謎ですよね。いつ正気に戻られるのかとはらはらしていますわ」

というのは口先だけだ。もう今は、まったく説明がつかないとは考えていない。公爵の性格もわかってきたし、自分にも少しは魅力があると気づいた。すると、彼がわたしに惹かれるのも無理はないと思えてくる。公爵は、鼻持ちならない行き遅れ令嬢にやり込められるのが楽しいのだ。

でも公爵はベアトリスの言葉を冗談と受け取らず、さっと真顔になった。

「人生で今が一番正気だ」

こんなロマンチックなたわ言を言われたら、お返しをしなくては。ベアトリスは、付けひげのせいで中断したところからやり直すことにして、唇を押し当てた。すぐにキスは激しさを増す。自分を抑えられなくなりそう。自慢の自制心もお手上げだ。

ベアトリスは体を離した。大きなため息をつき、後悔しながら言う。「わたし、結婚を一週間延期すると言ってしまいましたよね」

公爵はフッと笑った。「ああ、言ってしまったな」

「今度そんな愚かなことを口走ったら、絶対に止めてくださいね」

「今度なんてないさ」公爵はきっぱりと言った。「だが今は、失ったものを嘆くのはやめて、手に入れたものを楽しもうじゃないか。つまり、きみの抜群の優秀さを宿敵に知らしめる機会を得たことを。どんな方法で勝利を告げるつもりだい？　手紙を届けさせるか、直接会って話すのか。ぼくの意見を聞きたいなら、前者がお勧めだ。洗練されたやり方で自慢をするなら、手紙のほうが簡単だからね。もちろんぼくが何度もやってのけたように、対面でも可能だ。だが手紙ならすみずみまで推敲（すいこう）できるから、切れ味の鋭い仕上がりになる」

手っ取り早いという理由で手紙に決めていたけれど、たしかに皮肉の利いた手紙にしたい。ベアトリスはすぐさまコツを尋ねた。公爵の特技といえば、いけ好かない相手の鼻をへし折ることだ。

得意分野の質問を受けて気をよくした公爵は、無礼な成り上がりを確実にしょげかえらせる方法について、熱っぽい口調で詳しく語りだした。公爵の講義はポートマン・スクエアに着いてもまだ終わらず、ハイドクレア家の前でさらに数十分続いた。まったくもう、この人は。

5

ヴェラ叔母さんとレディ・アバクロンビーは、ベアトリスがノートン夫人と密談していた間に、朝食の間(ま)で協定を結んでいた。締結の場にいようがいまいが、決定事項には逆らえない。

「でもこんなにたくさんの衣装を新調する必要があるのですか」ベアトリスはマダム・ボランジェのドレスサロンで反論した。

「理不尽に感じていたら申し訳ないけれど、決定の瞬間にその場にいた者だけが決定できたのよ」叔母さんが諭した。

　社交界に出たばかりの頃は、やっぱり他の女の子たちの素敵なドレスに憧れた。真珠をあしらった美しいバラ飾りや、優雅なレースの縁飾り。ハンサムな男性の腕に抱かれてダンスをする自分を思い浮かべるときは、いつも上質なシルクに身を包まれてくるくると回っていた。でも一番大それた妄想の中ですら、二、三着を着回していた。現実と同じく慎ましい自分だった。だから十着を超えるドレスなんてとんでもない。

でも今、慎ましさとは無縁のアバクロンビー伯爵未亡人が、わたしの嫁入り仕度(トルソー)を取り仕切っている。その権限と引き換えに、ようやく〝ベアトリス社交界デビュー計画〟をあきらめたらしい。

再デビューよと、ヴェラ叔母さんは金切り声で訂正するだろうけれど。

「わたしがこの協定を喜んでいると思う?」叔母さんが声を低めて言った。マダム・ボランジェに向かって愛想笑いでうなずく。マダム・ボランジェは、レディ・アバクロンビーと乗馬服の生地について相談している。「公爵夫人ともなれば、三着は必要だものね」レディ・アバクロンビーはそう言って、店の助手を呼びつける。「もっと優美で、もっと豪華なものを」そのたびに哀れなヴェラ叔母さんは、針か何かとがったもので刺されたみたいにびくっとする。「喜んでいるはずがないでしょう。あなたもわかっているだろうけれど、フローラが黙っていないわ。ロンドン一のドレスメーカーが作る最高のドレスを間近で見たら、もう二度と、ミセス・デユヴァルの堅実な針仕事では満足しないでしょう。しつこくごねて、最後にはこの店に連れてくるしかなくなる。そして、ドレスやら手袋やらを買わざるを得なくなる。それを見たラッセルはどう思うかしら？　妹がボンド・ストリートの店でドレスを買ってもらったのを見て、よかったねとにこにこしているかしら？　まさか。自分もウェストンへ行くと言いだすわ。そうなったら、あなたのトルソーにかかる莫大な費用に加えて、一年分の蠟燭代に匹敵する衣装代を払うはめになる。恐ろしさに卒倒しそうよ。それでもわたしはここにいて、文句一つ言わずに、あなたの青白い顔には何色のドレスが似合うかアドバイスしているの。だからお願い、せめてあなたも黙っていてちょうだい」

「はい、承知しました」少しはしおらしく見えるように言う。

叔母さんは満足そうにうなずいた。

「ドレス選びも楽しくはないけれど、レディ・アバクロンビーに〝ベアトリス社交界デビュー計画〟を実行されるよりずっとましだわ。状況が違えばかまわないのよ。伯爵未亡人がお気に入りの娘を誰に紹介しようと、お好きになさればいいわ。でもウェム伯爵の自白のあとではだめよ。わたしたちはすでにうわさの的ですからね。

わたしたち夫婦が何を知っていたのか、あなたにどんな隠し事をしていたのか、みんな興味津々だもの」ここで叔母さんはぱっと顔を赤らめた。実際、叔母さん夫婦はなかなかのことを知っていたし、それを姪っ子に隠していたからだ。すべて誤解だったにしろ、姪っ子への隠し事が帳消しになるわけじゃない。「ラルストン夫人が遠回しに言うには、社交界の何人かは、わたしたち夫婦がウェム伯爵と共謀して、あなたの両親の領地を乗っ取ろうとしたと考えているみたい。そんなことありえないのに。ウェルデール・ハウスは素敵だけれど、びっくりするほど部屋数が多くて、維持費が大変よ。ましてや瀟洒（しょうしゃ）な庭まである広大な敷地を管理するなんて、いくらお金があっても足りないわ。ひどいことを言う人がいるものよね。本当にひどい。嘘っぱちもいいところよ。わたしたちはウェム伯爵の過ちを知らなかったし、クララが不倫していると言われて信じるしかなかった。わかってくれるでしょう？ウェム伯爵の言葉を疑う理由なんてなかったの。彼はお父さまの一番古い友人だった。幼馴染みだったんだから」

ベアトリスは動揺している叔母さんをなだめようと、肩を抱いて言った。

「心配しないでください。ラルストン夫人の根も葉もないうわさ話なんて、わたしは絶対に信じませんから」

そう、信じるわけがない。屋根裏部屋の収納箱にしまわれた形見には、父親の株券も交じっていたが、手つかずのまま残っていた。叔母さん夫婦はけちだけれど、孤児を養う費用を、遺産でまかなおうとはしなかった。立派な心がけだと思う。だけど株を現金に換えて必要なものを揃えてくれていたら、どれほどましな人生だっただろう。ちょっとしたアクセサリーとか、真珠のバラ飾りやレースの縁飾りをあしらったドレスとか。ふたりの殊勝な決意と持ち前の倹約精神のせいで、惨めな思いをする機会も多かった。素敵なものを与えられないせいで、自分が価値のない人間に感じられた。

そして今、ヴェラ叔母さんはかわいそうに、二十年間けちけちしてきたツケを払わされようとしている。たった一度の買い物で！

叔母さんのピンチを笑いたいけれど、レディ・アバクロンビーの〝適切なトルソー〟観には自分も不安を覚える。十着目の午前用衣装は、八人目の従僕に似ている気がする。叔母さんが示した終わりのない〝公爵家の使用人リスト〟と同じく、レディ・アバクロンビーの際限のない衣装リストは、ケスグレイブ公爵夫人としての計り知れない未来を暗示している。

叔母さんは肩を抱かれておとなしくしていたが、姪っ子との触れ合いに慣れていなかったので、落ち着かなかったらしい。もぞもぞと肩を揺らして腕をほどくと、横へ一歩離れて、いつになく皮肉な調子で言った。

「まあ、ラルストン夫人の言う〝社交界の何人か〟が誰を指すかはわかりきっていますけどね。夫人本人と娘たちのことよ」

娘が含まれているかどうかもあやしい。ベアトリスはそう思ったが、黙ってうなずいた。そして顔がひきつりそうになるのをこらえた。レディ・アバクロンビーがおでかけ用のドレス選びに満足して、今度は散歩用のドレス選びに取りかかろうとしている。ハイドパークで注目を集めるためだけの服なんて必要だろうか。そんなものがなくても、二十六歳の今までやってこれたのに。注文を終えた十二着のおでかけ用ドレスだってじゅうぶんに優雅じゃない？

隣では叔母さんが恐怖にがくがくと震えている。

「散歩用のドレスは何着いるかしら。三着か、それとも四着？」レディ・アバクロンビーがマダム・ボランジェに意見を求めた。

「四着でしょう」商売人のマダム・ボランジェはもちろんそう答える。さらに少し間を置いて続ける。「やっぱり五着は必要じゃありませんか。公園は泥や砂埃ですぐに汚れてしまいます。そうじゃありませんこと？」

「たしかにそうね。考えが甘かったわ。五着にしましょう」

叔母さんは体のどこかが痛むかのようにうめき声を上げ、自分に言い聞かせるようにつぶやく。

「ベアトリスの再デビュー計画が実行されれば、またうわさの的になってしまう。レディ・アバクロンビーの気前がよければよいほど、わたしたち夫婦がけちだと思われてしまう。どうして最初にちゃんとデビューさせなかったのかと責められる。そして最後には、後見人としての資質を疑われてしまう。だからドレスを何十着も買うほうがいい。ああ、すばらしい協定を結んだものだわ」

本心ではないのが丸わかりだ。叔母さんはぶつぶつ言い続け、レディ・アバクロンビーと結んだ協定の利点を数え上げる。ベアトリスは、一気に膨れ上がったトルソー代の一部を遺産でまかなうのはどうかと考えた。そう提案したら、叔母さんはどんな反応をするだろう。根っからの倹約家だから、負担額が減るのはうれしいはずだ。でもここにきて、わたしに厳しく当たってきたことを気に病む様子を見せている。ラルストン夫人の意地悪な発言も耳にこびりついているだろうから、吝嗇ぶりを非難されたと感じるかも。叔父さんも最近は信じられないくらい太っ腹だ。トルソーには金に糸目をつけるなと言っていた。叔母さんは夫の言葉にも、マダム・ボランジエの散歩用ドレス五着発言と同じくらい悩まされている。

「本当にすばらしい協定を結んだものだわ」叔母さんが繰り返すそばから、レディ・アバクロンビーは旅行用の衣装選びに取りかかった。「もっと豪華な生地を持ってきてちょうだい」ベアトリスは動揺のあまり笑いだした。

「ひょっとしてミス・ハイドクレア？」誰かが言う。「やっぱりそうだわ。ミス・ハイドクレア！　こんなところで会えるなんて」

ベアトリスが振り向くと、ノートン夫人がライトブラウンの目をぱちくりさせていた。ヴェラ叔母さんは、親しげな様子を警戒してあとずさりした。以前だったら、姪っ子がアルマックス・クラブの運営者に近しい人気者と交流することを喜んだだろうが、高飛車で浪費家の竜巻――レディ・アバクロンビーのこと――を経験したあとでは不安でしかないのだ。

叔母さんは心配そうな目でベアトリスをちらりと見ると、店に入ってきたばかりの母娘に挨拶をした。ノートン夫人も丁寧に挨拶を返し、母親であるブロアム夫人は「いいお天気ですね」と叔母さん好みの話題を口にした。

「ええ、本当にいいお天気ですこと」叔母さんもほっとして応じた。「気持ちも晴れやかになりますよね。夫は朝から乗馬に出かけました。でもわたしたちが午後に公園へ行くときは、馬車にするつもりですの。いいお天気が続くとは限りませんからね。ほら、雲が出てきましたよ。今はのんきそうに白くてふわふわしていますけれど、いつ嵐に変わるともしれませんわ」

ブロアム夫人も悲観的なタイプなのだろう、叔母さんの言葉にすぐさまうなずいた。

「たしかにそうですわね。さきほど馬車を降りたときも、ふっと肌寒さを感じましたわ」

ふたりが天気を憂いている間に、ノートン夫人はベアトリスの腕を取って顔を寄せた。

「ここで会えたことに感謝だわ。早くお礼を言いたかったの。あれから興奮しっぱなしなのよ。あなたったら、おじいさまの遺書にあった〝庭〟の正体をあっという間に突き止めてしまうんだもの。ローズ氏のことだと思い込んでいたわ。まさかフラワーデューだったなんて。自分が子どもの頃から知っている馬丁よ。どんな手を使ったのか教えてほしいけれど、ウェム伯爵とのやり取りを思い出せば、訊くまでもないわね。本当にすごいわ、ミス・ハイドクレア。もっと早くに知り合っていればよかった。すぐに仲良くなったはずよ」

褒められてうれしくなくはない。六シーズンをとおして社交界の果てに追放されていた身なら当然だ。でも、ちゃんとわかっている。褒め言葉の半分は本心だとしても、もう半分はごまをすっているだけだ。だってわたしは未来の公爵夫人だし、目玉が飛び出るほど高価なダイヤモンドの捜索を手伝ったのだから。そりゃあ、すぐに仲良くなるはずよね。

ひねくれた思いを抱えつつ、ベアトリスは感じよくほほ笑んだ。

「三日前だったかしら。助けになれたならうれしいわ」これは本心。公爵も言ったとおり、宿敵に格の違いを見せつけるのは、とっても気分がいい。「フラワーデュー氏とはもう話した？　ローズ氏より協力的かしら」

ノートン夫人は顔を曇らせて口をとがらせた。

「それが全然協力的じゃないの！　本当に腹が立つ。わたしを子どもの頃から知っているし、おじいさまのお気に入りだってこともわかっているくせに。人生最大のピンチだわ」

ベアトリスは驚かなかった。世界有数の宝石の隠し場所を、そう簡単には教えないだろう。でもダイヤモンドを馬丁がどうこうする可能性は低いはず。ローズ氏への説明は嘘ではなく、大きな宝石をこっそりと売りさばく場合、目立たない小さなかけらに分割しなくては見つかってしまう。フラワーデューに、宝石の分割を頼める相手なんているだろうか。

そう考えながらベアトリスは訊いた。

「おじいさまの手紙は見せたの？　最期の願いが書いてあるじゃない？」

見せていないはずがないけれど、ノートン夫人は驚いた顔をしているから、どうやら見せていないらしい。

「そうよ、手紙を見せればいいのよ！　どうして思いつかなかったのかしら。自分のまぬけぶりにあきれるわ。言い訳にもならないけれど、フラワーデューに拒まれた怒りで頭が回らなかったの。自分の名前も忘れるほどに」ノートン夫人は自嘲気味にため息をついた。「ありがとう、ミス・ハイドクレア。また助けてもらっちゃった。あなたって本当にすごい人ね」

誰でも思いつくことだけど。ベアトリスは胸のうちでつぶやくだけにして、礼儀正しく返事をした。「どういたしまして」

ノートン夫人は尊敬のまなざしで続けた。「もしよかったら――」言いよどみ、ふいに頭をぶんぶん振る。「だめよ、もうじゅうぶん助けてもらったんだから。それにあなたは今、トルソー選びの真っ最中でしょ？」

大量の買い物がばれて、妙に気まずい。

「ええ、実はそうなの。レディ・アバクロンビーが手伝ってくださっていて。母の親友だったし、トルソーについて一家言ある方だから」

「すばらしいわ」ノートン夫人が興奮して言った。「レディ・アバクロンビーなら、公爵夫人に必要な物をすっかり揃えてくださるわ。あなたほどの年齢になると、実用性にばかり目を向けがちでしょ。ドレスを二、三着と乗馬服が一着あれば足りると思ってしまうでしょ。でも冷静に実用性を吟味している場合じゃないわ。だってあなたは公爵夫人になるんだもの。公爵夫人よ、ミス・ハイドクレア！　美しいドレスに囲まれて、みんなに敬われる。これほどの玉の輿に乗るとは夢にも思わなかったでしょう。最初の社交シーズンを覚えてる？　想像してみて。そのときの自分に教えてあげるの。いつの日か、あなたは公爵夫人になるのよって。公爵夫人よ！　昔のあなたは、びっくりして卒倒しちゃうわね。わたしだって卒倒しそうなときがある。自分がどれほど幸せな結婚をしたか、いまだに信じられないの。夫は少女の夢が現実になったみたいな男性よ。その人と結婚してこの夏で六年になるなんて嘘みたいだわ」

お願いだから、うっとりした声で〝公爵夫人〟を連呼するのはやめて。膨大な量のトルソーにただでさえ動揺しているのに。玉の輿と言われると、ケスグレイブ公爵との結婚が、海の向こう側の話のような、よそよそしくて遠いものに感じられる。愛し合うふたりが結ばれるだけなのに。

それに、昔の自分が驚く姿を想像してみなさいですって？　これほど不安になる言葉はない。昔の自分が公爵と結婚すると聞いたら、たしかに卒倒するだろう。ノートン夫人と同じく、今のわたしに尊敬のまなざしを向けるはず。

これ以上考えるのはやめよう。どんどん不安になるだけだ。

でもノートン夫人は人の気も知らずにしゃべり続ける。

「わたしったら、またあなたに助けを求めるところだったわ！　婚約した女性の一番のお楽しみ、トルソー選びの最中なのに、あなたを引っ張っていって、おじいさまの元馬丁から〈グレート・ムガル〉のありかを聞き出させようとした。とんだうつけ者だわ！　だけど許して」ベアトリスの腕にすがりつく。「お願いだから友達でいてちょうだい。普段はもっと常識のある人間なのよ」

ベアトリスはノートン夫人が何か言うたびに不安を募らせた。店でドレスを選ぶより、フラワーデューを問い詰めに行きたいなんて告白したら、どんな反応が返ってくるかはわかりきっている。えっ！　まさか！　ありえない！

わたしにとってトルソー選びはお楽しみでもなんでもない。むしろ恐怖だ。でもノートン夫人のせいで、昔の自分が今の自分をどう思うかとつい考えてしまう。がっかりして舌打ちする音が聞こえてきそうだ。こんな行き遅れのしょぼくれ女にはなりたくないと。

ちょっと待って。その言い草には納得できない。だってしょぼくれ令嬢なのは昔からでしょ。最初のシーズンのあなただって、しょぼくれていた。むしろ今のわたしは、殺人犯を突き止める機転と度胸がある分ましなはず。

おっと、頭の中の自分と口論してしまった。くだらないし、無駄でしかない。ベアトリスがそう思っていると、レディ・アバクロンビーがハッと息をのんだ。

「完璧なカシミヤだわ」うっとりと生地を撫でる。「ベア、あなたも触ってみて。天にも昇る肌触りよ。顔色がよく見える色でショールを三枚作りましょう。次はケープね。冬用に丈が長くて生地の分厚いフード付きのものを一着、それから秋と春先用に薄めのものを一着」

ベアトリスはとくに触りたいとも思わなかったが、ノートン夫人は完璧なカシミヤの誘惑に抗えなかった。なめらかな生地をさっと撫でる。

「本当だわ。天にも昇る肌触りだわ」伯爵未亡人のセリフを繰り返す。「ショールは三枚でいいんですか、レディ・アバクロンビー。わたしはよくなくしますよ。四枚のほうがいいと思いますわ」

「そうね」レディ・アバクロンビーがすぐさま同意したので、ヴェラ叔母さんは追加の代金を計算してヒッと小さく悲鳴を上げた。

「あら、どうかなさいました？」ブロアム夫人が心配して言う。「顔色が悪いような。お座りになったら？」

「いいえ、なんでもありませんよ」叔母さんは弱々しい声で答えつつ、店の助手が持ってきた椅子に腰を下ろした。

その間にブロアム夫人は娘の意見に賛成して言う。

「たしかにショールは置き忘れることが多いわね。五枚のほうがよろしいかと。〝念には念を〟ですわ」

格言は拍手で迎えられ、さらにマダム・ボランジェが小物の管理の難しさを説いた。

「とくに手袋ですね。公爵夫人ともなれば、いくらあっても足りませんわ」

レディ・アバクロンビーが即座にうなずいた。

「この店の刺繍職人の手にかかれば、なんのへんてつもない白手袋が芸術作品になるわよ」

ヴェラ叔母さんがぎょっとした。なくすと決まっているものの装飾にお金をかけるなんて、恐ろしくてたまらないのだ。ベアトリスも不安に駆られた。マダム・ボランジェの言葉が文字どおり現実になったらどうしよう。公爵家の部屋にいると、白手袋が降ってくる。美しいシルクの手袋は部屋を埋めつくしてもなお増え続け、息苦しくなる。口まで埋もれる。鼻まで埋もれる。このままでは窒息してしまう。

ただの想像だけれど、本当に店の壁が迫ってくる感じがする。

ここを出なくちゃ。

ベアトリスは宿敵の腕を取った。「やるわ」

あでやかな緋色のマントのデザイン画に目を奪われているノートン夫人が、ベアトリスをちらりと見た。「やるって何を？」

「あなたの一大事を助けてあげる」ああ、とんだうつけ者はわたしのほうだ。でもかまわない。マダム・ボランジェの店にいたら、窒息して死んでしまう。そもそもが狂気の沙汰だ。贅を尽くしたトルソーを叔母さんに無理やり買わせるなんて。何十枚ものドレスにショール。ケスグレイブ邸の図書室で服に埋まってしまうかも。

そうなったら、華麗なドレスで命を落とした臆病者として、歴史に名を刻むことになる。

「あら、まだ帰れないわよ」レディ・アバクロンビーが抗議した。「スペンサーにペリースにスカーフにシュミゼットに。決めることがまだまだあるわ」

「残念ですが、ノートン夫人が大変なんです。必ず助けると約束したものですから」ベアトリスは腕に力を入れてノートン夫人に合図をした。

ノートン夫人はすぐに察した。「ええ、本当に大変なんです。非常事態と言ってもいいですわ」

ブロアム夫人が娘に戸惑いの目を向けた。急展開についていけないのだろう。

ベアトリスはレディ・アバクロンビーに言った。

「トルソー選びをお任せしてもよろしいでしょうか。とっても頼りにしています。奥さまのセンスのよさは誰もが認めるところでしょう。お屋敷の完璧な居間が目に焼きついて離れませんわ」

「全部任せるの？」叔母さんは真っ青になった。

「でも何がそんなに緊急なの？」ブロアム夫人が言った。「マダム・ボランジェの店に来て、ドレスを一着も買わずに帰るなんて」

ノートン夫人は答えようと口を開いたが、何も思いつかないらしく、助けを求めてベアトリスを見た。同じく何の言い訳も用意していなかったベアトリスは、彼女をただ見返した。「ええと……」しばらくして言う。「刺繍です」

「刺繍？」ブロアム夫人がオウム返しに言う。

「はい、し、しゅ、う、です」なるべくゆっくり発音しながら、さっと共犯者へ目を向ける。だめだ、母親と同じくらいうろたえている。わたしがなんとかするしかない。「刺繍をする計画なんです。特別なのを……ノートン氏のために。そうなんです！　ほら、夏で結婚六周年じゃないですか。ノートン夫人は記念に特別な贈り物をしたいと考えているんです」

ノートン夫人も作戦を理解してあとを続ける。

「そうそう、ジョンが狩りに夢中なのは知ってるでしょ、ママ。愛する猟犬パグネイシャスの刺繍をあしらったハンカチを何枚か贈りたいの。顔の部分に苦労していたら、ミス・ハイドクレアが手伝いを申し出てくれたのよ。彼女は刺繍の達人なの」

ヴェラ叔母さんはベアトリスを取り柄のない娘だと思っていたが、ノートン夫人の言葉は否定できなかった。

「ベアトリスに特技があるとすれば、静かに座って刺繍することですわ」そう言いつつ、納得のいかない表情をしている。姪っ子の申し出を不審に思っているのだろう。

ブロアム夫人も相変わらず当惑顔だ。「でも一時間前は、今日のうちに新しいドレスを買わなきゃならないと言い張ってたじゃない」

ノートン夫人がにっこりとほほ笑んだ。

「ええ、そうよ。だからお母さまが代わりに選んでおいてくれる？ わたしの好みは完璧に把握してるでしょ。趣味が似ているもの。レディ・アバクロンビー、帰りは母を屋敷まで送っていただけるとありがたいのですが」

「もちろんよ。わたしの馬車は広いもの」レディ・アバクロンビーは一も二もなく請け合った。「トルソーも任せてちょうだい。本人がいなくたって、未来の公爵夫人の衣装をばっちり揃えてみせるわ。さあ、早く生地選びに戻らないと」

よかった。誰が何と言おうと店を出るつもりだったけど。ベアトリスはそっとノートン夫人の腕を取り、叔母さんに挨拶をした。駆けだすのはあまりにはしたないので、じっとこらえて大股で出口へ向かう。ノートン夫人も引きずられるようについてくる。彼女の馬車に乗り込み、御者が扉を閉めるのを確認して、ようやく息をついた。

ノートン夫人が笑いだした。「お母さまの顔ったら！　かわいそうに、戸惑うのも無理ないわ。わたしは刺繍なんて好きじゃないもの。絶望的に下手なのに、結婚記念日に刺繍入りのハンカチを贈ると宣言したから、ジョンに恨み事でもあると思ったんじゃないかしら」

ノートン夫人の笑いは止まらないし、わたしもトルソー選びから解放されてほっとしているものだから、つられて笑えてくる。宿敵と笑い合うなんて妙な気分だ。

「わたしったらひどい娘ね」少し落ち着いて、ノートン夫人が言う。「母親をおろおろさせて楽しむなんて。甘んじて非難を受け入れますわ、ミス・ハイドクレア。どうぞ思う存分ののしりあそばせ」

こっちは長年心の中で叔母さんたちを小馬鹿にしてきたのだから、彼女を責められる立場じゃない。それより、刺繍の達人ではないと打ち明けてしまおう。

「わたしの特技は刺繍だと叔母さまは言ったけれど、本当はそうでもないの。令嬢のたしなみのうち、他のよりはましなだけ。でも刺繍しか思いつかなくて。面倒に巻き込んじゃったらごめんなさい」

ノートン夫人は、そんなことはないと手を振った。

「気にしないで。メイドにやらせてだめなら、腕のいいお針子を雇うわ。ジョンは腰を抜かすわよ。わたしは露骨にパグネイシャスを嫌がってきたから。だって名前のとおり〝けんか腰〟なんですもの。記念品にあの犬の刺繍をするなんて信じられないでしょうね。それより、謝るのはこちらのほうよ。わたしのつまらない用事のために、大事な花嫁仕度をほっぽりださせたんだもの。あなたってとっても親切なのね。いくら感謝しても足りないわ」

親切なんかじゃなく、あの場から逃げ出したかっただけ。正直に言おうかとも思ったけれど、黙ってうなずくだけにして、窓の外を眺めた。見慣れない街並みだ。

「どこへ向かっているの？」

「ミルフォード・レーンよ」ノートン夫人が答えた。「おじいさまが亡くなったあと、フラワーデューは一般の厩舎に職を得たの。小さな厩舎だから、年老いた彼でも管理できるというわけ。お父さまは残ってほしいと頼んだ。長年よく仕えてくれたから。でもフラワーデューはずっと前から息子家族の近くで暮らしたいと思っていたみたい。おじいさまへの忠義心から残ってくれていたのね。〈グレート・ムガル〉の隠し場所を知る唯一の人物だから、おじいさまが心から信頼していたと言っても驚かないでしょ。あとはフラワーデューにわかってもらうだけね。わたしに宝石のありかを教えることは、おじいさまの信頼を裏切ることじゃなく、むしろ信頼に報いることだって」

簡単に言うけれど、そううまくはいかないはずだ。

「まずは手紙を取りに、家へ戻るのがいいんじゃない？　説得の肝だし、おじいさまの意思を示す物証でもあるし」

「あらやだ、そうよ、手紙よ！」ノートン夫人は声を上げ、また笑いだした。でも今度は、面白がっているというより、自分が情けなくなったようだ。「すっかり忘れていたわ。ほらね、言ったでしょ。わたしはとんだうつけ者だって。当然手紙を取りに帰るべきだわ。でもそろそろ……」口ごもりながら、現在地を確かめるために外を見る。「とりあえず突撃しちゃうのはどうかしら。まずは手紙を見せずに、言葉を尽くして説得するの。そうすれば、説得に失敗しても、次の手が残っているでしょう？　こんなふうに言うと、あなたは恥ずかしがるだろうけれど、あなたなら絶対に口を割らせることができるわ。フラワーデューなんていちころよ」

ノートン夫人の予想に反して、ベアトリスは恥ずかしいとは思わなかった。胸に渦巻く感情はそんな生やさしいものじゃない。恥ずかしいと思えたら、むしろよかったのに。ノートン夫人にすっかり信頼されておろおろし、恐ろしくて、とんでもないパニックに襲われている。御者に言って馬車を止め、飛び降りたいくらいだ。ノートン夫人の期待には、生身の人間じゃ応えられない。スターリング卿の舞踏会でウェム伯爵から自白を引き出せたのは、奇妙な偶然が重なったからで、もう一度やれと言われてできるものじゃない。できるとしても、時間をかけて綿密な計画を練る必要がある。駆け足の馬車の中の数分間じゃ無理だ。

絶対に無理。

でも元ミス・ブロアムには言えない。だってきらきらとした尊敬のまなざしでわたしを見てるもの。

どうしたらいいの！

魔法使いじゃないんだから、相手を操って秘密を吐かせるなんて無理よ。わたしのことを〝くすみちゃん〟だの〝しみったれ〟だのと馬鹿にしていたくせに、今は尊敬しているなんてびっくり仰天だわ。

昔のふたりに今のわたしたちを見せてやりたい。皮肉っぽくそう考えていると、少しは気持ちが軽くなる。この困った状況は、謝罪させたいと願い続けた卑しい心に対する罰なのかも。

よし、だんだん落ち着いてきた。冷静に考えると、失敗すると決まったわけじゃない。ウェム伯爵の自白はすべてがうまくいった例だけど、重要な情報を引き出した経験は他にもある。成功したときはどうやったんだっけ。相手に好きなだけ話をさせて、話の内容を一つひとつ頭に入れ、小さな事実から大きな全体像を導き出す。フラワーデューにもこのやり方で挑めばいいんじゃない？

でもちょっと待って。今回は事情が違う。これまでのケースでは、状況を分析して、相手に接近する最良の方法を決めてきた。状況に応じた切り口とキャラクター設定を考えてから交渉にのぞんだ。ベアトリス・ハイドクレアとして対決した経験はほとんどない。

戦略を考えないと。

「あと数分で到着よ」ノートン夫人が外を見て言う。せっかく取り戻した平常心が根こそぎ奪われそうだ。

「きっとすばらしい結末が迎えられるわ」ノートン夫人が続ける。「ミス・ハイドクレア、一緒に来てくれて本当にありがとう」

ベアトリスはおざなりにうなずき、急いで戦略を立てるために現状の分析を始めた。どう転んでも、結局は信頼が鍵だ。ノートン夫人の祖父は、古株の馬丁であるフラワーデューを信頼してダイヤモンドを託し、フラワーデューは主人の孫であるノートン夫人を信頼しなかった。今からわたしがやるべきことは、フラワーデューにノートン夫人は信頼できる人物だとわかってもらうこと。彼はきっとわたしのことをノートン夫人の味方だと思うだろう。敵だとは考えないはず。

とすると、フラワーデューはわたしのことも信用しないに決まっている。

それが問題だわ。

ノートン夫人ではなく、フラワーデューの味方だと見える人物のふりをする必要がある。でもこのアイディアは絶望的だ。着替えをする暇もないし、相手のことを調べる時間もない。

馬丁についてわたしは何を知ってる？　馬好きで、馬の扱いが上手で。ウェルデール・ハウスの厩舎を管理していたロジャーズはよく――。

と、馬車が止まった。

「ようやくたどり着いたわ」ノートン夫人が過酷な長旅を乗り越えたみたいに言う。「さあ行きましょう。ミス・ハイドクレア、クレメントの手を借りて降りてね、足元に気をつけて」

さっと馬車を降りると、道中の不安がいくらか収まった。問題は未解決のままだ。何と名乗るべきかわからないし、馬丁の信用を得る方法も思いつかない。でもなぜか、挑戦を前にやる気がみなぎってくる。準備の時間はなかったけれど、わたしには持ち前の知性があるし、その知性でいくつも難題をクリアしてきた。今度だって、やってやれないはずはない。

ミルフォード・レーンの二階建てはこぢんまりしていて、馬房が通りに面して並んでいる。厩舎というより馬車なんかを管理する建物という雰囲気だ。

「向こうに小さな中庭があるの」ノートン夫人は先に立ち、緑色のドアを開けてずんずん奥へ入っていく。「他の馬丁は二階で暮らしているけれど、フラワーデューの部屋は一階よ」

中庭はたしかに小さく、三辺を馬房に囲まれている。常時十数頭の馬を抱えているらしい。慎ましいながら商売は成功しているようだ。

ベアトリスがあたりを見回していると、ノートン夫人は大股で中庭を突っ切り、また別の緑色のドアの前で立ち止まる。「フラワーデューの部屋はこの奥よ」と言うやいなやドアノブをつかみ、ノックも挨拶もなく中へ入っていく。

無遠慮すぎる、とベアトリスは感じた。この態度がフラワーデューの反発を買ったんじゃないだろうか。前回ひとりで来たときも、彼の居間をおじいさまの領地の延長みたいに考えて、我が物顔でずかずかと入っていったのかも。ダイヤモンドにしても、わたしのものなんだからさっさと寄こしなさいと迫ったとか？

ノートン夫人が問題をこじらせている原因なら、彼女が問題の解決に役立つはずはない。

あっ、いい考えが浮かびそう。ええと……博物館の職員になりすましたときみたいに……とある情報網から通報があったことにして……ノートン夫人は共犯者の疑いがあると言い……わたしは宝石店の従業員を名乗るとか？　でもとにかく、ノートン夫人が部屋に乗り込んで、友人の話を聞けと迫ったらおしまいだ。

むしろ、ノートン夫人がこの場にいることをフラワーデューに知られちゃいけない。

ベアトリスは狭い廊下を急いでノートン夫人に追いつき、腕をつかんだ。

ノートン夫人は手荒さに驚き、眉根を寄せて恐ろしい形相でにらみつけたが、すぐに表情をやわらげた。ベアトリスが怖気づいたと勘違いしたらしく、鼓舞するように言う。

「どうしたのよ、ミス・ハイドクレア。ここで弱気になる人じゃないでしょ。〝くすみちゃん〟は卒業したんだから。公爵夫人の気概を見せてみなさいよ」

そして励ますようににっこりとほほ笑んだ。ベアトリスはハッとした。違う。何もかも違う。

でも何が？　どんなふうに？

具体的にはわからない。

でも一つだけはっきりした。ミス・ブロアムはわたしを覚えている。知らないふりをしていただけだ。

いや、もっとひどい――別の年に社交界デビューしたと嘘までついていた。

わざわざ嘘をついたなら、理由は一つ、思いどおりの展開に持ち込むためだろう。

宿敵はわたしを操ろうとしている。

でも何のために?

問題はそこ。頭の中をいろいろな可能性が駆けめぐる。どこからどこまでが本当の話なのだろう。だけど、悪意があるのは明らかだ。親切心からややこしい策略をめぐらす人なんていない。それに、このすべてが嘘だとすれば、かなり手が込んでいる。ダイヤモンドの話をでっち上げ、誰かに弁護士ローズを演じさせ、ドレスサロンで偶然の出会いを装う。

手順が多い上に、それぞれの段階で手間がかかるし頭も使う。

次の罠は何だろう?

自分のミスに気づいていないノートン夫人は、ベアトリスの肩に手を置き、大丈夫だというように力を込めた。

「あなたならきっとうまくいく。わたしにはわかる。さあ、ライオンのねぐらに乗り込むわよ」左側のドアの取っ手に指をかける。「終わったら紅茶とケーキでお祝いね」

どんな企みにしろ、この向こうに地獄が待っている。逃げなくちゃ。ベアトリスはさっと肩を引いてノートン夫人の手を振りほどき、来た道を足早に戻った。出口のドアをめがけて狭い廊下を走り抜けたかったが、取り乱した様子に見えてはいけない。中庭で誰かに会ったとき、悪魔に追われているみたいに全速力で走っていたら不審がられてしまう。

ベアトリスが落ち着けと自分に言い聞かせていると、土壇場で逃げ出したと誤解したノートン夫人が言った。

「しっかりしてよ。戻ってきて!」

ベアトリスは無視して出口のドアへ突き進む。あと一歩というそのとき、ノートン夫人が悲鳴を上げた。

ベアトリスは足を止めた。耳をつんざくような悲鳴。声は割れ、妙な凄みがある。暗闇の奥底から響いてくるみたいだ。ベアトリスは気丈だが、化け物ではなかった。悲鳴にすくみ上がった。

お芝居に決まってる。ベアトリスは自分に言い聞かせて、またドアへと歩きだした。

でもノートン夫人の悲鳴はやまない。何度も何度も叫ぶ。半狂乱の声がどんどん大きくなる。二倍、三倍、四倍になり、狭い廊下に響き渡る。このまま立ち去ることはできない。もう、わたしの馬鹿。間違いとわかっているけど、このまま立ち去ることはできない。ベアトリスは踵を返し、ノートン夫人のもとへ駆け戻った。近くに寄ると、怯えているしるしが見て取れる。脚の震え。涙。ドア枠を握りしめた手は、関節が白くなるほど指に力が入っている。これは演技じゃない。恐怖とパニックは本物だ。

仕掛けられた罠など物ともせず、ベアトリスは悲鳴を上げるノートン夫人の横をすり抜け、中へ足を踏み入れた。暗く狭苦しい部屋だ。片側には立派な洋服だんすがあり、向かい側にはベッドがある。細い窓から銀色の光がベッドに降りそそぐ。照らし出されているのは、命の尽きた目をしたローズ氏だった。

ベアトリスは息をのんだ。死体にもびっくりだけど、どうしてローズ氏がミルフォード・レーンの厩舎に？　おそらく、わたしの破滅に一役買うはずだったのだ。でもこの陰気な、ひび割れた照明と小汚い家具の部屋で何をするというのだろう。まさか殺される予定じゃなかったはずだ。ベアトリスは死体に近づき、傷口をのぞきこんだ。繰り返し刺されている。凶器は……ナイフ？　それとも剣？

ひょっとすると細い杖とか？

とにかく何か先のとがったものだ。

でもノートン夫人の悲鳴がうるさくて、考えがまとまらない。叫び声は大きく激しくなるいっぽうだ。わたしの冷静な現場検証がさらに恐怖をあおっているらしい。

でもわたしだって冷静じゃない。今の心境をどう説明すればいいのだろう。これまでの事件でもっとひどい場面に立ち会ってきたから、目の前の残虐な光景にうろたえてはいない。でもこの状況が生じた理由を考えると、不安だし恐ろしい。どういうわけかローズ氏の死体は、わたしの破滅を狙う誰かの計画にうってつけだったということだ。

ああ、ノートン夫人が叫び続けている限り、うまく頭が働かない。ベアトリスはなだめるつもりで、肩にそっと手をかけた。触れた瞬間、ノートン夫人はびくっと体を震わせた。しばらくするとおとなしくなり、金切り声はすすり泣きに変わった。赤ん坊のように御しやすくなったノートン夫人をうながして部屋を出た。とりあえず静かになってよかったわ。そう安堵しつつドアを閉める。

ふう。これでやっと自分の失敗を振り返り、これ以上悪巧みに巻き込まれないための方策を練ることができる。

と思った瞬間、悪夢のような出来事が起きた。中庭へ続くドアが開き、ロンドン一のうわさ好きが現れたのだ。

6

もう笑うしかない。

ベアトリスは、この悪夢みたいな出来事は現実だと頭ではわかっていた。自分は実際にミルフォード・レーンにいるし、ローズ氏は実際に死んでいるし、ラルストン夫人は実際に目の前にいる。すべて現実で、本当で、ぞっとする。どうすればいいか考えることすらできないけれど、自分の将来がめちゃくちゃになると本能でわかる。世界が崩壊しつつあるのに、わたしにできるのは虚空をにらみつけることだけだ。

それに現実だとわかっているのに、どうしても芝居の真ん中に放り込まれた感じがする。

だって茶番劇じゃない?

役者も小道具もばっちり揃ったドルリー・レーンの茶番劇みたい。

そういえば、ローズ氏がかしこまった顔で公爵にまさしくそう言っていた。〝つまらないひとり芝居へのご意見ありがとうございます〟と。

たしかに〝ひとり芝居〟という言葉を使っていた。

言葉のあやじゃなかったのだ。彼にとってわたしたちとのやり取りは、まさに演技だった。そしてここ数日、わたしのまわりではショーが繰り広げられていたのだ。皮肉な喜劇。主人公は自分が主役だとは知らないおぼこ娘。気が利いてるじゃない。足りないのは観客だけだ。

いや、観客もいる。ラルストン夫人が衝撃のラストを見届けに来た。コベント・ガーデン劇場満席分に匹敵する観客だ。

ラルストン夫人の役割が明らかになった今、もはや笑っている場合じゃない。わけのわからない衝動に身を任せて笑いだしたら最後、元には戻れない。正気を取り戻したときにはもう、名誉も人生もずたずたになっている。

いろんな考えが頭をよぎるなか、何秒も経たないうちに、ラルストン夫人がこちらの存在に気づき、目をむいて驚いた。ベアトリスは笑みを顔に張りつけた。よし、断固たる朗らかさと尋常ならざる冷静さで、絶対にこの場面を乗り切ってみせる。

でも隣のノートン夫人はいよいよ激しく嗚咽している。今にも崩れ落ちそうだ。そうなれば一巻の終わり。

ベアトリスはせいいっぱい笑みを浮かべて、ラルストン夫人に視線を据えたまま、宿敵の腕をつねり、やさしい声で脅しをかけた。

「しゃんとして。そうしないと、あなたの評判もわたしともども地に落ちるわよ。わかった？」

ノートン夫人は哀れっぽくヒッと悲鳴を漏らした。わかったってことにしておこう。ラルストン夫人がいつもの表情に戻り、こっちへ近づいてくる。

ベアトリスは、うれしくてたまらないという顔をして、狭い廊下の真ん中でラルストン夫人を待ち受けた。こんな幸運はあり得ないとばかりに頭を振ってみせる。

「なんてすばらしい偶然なんでしょう、ラルストン夫人。どうしてこんなことが？」

ロンドン一のうわさ好きも同じ疑問を抱いていたので、ベアトリスの質問をあやしむことなく素直に答えた。「馬を預けているのよ。ジョサイア氏にね。夫の馬が大変だという手紙が届いたの。ジョージーは夫のお気に入りだから、様子を見にわたしが飛んできたというわけ。あなたはジョサイア氏に何のご用？」

ベアトリスは、納得してもらえないとわかりつつ、思いついた唯一の答えを口にした。

「馬を預ける厩舎を探しているんです」

恐れたとおり、ラルストン夫人は不思議がった。

「一般の厩舎を探す必要なんてあるの？ ケスグレイブ邸にはとっても大きくてとっても立派な厩舎があるでしょう。あと一頭も入らないなんてことあるかしら」

「もちろんケスグレイブ邸の厩舎にはまだまだ余裕がありますわ。屋敷はどこもかしこもとっても大きくてとっても立派ですからね」わざと長たらしい答え方をして時間を稼ぐ。「でもまだ結婚前ですから。屋敷の厩舎に入れてもらうわけにはいきませんし……そう、アップルブロッサムを。ポートマン・スクエアの家の馬房には空きがありませんし。実は叔父が婚約祝いに馬を買ってくれたのが問題の発端なんです。浮かれすぎたのだと思います。早まりましたよね」

ラルストン夫人は〝早まった〟という言葉を聞くなり、ぱっと顔つきを変えた。一瞬のうちに〝ちょっと気になる〟から〝知りたくてたまらない〟へ。瞳に好奇心の火花が散った。

でも何食わぬ調子で言う。「あら、そうなの？」

〝早まった〟という言葉を使ったのは、単に時期が早すぎたという意味だった。でもラルストン夫人の興味津々な様子からすると、彼女はもっと深読みしたようだ。婚約話が白紙に戻る可能性がある、とか？

口を滑らせたふりをして、特ダネを与えてみようかしら。そうすればこのおしゃべりさんは、わたしたちが厩舎にいる理由をあれこれ訊くことも、冷たくなりつつあるローズ氏の死体を見つけることもなく帰るかもしれない。

「ええ、でもわたしのせいなんです。一刻も早い結婚を公爵さまが望んでいると誤解させてしまったんです」世間知らずのうぶな娘を装って言う。「でも彼のおばあさまの忠告に従わなくてはなりませんでしょう。婚約してすぐに結婚するのは品がないし、外国人みたいだとお考えで。クリスマスの結婚を勧められたようです。たしかにそれがいいですよね。叔母さまは心配していますけれど。公爵さまのおばあさまが結婚に反対されるはずがないのに」

狙いどおり、ラルストン夫人は餌に引き寄せられ、むしゃぶりつくように訊き返した。「公爵未亡人が結婚に反対なの？」

ベアトリスはぱちぱちとまばたきをした。ちょっと鈍い娘がびっくりしていると見えるように。「まさか、ありえませんわ。どうしてそんなことを？」

今度はラルストン夫人がとぼける番だ。問い返されて戸惑ったように口を結ぶ。しばらくして言う。「いいえ、べつに」

「婚約がどうなるかわからないから――あ、結婚の時期がいつになるかわからないってことですよ」ベアトリスは誤解が生じないようにあわてて念押しするみたいに言う。「だからアップルブロッサムのための厩舎を探しているんです。二、三週間ならポートマン・スクエアの馬房に入れておけますけど、何ヵ月もとなると難しいので。それでジョサイア氏に相談に来たんです。でもあいにく不在のようですね」

ラルストン夫人はうなずき、ベアトリスのうしろへ目を向けた。ノートン夫人を見ているのだろう。しばらく黙っている。

ずっと黙っている。

まだ黙っている。ノートン夫人に背を向けたベアトリスは不安に駆られた。あの女ったら取り乱したままなのかしら。しゃんとしないと評判は地に落ちると教えたのに。

振り向いて確かめたいけれど、必要以上に心配な様子を見せると不審がられるかも。我慢してじっとしておこう。

ラルストン夫人がようやく口を開いた。「そちらにいるのは、もしかしてノートン夫人では？」

呼吸も忘れていたベアトリスは、ゆっくりと息を吐いた。

「わたしが困っていたら、ノートン夫人がジョサイア氏の厩舎を勧めてくれたんです。本当に助かりましたわ。ホーレス叔父さまったらウェルデール・ハウスへ送ればいいと言うんですもの」

ラルストン夫人は勘のよさそうな目をベアトリスに向け、考え込むように言う。「ふたりが知り合いだとは思わなかったわ。大の仲良しってわけじゃなかったわよね」

ベアトリスの背後でノートン夫人が笑いだした。最初は引きつったような声で小さく笑っていたのが、一瞬アハハッと大きな声を出す。

すぐに落ち着いたものの、妙な高笑い、というか馬鹿笑いがロンドン一のうわさ好きの興味を引いた。ラルストン夫人はいぶかしげな目でノートン夫人を観察しだす。

「あら、ずっと前から友達ですよ」ベアトリスは言った。自分に目を向けさせようとして、不自然な大声になったかもしれない。今度は声の大きさに注意して、自然な感じでつけ足す。「同じ年に社交界デビューしましたから」

「そうだったかしら」ラルストン夫人は記憶を探るように言う。「覚えてないわ」

ベアトリスが裏付けとなるようなエピソードを考えている間に、ノートン夫人が答えた。「ええ、同じ年に社交界デビューしましたわ」

しっかりとした落ち着いた話しぶりだ。数分前にあれほど動揺していたのが嘘みたいな声だ。よし、振り返って様子を確かめてみよう。試練をくぐり抜けたばかりだと示す痕はある。目の縁が赤いし、左手はかすかに震えている。でもほぼいつもの彼女だ。わざわざあら探しをしなければ、何かが変とは気づかないだろう。とはいえ全然安心できない。だってゴシップ屋はいつだってあら探しをしているもの。

「そうよね、そうだったかも」ラルストン夫人は首をひねりつつ言った。「そうだった気がする」

「そうだったんですよ」ノートン夫人が力強く言って廊下を歩いてくる。「周知の事実ですわ。あまり知られていないのは、わたしを夫に紹介したのがベアトリスだったってことです。この恩は一生かけても返しきれませんわ。サウス・オードリー・ストリートの我が家でアップルブロッサムを預かることができればいいのですけれど、すでにぎゅうぎゅうなんです。でも父がときどきジョサイア氏に馬を預けていて、すばらしい世話をしてくれると言うものですから。これで問題解決だと思ったんです。でも残念ながら留守なので出直しますわ。それにしても、ジョージーの件は不思議という不思議ですわね」

「不思議というと？」ラルストン夫人は面食らって訊き返した。

「ええ、ほら」ノートン夫人はラルストン夫人の腕を取り、出口へといざなった。「手紙のことです。謎めいていて不思議じゃありませんこと？　送り主は誰かしら。どちらにしろ、ジョージーは大丈夫だと思いますよ。さあ、この目で確かめにまいりましょ」

ラルストン夫人は、ああそうだったとうなずいた。夫の愛馬のことなどすっかり忘れていたのだろう。特ダネを手に入れたのだから無理もない。今すぐメイフェアへ飛んで帰ってみんなに言いふらしたいはずだ。ありえないと思っていたケスグレイブ公爵と行き遅れ令嬢ミス・ハイドクレアの婚約は、やっぱり破談になりそうだと。

　公爵未亡人には悪いことをしてしまった。ベアトリスは心が痛んだ。両親の死の真相を調べているときと同じく、また彼女を悪役にしてしまった。でもしょうがない。だって気難し屋として有名な彼女は、悪役にぴったりなのだから。

　ラルストン夫人の案内で馬房へ向かうと、ジョージーには何の問題もないと一目でわかった。黒い毛並みはつやつやと輝いていて、こちらの姿が映りそうなほどだ。

「でも世話係に話を聞かなくては帰れないわ」とラルストン夫人。

「ええ、そうですとも。このまま帰ってはいけませんわ」とノートン夫人。ずる賢い策を思いついたのだろう。わたしのことも軽々と操っていたわけだから。

「大事なお馬さんにニンジンをあげなくっちゃ」ノートン夫人は何十本ものニンジンが詰まった袋を差し出した。それって全厩舎分じゃないかしら。

「お歌も歌ってあげましょうよ。うちの馬のお気に入りは『兵士のさよなら（ザ・ソルジャーズ・アデュー）』ですわ。ご存じですか？」

「い、いいえ、知らないわ」

「では、歌ってさしあげましょう」

ノートン夫人は歌いだした。妙に甲高い声で、曲の魅力を台無しにする音痴ぶりだ。ひょっとしてわざと？　ありがたいことに、二、三分もすると、悪名高いゴシップ屋は馬車へ戻っていった。

ベアトリスとノートン夫人も、帰るふりで自分たちの馬車に乗り込んだ。そしてラルストン夫人が去るのを待った。向かい合う席に座ったまま黙り込む。

こっちを見なさいよ。さっきからうつむいて自分の手ばかり見てるじゃない。ベアトリスはノートン夫人の態度にいらだった。でもやっとひと息入れられてほっとしてもいた。壮大な陰謀が渦巻いていると気づいてから、頭を整理する暇がなかった。ローズ氏の死体について、考えをまとめる間もなく、ラルストン夫人が廊下を歩いてきたのだから。

最高に恐ろしい十五分間だった。

というか、本当にたったの十五分だった？　ハイドパークを馬車で抜けるより長く感じたけれど。

あと一歩で破滅だったとわかった今、厩舎に戻ると考えただけで身の毛がよだつ。わたしの評判を地に落とそうと画策する人たちは、きっとあきらめていないし、必ずまた仕掛けてくる。

身の安全を考えるなら、ミルフォード・レーンを離れるのが一番だ。

今すぐ走って逃げ出したい。

でも死体がある。ローズ氏だかフラワーデュー氏だか誰だか知らないけれど、細い窓から射し込む淡い春の光に照らされて、血の海に横たわっている。我が身可愛さに、彼を見捨てるわけにはいかない。でもこの場を立ち去らない理由は、道義心だけじゃない。そう、わたしは自分のためにやらなきゃならない。殺人事件の調査を自分の務めと決めたんだから。

たいして自分に関係のない出来事に首を突っ込んできた。物事が間違った方向に転がるのを見ていられなかったから。何もせずぼうっと眺めているなんて、頭のいいわたしには無理だった。そしておせっかいをするうちに、技術を身につけた。今、自分に都合の悪い危険な状況だからといって、せっかく手にした技術を捨てるわけにはいかない。

殺人現場に手がかりが残っているなら、捜さなくちゃ。自分の身が危ないとしても、戻らなくちゃならない。

お腹の底に冷たい穴が開くのを感じる。目をつむる。ケスグレイブ公爵がさっと現れてくれますように。

馬鹿らしい。

でも少し緊張が解けたかも。公爵は、死体を調べに戻るなんて絶対に認めないだろう。そう思うと、ちょっと反抗してやった気分になる。手を組んだ当初から、わたしが殺人事件の調査に首を突っ込むことに公爵は断固反対だった。そして時機を見計らって〝目の前に死体が転がっていても犯人捜しはしない〟と無理やり約束させたのだ。

でもそのあと、わたしは厳密には条件が違うと言い張って、約束を破ることなく犯人捜しができた。ファゼリー卿の死体は公爵の言うとおり目の前に転がっていたかもしれないが、ウィルソン氏の死体は目の前に差し出されたのだ。

そして今回は、わざと目の前に置いてあった。

わたしに嫌がらせをするためだけに、誰かの命が奪われたなんて、言葉にできないほど悲しい。

でもちょっと待って。それが事実がどうかはわからない。勝手に思い込んでいるだけかも。

その可能性はじゅうぶんにある。そして真実を突き止める方法はただ一つ。

ベアトリスは深く息をつき、目を開けた。背筋をしゃんと伸ばして馬車の扉に手をかけ、淡々と宿敵に告げる。「行くわよ」

握り合わせた自分の手をにらみつけていたノートン夫人は顔を上げ、いきなり命令されて戸惑ったようにベアトリスを見返した。〝行くってどこへ〟というように、ぽかんとしている。そして命令の意味に気づき、真っ青になった。

「はあっ？」金切り声を上げる。

芝居くさく騒ぐのにつきあうつもりはないし、状況を考えれば、驚くほうがおかしい。何のためにラルストン夫人の馬車が去るのを待っていると思ってたわけ？死体と部屋を調べるために決まってるじゃない。ベアトリスは内心そう思いつつ、物腰やわらかに説明した。「現場を調べないうちは帰れないでしょう」

さらに大騒ぎするかと思いきや、ノートン夫人がフフフと笑いだしたのでぎょっとした。冗談と取ったのだろうか。でもすぐに異常なほどの高笑いに変わった。精神は崩壊寸前のようだ。

こちらが冷静でいれば、彼女も落ち着くかもしれない。ベアトリスは穏やかな目で見守った。作戦はある意味では成功し、笑いは収まった。でもノートン夫人は目に憎悪をたぎらせ、一語一語から嫌悪をしたたらせて言った。「あんたって……どんだけ……人でなしなの？」

あなたが言う？

何日もいいように操っていた相手に吐くセリフじゃない。

ベアトリスは怒りで心臓が破裂しそうだったが、そっとやさしくささやくように言った。「ねえ、ノートン夫人。わたしも訊いていいかしら。大嘘をついて、現実にはありもしない問題を解決させるなんて、どれだけ人でなしなの？　善意や親切心を利用するなんて、どれだけ人でなしなの？　ひとりの女性を破滅に追い込もうとするなんて、どれだけ人でなしなの？　人殺しと手を組むなんて、どれだけ人でなしなの？　誰かの人生を壊すために別の誰かの命を奪うなんて、どれだけ人でなしなの?」

ベアトリスは責め立てつつも、なぜか冷静だった。計算高いノートン夫人の冷徹さが移ったのかもしれない。ノートン夫人の様子も冷めた気分になる一因だ。宿敵の精神は芯までぼろぼろになり、あくどい策士は涙を流しながら馬車の隅に体を押しつけて、そんなことできっこないのに壁の中へ消えてしまおうとしている。

ノートン夫人が怖がっていようが絶望していようがどうだっていい。でも観察する分には面白い。

「まっ、ふたりとも人でなしってことで」静かな怒りの口調はやめて、からりと言う。「タイプは違っても、やるべきことは一つよ。わたしは人でなしとして、死体を調べる。ローズ氏と呼びましょう。それがわたしの知る彼の名前だから。犯人の手がかりを捜さなくちゃ。あなたは人でなしとして、わたしと一緒に来てちょうだい。話を聞くまでは共犯者のもとへ帰せない。でも死体を調べるのが先だから。自分のせいで非業の死を遂げた男の近くにいるのはきついだろうけど、最初によく考えるべきだったわね。だからどうぞ一緒にいらして、ノートン夫人。思ったよりずっと大変なお出かけになって、こっちはもうへとへとなのよ」

ベアトリスは馬車を降り、ノートン夫人が妙な姿勢でじっとしているのを見て、励ますように手を差し伸べた。「ほら、いらっしゃい」幼い子どもを諭すように言う。「早く行けば、その分早く帰れるわ」

馬車に体を溶け込ませるなんて無理だと観念したノートン夫人は、すごすごと身を起こし、ベアトリスの手を取った。中庭へ入ると、震えてはいるがさっきよりしっかりとした声で訊く。「なんでわかったの?」

「わたしのこと、〝くすみちゃん〟って呼んだからよ」

「違うわ」ノートン夫人が言う。「くすみちゃんは卒業した、と言ったのよ」

ベアトリスはうなずいた。まあそうだけど。

「どちらにしろ、失策だったわね。わたしのことをすっかり忘れたふりをするなんて。本当は覚えていたとわかったら、嘘をついた目的は、ラルストン夫人が現れた瞬間に見当がついた。彼女を巻き込む理由は一つしかない。うわさ話をできるだけ多くの人に広めるため。まあ、あなたがへまをするのも無理ないわ。ゴールは目前だったのに――わたしはあと二、三歩で寝室だった――でもその二、三歩が大きな違いを生むのよ。獲物が罠の手前で立ち止まるなんて、さぞかしやきもきしたでしようね」

「えらそうに！」ノートン夫人が大声を上げた。

そんなこと言える立場？

「えらそうにして何が悪いの？」思いきりにこにこして言う。「だって危うく罠にはめられるところだったのよ。評判は地に落ち、ケスグレイブ公爵との婚約も破談になるところだったんだもの。次はご自分が策略の被害者になってはいかが。そうすれば、えらそうに振る舞う気になれるんじゃない？」

でもノートン夫人は次の機会を待ったりしなかった。

「わたしだって被害者よ……そう……凶悪犯罪の被害者。ローズ氏はあんなふうに殺されるはずじゃなかった。彼の役目は……あなたの言うとおり、あなたを罠にはめることだった。ラルストン夫人は……ちょうどいいタイミングで現れて……わたしの話の証人になるはずだった。わたしだってだまされてたの！　あなたが利用されたように、わたしも利用されたの。ラルストン夫人が死体を見つけていたら、わたしの評判もあなたと同じく、確実に地に落ちていた。あなたより被害は大きかったかも。だってわたしはアルマックス・クラブの運営者とも仲良しで、あらゆる名家への出入りを許されてる。あなたなんか……ええと、あなたは……」

遅ればせながら、被害者仲間——と呼ばれたくはないけど——を侮辱しては、同情を得られないと気づいたらしい。

「わたしはただの〝くすみちゃん〟だものね」やり込めるように言う。

でもノートン夫人は怯むこともなく、あざ笑うように言った。

「公爵夫人になるんだからいいじゃない。被害者づらはやめなさいよ」

恥知らずにもほどがある。ベアトリスは絶句した。策略をめぐらして何日も人をだましておきながら、自分は被害者だと言い張って、だまされた側のわたしを被害者づらだとののしるなんて！

ベアトリスは小さな中庭を抜けると、緑のドアを開け、ノートン夫人を先に通した。外にいたのはたった二十分だったのに、もう光の様子が変わっている。太陽の一部が隣の建物のうしろに沈んだから、廊下に伸びるふたりの影が長い。

「やってらんない」ノートン夫人はつぶやき、寝室の手前で立ち止まった。「あなたは中で、人でなしの本領を発揮すればいい。わたしも外で、人でなしらしくしてるから」

ベアトリスは反論なしに提案を受け入れた。小さな部屋だから、ふたりも入ると——厳密には、先客がいるので三人になる——窮屈だ。それに、散らかった床は慎重に歩かなくちゃならない。この女は嫌がらせをしたいがために、にこにこ笑って凶器を踏みつけかねないし。

そうだ、凶器の特定から始めよう。具体的にどうやって被害者は殺されたのか？ さっきと同じように、死体はベッドにあおむけの状態で横たわっていた。乱れたシーツが激闘を物語っている。ローズ氏は抗いもせず運命に屈したわけではなかったようだ。取っ組み合いをして、細長い本棚と大きめの鏡が壊れたらしい。その破片や本が部屋中に散らばっている。でも血はついていない。つまり、ローズ氏が腹部を刺されたのは争いの最後ということだ。

腹部をナイフで刺されたのが致命傷で間違いない。

いや、凶器はナイフじゃないかも。ベアトリスは傷口に顔を寄せて気づいた。お腹の傷は一つじゃなく、等間隔に四つの穴が開いている。犯人はなんらかの道具を使ったのだ。おそらくあらかじめ用意したものではないだろう。入念な計画を立てていたら、本棚や鏡まで壊れなかったはず。犯罪には想定外の出来事が付き物だけれど、これほど現場が荒れることはなかっただろう。

とすると次なる問いは——犯人は凶器を持ち去ったのか？

衣装箱や洋服だんすから床に放り出された服の山を探る。見つけた。真鍮(しんちゅう)の薪(まき)ばさみ。凶器に違いない。アーム部分の両方に血がべっとりとついている。でも念のため、死体の近くへ持っていき、傷口の位置と一致するかを確認する。

一致した。

よし、次。薪ばさみは服の山の下にあった。このことから、出来事の起きた順序がわかる。犯人はローズ氏のお腹を薪ばさみで二度刺し、その薪ばさみを床に捨て、それから洋服だんすの中身を全部引っ張り出した。衣装箱の中身も。

この順序で正しいわよね？

他の説明は思いつかない。取っ組み合いの最中に何かの拍子で洋服だんすの扉が開いて中身が全部出たとは考えにくい。何着かならまだしも、一枚残らず出ることはないだろう。

誰かが何かを捜していて、衣装箱になかったから、洋服だんすもひっかきまわした。捜した順番は逆かもしれない。

捜し物が何であれ、ローズ氏がそのせいで殺されたのは確実だ。

きっとすごく価値の高いものだろう。

出来事の順序を整理して満足したベアトリスはベッドへ戻ろうとし、古びた本を踏んで滑った。『サラブレッドの育て方』という本の下から、そりの馬につける鈴(スレイベル)が出てきた。本に足を乗せた拍子に鈴がごろりと転がったのだろう。散らかった部屋では気をつけなくちゃ。ノートン夫人のことを、証拠を踏み荒らすかもと心配したばかりなのに。

体勢を整え、あらためてローズ氏を近くで観察する。服装が乱れている。モスリンのシャツの襟もとが大きく開いていて、靴下も脱げている。わたしが脱がしたことになるはずだったのだろう。ノートン夫人の策略は失敗したし、わたしが途中で気づいたから成功しようがなかったけれど、もし気づいていなければと思うと、恐ろしくて震える。

「ねえ、ミス・ハイドクレア。まだなの？　メイドが髪をカリスト式に結い上げるより時間がかかってるわ」ノートン夫人が心細そうに言う。「しかもモリーは髪を編むのが速いってわけでもないのよ。さっさと終わらせて帰りましょう。ジョサイア氏だってそろそろ戻るかもしれないし。彼が帰ってきたら、すぐに巡査を呼ぶわ。そうしたら巡査が正式な現場検証をする。あなたにすごく腹を立てるはずよ。野次馬根性で現場を荒らしやがってって」

そうだ、ミルフォード・レーン厩舎の本当の所有者ジョサイア氏はどこにいるの？　彼の不在はどうやって作り出されたのだろう。馬の世話をする男の子たちもなぜかいない。この状況を作り出すには、誰かが大枚をはたいたに違いない。

馬車に戻り次第、ノートン夫人を問い詰めて黒幕は誰かを聞き出そう。でもまず、重要な手がかりを見逃していないか確認しなくては。ベアトリスは死体の他の傷も調べた。首にひっかき傷が三つ、頬にも痣（あざ）が浮かびつつある。どれも激しく争った証拠といえるだろう。深い切り傷はない。薪ばさみで刺されたときには意識を失っていたということかも。シーツに煤（すす）はついていない。死体のまわりに血だまりがあるだけだ。やっぱりわたしの仮説は正しそうだ。つまり、争いを終わらせたのは薪ばさみだったということ。ひと突き、さらにもうひと突き。

「一応伝えておくけど、わたしは四時にレディ・マーシャムとお茶の約束があるの」ノートン夫人が言った。「もうすぐ三時よ」いらだちをにじませる。「執事がわたしの不在を告げれば、レディ・マーシャムはすっぽかされたと思って腹を立てるわ。その事態を避けられると、とってもありがたいのだけど」

え、本気？　わたしが死体を調べる時間が長かろうと短かろうと、お茶は取りやめでしょ？　何が起きたかを考えれば当然だと思うけど。それがわからないなら、自分がどれほどの窮地に立たされているか、理解していないことになる。

どちらにしろ、現場検証は完了したから、次は尋問だ。ベアトリスは背筋を伸ばし、足元に気をつけながら出口へ向かった。

ノートン夫人はだらけきって壁に片方の肩をもたせている。横をすり抜けるついでに、今度令嬢を破滅させるときは、もっと時間に余裕をもって予定を組むことだとアドバイスした。

「わたしが言うのもなんだけど――まぬけにもだまされたわけだから――でもあなたには計画性ってものがないみたいね」そうつけ加えて、中庭の午後の日射しの中へ足を踏み出した。

7

身の破滅を間一髪で逃れたものの、自分を誘惑するはずだった男の惨殺死体に出くわした。このことによい面があるとすれば、強烈な怒りと不安のおかげで、もうじき我が家となる大邸宅の高圧的な執事を前にしても、尻込みせずに済んだことだ。

バークレー・スクエアにある公爵邸の玄関の上がり段で、ベアトリスは逃げられないようにノートン夫人とがっちり腕を組んだまま、屋敷を取り仕切る胸板が樽のように厚い大男にほほ笑んで、はきはきと朗らかに言った。

「こんにちは。ちゃんと会うのは初めてね。わたしはベアトリス・ハイドクレア、公爵さまの婚約者よ。こちらは友人のノートン夫人。公爵さまに緊急のお話があるの。わたしたちが屋敷に来ていると、今すぐ伝えてくださる?」

マーロウには一度会ったことがあるから——男装だったので、彼はわたしだとわかっていないが――彼が人を見下すときに黒々とした太い眉をぴくぴくさせると知っていた。でも今は、びよんびよんと大きく上下している。どう対応すべきか悩んでいるのだろう。こんな厚かましい女は追い返したいはずだけれど、将来の公爵夫人に失礼な態度を取る勇気はないようだ。

将来、彼の上に立つ公爵夫人に。

返事をためらっているのは、どうぞお入りくださいの合図ってことで。ベアトリスはマーロウの脇をすり抜け、美しい真っ白なアーチ形の通路にもほとんど怖気づくことなく中へ入った。「居間で待つわ」

もうじき家の女主人となる令嬢を通せん坊するわけにもいかず、マーロウは道をあけたが、丁寧ながら脅すような口調で言った。

「公爵さまは午後いっぱいご不在です。お名刺か何かを残していただければ、他のものとまとめてご覧になるでしょう」

ノートン夫人は提案に食いついて、ハンドバッグから名刺を出すために腕を振りほどこうとする。ベアトリスはぐっと脇をしめた。

「公爵さまに使いを出して。お戻りになるまで待ってます」

マーロウは、まさか歯向かわれると思わなかったのだろう、戸惑いといらだちの入り交じった表情でにらみつけている。これじゃ埒が明かない。

「家令のスティーブンズを呼んでちょうだい。話のわかる人だから。すぐに公爵さまへ使いを出してくれるわ。それともジェンキンスはいるかしら。彼ならわたしの言うとおりにしてくれるはずよ」

屋敷の使用人と親しい様子に、マーロウはいっそうまごつき、しばらくして観念した。「居間でお待ちください。お茶をご用意します」

一度来たことがあるから、居間の場所は把握しているけれど、せめてほんのちょっぴりは、マーロウの顔を立てておこう。さっさと部屋へ向かうことはせず、のろのろと先に立って歩く執事についていく。マーロウは、色とりどりのタイルが美しいアーチ形のアルコーブにしつらえた優雅なソファを勧めた。

「お茶はすぐにまいります」

マーロウが立ち去るやいなや、ノートン夫人はベアトリスの腕をほどき、怒って小声で文句を言った。

「恥ずかしいったらありゃしないわ。どう見ても迷惑がられてる。名刺だけ残して出直すべきだったのに」

顔が真っ赤だから、本当に恥ずかしいのだろう。ベアトリスは愕然としてノートン夫人を眺めた。恥を感じるポイントはそこなの？　嘘をついて何度も人をだまし、わたしの名誉を失墜させて婚約も破談にしようとしたのは恥ずかしくないくせに、執事の抵抗を押し切って家に上がり込むのはマナー違反ってわけ？

どんだけいい格好しいなのよ。

ああ、家政婦がお茶と一緒にケーキかスコーンを持ってきてくれますように。ベアトリスはそう願いながらソファに腰を下ろし、大時計に目をやった。前回この部屋で待っていたときも、チクタクと容赦なく時を刻んでいた。あのときは、ブラックスフィールド卿の屋敷に忍び込んで母のブレスレットを一緒に捜しましょう、と公爵を誘うつもりだったんだっけ。不安しかない計画だったけれど、結局はとてもうまくいった。

座り心地のいいソファなのに、ノートン夫人は腰を下ろさず、おどおどと歩き回っている。「もしよかったら」

「だめ」ベアトリスは片手で制して続きを言わせなかった。

「でもね、馬車の中でも言ったとおり――」

「だめってばだめ」

自分の役まわりや黒幕について説明するつもりなのだろう。真実を今すぐ知りたい気持ちはあるけれど、やっぱり公爵が来るまでひと言だって聞きたくない。

「わたしとケスグレイブ公爵の婚約解消が目的だったなら、あなたはふたりに攻撃を仕掛けたってこと」街を馬車で走るあいだに何度も似たような説明をしたけれど、あらためてきっぱりと言った。「公爵さまを待ちましょう」

ノートン夫人は、激怒する公爵を思い浮かべたのか、赤かった顔を真っ青にし、肘置きの先がくるりと巻いたマホガニーの椅子にへたりこんだ。

それからまもなく、従僕がお茶のトレイを持ってきた。中背で細身の鼻ぺちゃの女性も一緒だ。好奇心に光るブラウンの瞳やトレイのケーキを見るに、わたしが誰だかわかっているらしい。

将来の公爵夫人が来たとなれば、一気に伝わるのだろう。

「公爵さまがおっしゃってた屋敷の宝とはあなたのことね、ミセス・ウォレス」ベアトリスはにこやかに言った。お腹がぺこぺこだったし、マーロウの言うようなはすっぱな娘じゃないと示したかった。「妙な形で会うことになってしまったわね。突然お邪魔してごめんなさい。緊急事態でなければ、屋敷に押しかけたりしないのだけど」

「たしかに妙な形ですが、お会いできてうれしいです」家政婦は礼儀正しく言った。親しみのこもった口調だともっとよかったけれど、悪くない始まりだ。

「ありがとう」

ミセス・ウォレスが従僕を連れて下がると、ベアトリスはカップに紅茶を注ぎ、宿敵に勧めた。

「本当なら、今頃レディ・マーシャムとお茶をしているはずだったのに」ノートン夫人はぶつぶつと言った。

「きっとものすごく怒ってるわ！」自分が怒りを爆発させそうに言う。「約束にはうるさい方なの。次は誘っても断られるかもしれない。ああ、いらいらするわ、ミス・ハイドクレア。とってもとってもいらいらする。覚えてなさい」

極悪非道な策略をめぐらせたあとにこれだけ自己中心的でいられるなら、レディ・マーシャムが怒ろうが、たいして気に病むことはないだろう。

「あなたの悪事を知った公爵さまの反応が気がかりだったけど、他に心配事があってよかったわ」ベアトリスはわざとにっこりほほ笑んだ。

ノートン夫人の手が震えだし、カップがソーサーに当たってカタカタと音を立てる。

満足したベアトリスは、とりあえず公爵を待つことにした。それにしても、なんておいしいケーキ。腕利きの料理人を監督するのも悪くないかも。

二十分後、ケスグレイブ公爵がさっそうと居間に入ってきた。バックスキンのパンツに乗馬靴、明るい色のテールコートという出で立ちだ。髪が少し乱れている。ハイドパークで乗馬をしていたか、ジャクソン氏のボクシング・サロンでスパーリングでもしていたのかしら。

「うれしいサプライズだな」公爵はさらりと言い、軽くおじぎをして、ソファのベアトリスの隣に腰を下ろした。「ノートン夫人、ぼくの婚約者と仲良くしてくれているようだから、お礼を言いたかったんです。これほど早くその機会が得られるとは」

ノートン夫人は〝仲良く〟という言葉を聞き、うしろめたそうな目をして縮こまった。公爵は本当に感謝しているのだけれど、皮肉と受け取ったのだろう。

さっさと公爵に状況を説明して、黒幕の正体をノートン夫人から聞き出したい。でも状況説明を始めるとすぐに、ノートン夫人が声を上げた。公爵がすでに幻のダイヤモンド〈グレート・ムガル〉の一件を知っているという事実に驚いている。

「話したの？」ひどい裏切りだとばかりに、怖い顔をする。「ふたりだけの秘密だって言ったじゃない」

相手にするのも馬鹿らしいので、ベアトリスは無視して続けた。

「ダイヤモンドの件は全部作り話だったんです。わたしが優秀な探偵だといううわさが広まったので、わたしを操るために偽りの謎が作り出されたんです。ローズ氏は雇われた役者でした。最初は事務弁護士役として、それからわたしの恋人役として。計画は、今日クライマックスを迎えるはずでした。ミルフォード・レーンにある薄汚れた部屋でわたしが彼とみだらな行為をしている場面を、ロンドン一のうわさ好きであるラルストン夫人が目撃する予定だったんです。でも何かの手違いがあって――」

いよいよ大詰めというところで、公爵が話をさえぎった。

「もう一度言ってほしい」

氷のように冷たい声だ。胸のうちでは怒りが煮えたぎっているのだろう。でも表情は落ち着いている。

「はい？」意味がわかりかねて訊き返した。

「今の説明をもう一度繰り返してくれるかい？　正しく聞き取れたか確認したいんだ。ありえない話に思えたからね」さっきより数段冷ややかな声だ。

マホガニーの椅子に座るノートン夫人は、指の関節が白くなるほど強く肘置きを握りしめている。

ベアトリスは公爵の要望に応えて早口で説明を繰り返した。今度こそ、ローズ氏の死体の登場まで行きつきたい。「でも何かひどい手違いがあって――」

そこでノートン夫人が突然勢いよく立ち上がった。不安に耐えきれなかったのだろう。すがりつくように言う。「公爵さまをお救いしようとしたんです！」

「ぼくを救う？」公爵が穏やかに訊き返した。

ノートン夫人は、続きをうながされていると受け取ったようだ。

「そうです、公爵さまをお救いするためだったんです。ラークウェル家の舞踏会で結婚するとおっしゃったのは、だまされただけだとみんな存じておりますわ。この女は公爵さまを罠にはめる目的で自分に火をつけたのです。公爵未亡人もわざと婚約期間を引き延ばして、逃げ出す機会をお与えになったじゃないですか。でも公爵さまのような高貴なお方は自らの手を汚すことはできないでしょうから、わたしが代わりにやったんです。喜んでいただけると思って」

ノートン夫人が口走ったような誤解のせいで、最近はひどい悪夢を味わってきたけれど、さっきラルストン夫人が厩舎の狭い廊下に入ってきたとき、悪夢とはまさにこのことだと思い知った。だからノートン夫人の話を聞いても、勇気ある行動に感謝してもらえず泣きべそをかく彼女の様子を楽しむ余裕すらある。

公爵も滑稽だと思ったらしく、目が合った瞬間に笑いだした。ベアトリスも一緒に声を上げて笑った。ノートン夫人はそれが気にさわったらしく、ぷりぷりして言った。「何がおかしいのよ」

公爵はうなずいて、笑うのをやめた。

「ああ、何もおかしくないな。愚かだ。愚かで、危険で、腹が立ってしかたがない。ノートンにきみの下品な策略を余すところなく話して、十年ほど田舎へ追いやれと命じてもいいんだがね。まあ、やめておこう。ぼくはね、ノートン夫人、きみが今も昔もどんな人間だかわかっているんだ。きみは愚かでつまらない人間だ。しかも自分でわかっている。そしてベアは賢くて聡明な人だ。だから惨めな気分になるのだろう？　愚かでつまらない人間は、知性と勇気を前にするといつだって惨めな気分になるものだ」

　かっとなったノートン夫人は、言い返そうと口を開いたものの、公爵が正しいと証明するかのようにすぐに口をつぐんだ。反論を思いつかなかったのだろう。

　公爵はフンッと今度は鼻で笑った。「ぼくとベアトリスの人生に二度とかまうな。さもないと、大変なことになるぞ。わかったか」

　ノートン夫人はあわてて答える。「はい、とってもよくわかりました」

　公爵はうなずいた。「よし。では消えてくれ。今すぐに」

　ほとんどお咎（とが）めなしに解放されると気づいたノートン夫人は、いっときも無駄にせず要望に応えようとした。

「はい、今すぐ消えます、公爵さま。ありがとうございます、公爵さま」目をふせて、視線を床に据えたまま言う。「公爵さまの寛大さとご親切に心から感謝いたします」

この人、本当に馬鹿なのかしら。まだ最後まで話していないのに、部屋を出られると思っているの？

「だめよ座って、ノートン夫人」ベアトリスはげんなりして言った。「公爵さま、まだ彼女を帰すわけにはいきません。これから話すのが最悪の部分ですから」

婚約者が破滅しかけた話を見事な冷静さで受け止めた公爵だったが、それ以上の話となると冷静ではいられない。ノートン夫人をぎろりとにらみつけ、ありったけの嫌悪を込めて怒鳴った。「最悪の部分だと？」

一文字に結んだ唇の縁が白くなっている。本気で怒る姿を見たのは初めてだ。これまでの言い争いをとおして、いらいらするくらい高飛車で傲慢な公爵は何度も見てきたけれど、今は道端のごろつきみたいだ。理屈もへったくれもないというような。

まだローズ氏の死体の話をしていないのに。

ベアトリスは、ノートン夫人の身の安全より公爵の尊厳を心配して言った。

「公爵さま、ふたりで話し合いをおこないましょう」

ベアトリスは、正式な話し合いの手順があり、公爵もそれを承知しているかのように言った。部屋の形や家具の配置の関係で選択肢は限られるけれど、暖炉とアテネ像の間にある小部屋のような空間がよさそうだ。ベアトリスは歩きだし、公爵についてくるよう合図した。公爵はあとを追いながら、凄みの利いた目でノートン夫人をにらみつけた。言葉にはしないが、動くなという意味なのは明らかだ。

即席の会議室でふたりきりになると、ベアトリスは午後の出来事を詳しく報告した。マダム・ボランジェのドレスサロンにノートン夫人が現れたこと。職員のいない厩舎のこと。ノートン夫人が実は自分を覚えていたこと。彼女は手の込んだ恐ろしい策略をめぐらせていたこと。

ローズ氏の不幸な最期を目撃して取り乱すノートン夫人の様子を語ろうとして、ベアトリスはふっと口をつぐんだ。話し方を検討すべきかも。こう何度も死体に出くわすとなると、わたしがなんらかの方法で死体を引き寄せていると思われかねない。もちろん、事実無根だ。ファゼリー卿の調査の怪我で療養している間に、真相解明を求める死体の見つけ方を頭をふりしぼって考えたけれど、まともなアイディアは一つも浮かばなかったのだから。新聞に広告を出すか、警察に雇ってもらうかしなければ、ロンドンで解決を待つ事件を見つけるのはとうてい無理だ。

でも、予期せぬ偶然だったと言っても公爵は納得しないかもしれない。本題に入る前に、約束は破っていないと説明しなくては。形ばかりだとしても、約束を守る気があったのは確かだ。

「続きをお話しする前に確認したいのですが、今回の出来事は、わたしが進んで求めたわけではないとご理解くださっていますね？」淡々と訊く。「出来事が向こうからわたしのもとへやってきたのですよ、公爵さま。出来事のほうからやってきたのであって、わたしのほうから探しにいったわけじゃないんです。この違いは重要ですよ。ご理解いただけたなら、理解したとおっしゃってください」

手短に話したつもりだったが、公爵には長すぎたらしく、じりじりしている。

「ああ、わかった、理解した。続きを話してくれ、ベア。さあ早く」

ベアトリスはうなずいたが、要望に応える前に念押しした。

「それからダミアン、わたしがあなたを対等な相手とみなしていることもわかっていますよね？」

公爵のいらいらは頂点に達していたし、対等な相手云々は本題とは無関係に思えるだろう。それでも愉快そうに唇をゆがめた。

「わかっているよ、お嬢さん。光栄だ」

「ちゃんとわかっていてほしいんです。だって公爵さまにご相談しないうちは、わたしは絶対に殺人事件の調査を始めませんから。わたしたちは同志ですもの」真剣に言う。「そうご理解なさった上で聞いていただきたいのですが、今日の午後、ご相談しないうちに殺人事件の調査を始めてしまいました。他にどうしようもなかったんです。お許しくださいますか」

公爵は我慢の限界にきていたが、わめきも怒鳴りもせず、ノートン夫人の後頭部をにらみつけもせず、あきらめたようにため息をついた。

「おやおや、ベア、また死体の登場かい？」

「ええ、また死体の登場です」公爵よりずっと興奮した声になる。「厩舎を出る前に、ばっちり調べておきました」

公爵はベアトリスの徹底した仕事ぶりに驚きもせず、落ち着いて尋ねた。

「それで死因は？」

ベアトリスはなるべく簡潔に答えた。「お腹に四つの刺し傷がありました。凶器は薪ばさみです。べったりと血がついていましたし、他に凶器らしきものも見当たりませんでしたから」

ラルストン夫人との恐怖の遭遇について話しているとき、公爵の怒りが再燃したのがわかったが、話をさえぎることなく最後まで黙って聞いてくれた。

「ベア、黒幕は誰なんだ」公爵は怒りのにじむ低い声で言った。「ノートン夫人はだしに使われただけだろう。頭がすっからかんだから、観劇の計画すら立てられないはずだ。入念な策謀をめぐらすなど無理に決まっている」

やっとだ。ようやく訊ける。「まさにそれが問題なんです。でも黒幕の正体を訊く前に、心当たりがないか考えてみてくださいませんか。わたしのほうはひとりだけ、トーントン卿です。恨みがありそうな人は他に思いつきません。でもトーントン卿は大陸にいますし、家族が路頭に迷うことになってもいいのかと公爵さまが脅したので、すくみ上がっているはずです」

公爵はベアトリスの自制心に目を丸くした。「まだ訊いていないのかい？」

「わたしたちは同志です。公爵さま抜きに調査を始めたりしません」ベアトリスは言った。「さきほどご説明しましたよね？　この点は厳密に守ると。ご理解いただけたと思ったのですが」

公爵はほほ笑んだ。厳密さを重んじたからかしら。それとも、同志だと言ったから？　どちらにしろ、ノートン夫人がいなければ、キスの嵐だっただろう。

「そういうことなら」公爵が言った。「訊きに行こう。ぼくにも心当たりはない」

ノートン夫人は、馬車でバークレー・スクエアへ来る間も、屋敷で公爵を待つ短い間も、黒幕の正体を明かしたくてうずうずしていたから、聞き出すのは簡単だろう。そう高をくくっていたのに、いざとなると、ノートン夫人はなぜかしぶった。

「正直なところ、公爵さまの前では言いにくいわ。傷つけたくありませんもの」といい子ぶる。

馬鹿も休み休み言いなさいよ。公爵の愛する女性を破滅させて婚約をぶち壊そうとしたくせに。そう思いつつも落ち着いて言い聞かせる。

「心配いらないわ。黒幕がおばあさまでない限り、公爵さまは怒るだけだから」

でもノートン夫人は悲しげに首を振った。

「そういう意味じゃないわ。黒幕の名前を聞けば、思い出してしまうはずよ。ミス・ハイドクレアの罠にはまった瞬間に指の間をすり抜けた、美しさと優雅さと気品のことを」

今日はいろいろありすぎて忍耐力も限界だっていうのに、いったいなんなの。ベアトリスは返す言葉が見つからず、ソファに座ったまま天を仰いでうめいた。

公爵のいらだちも頂点に達していたが、ノートン夫人を見据え、静かながら有無を言わさぬ調子で黒幕の名を尋ねた。

「タヴィストック」

まさか。ベアトリスは即座に頭を起こして身を乗り出した。

「それってタヴィストック卿のこと？」

ノートン夫人は公爵をちらりと見やると、気まずそうにうなずいた。

「ええ、タヴィストック卿よ」

もう疑問の余地はない。それでも尋ねずにはいられなかった。

「タヴィストック卿って、レディ・ヴィクトリアの父親のタヴィストック卿？」

なんてまぬけな質問。同じ名前で社交シーズンを満喫中の紳士が、ロンドンにふたりもいるはずがない。

ノートン夫人は、勝ち誇った笑みを漏らした。身のほど知らずの恋をする女が、元恋人である〝比類なき美女〟の名を聞いて動揺したと思ったのだろう。

「ええ、そのタヴィストック卿よ。美しく優雅で気品のあるレディ・ヴィクトリアのお父上よ」

公爵が驚きと後悔の入り交じった表情をすると、ノートン夫人はそれ見たことかとばかりにいっそう満足げな顔をした。

余裕しゃくしゃくで勝者の笑みを浮かべている。策略は大失敗に終わったと見えたが、ぐるりと回って、〝ベアトリス・ハイドクレアの心をずたずたにする〟という究極の目的を達成できたと思ったからだろう。

ノートン夫人は、眉根を寄せて口をへの字に曲げ、同情するような目でこちらを見た。きっと隣に座って慰めだすわ、とベアトリスが思った瞬間、案の定ソファに移り、頭を抱いてささやく。「よしよし、かわいそうな子」

演技もからっぽ。同情するふりをするにも、多少の知性ややさしさがいる。それに、そもそも同情なんて必要ない。公爵はラークウェル家の舞踏会で罠にはめられたと嘆いているわけじゃなく、レディ・ヴィクトリアをめぐる状況を見誤ったと悔やんでいるのだろう。家族ぐるみのつきあいだから、最初の社交シーズンで人気者にしてやるつもりだった。数週間は付き添ってダンスも踊ったけれど、言い寄るつもりはみじんもなかった。父親も娘も承知していると思っていたのに。長いつきあいの隣人一家に親切にしただけだったのに。

でもあらためて考えると、タヴィストック卿には壮大な野望があったようだ。娘に目をかけてやってくれ、と言っただけだったが、いずれそれ以上の関係へ発展すると期待していたのだろう。恋心が芽生えるか、美貌の跡取り娘を妻にする利点に気づくと思ったのだろう。目をかけてほしいというのは、口実にすぎなかったのだ。尊大な公爵は今、自分が世間知らずのお人よしだったと気づいて、大ショックを受けている。

きっとそんなところだろう。そう考えれば、驚きと後悔の表情にも説明がつく。

ノートン夫人は、同情するふりを続けることすらできないらしく、ベアトリスから紅茶のトレイへ視線を移してじっくりとケーキを選び、すました顔でかじりだした。急に食欲がわくのも無理はない。さっきまでは、公爵がどんな反応をするか気が気でなかったのだろう。でもすっかり白状してしまったし、公爵の反応も望みどおりだったのだから。

ノートン夫人は銀のティーポットから自分のカップにおかわりを注ぎ、ベアトリスにも勧めた。「喉がからからって顔よ」

とんでもない女だ。

公爵は茶番を無視して、ノートン夫人に訊いた。

「タヴィストックはなぜきみに計画を持ちかけたんだ?」

「わたしが公爵さまに同情しているとご存じだったからですわ」ノートン夫人は言った。「ラークウェル家の舞踏会の一件のあと、公爵さまが心配だと口にしたんです。その心配ぶりが尋常じゃなかったのでしょう。ミス・ハイドクレアのことは社交界デビューの年から知っていましたし、人をいいように操る人間だとわかっていました。もちろん、彼女を責めるつもりはありません。財産も地位も美貌もない娘は、なんらかの方法でそれを補わなければなりませんから」

は? 言いがかりはやめてほしい。取り柄がないのは認めるけれど、おとなしくしていたはずだ。

「わたしが人を操ったですって?」

「驚くふりはやめて。自分のことなんだからわかるでしょ」

ちゃんちゃらおかしい。他人や状況を操る能力があったら、とうの昔に叔母さんの家を脱出している。「一つでも例を挙げてみなさいよ」

意外にも、ノートン夫人はすぐさま応じた。「ノートンに『イギリスの老男爵』を読んで面白がるのは正真正銘の馬鹿だって言ったじゃない」

そんなこと？ ベアトリスは目をぱちくりさせた。否定できないし、否定したいと思うべきかもわからない。あまりにくだらないけれど、発言の内容は正しいもの。『オトラント城』を真似た駄作だと、著者自身も序文で認めている。

「ほら、今だって」ノートン夫人が勝ち誇って言う。

「へ？」

「自分が悪者に見えないように状況を操作してる」ノートン夫人が言った。「この嘘つき。ノートンがわたしにお熱なのはわかりきってた。それであなたはあの手この手でプロポーズを阻止しようとしたのよね。自分が彼と結婚したかったから。恥ずかしげもなくたぶらかそうとして、わたしの悪口を吹き込んだ。わたしのゴシック小説好きは社交界では有名だもの。あなたがこき下ろそうとしたのは、わたし以外にありえない。夫はだませても、わたしはだまされないわ」

ベアトリスはふきだしそうになった。自分の趣味嗜好が知れ渡っていると思うなんて、うぬぼれもいいところだ。でも彼女の被害妄想に気づかなかったわたしも、自分しか見えていなかったのかも。

誤解だと説明しようか。『イギリスの老男爵』の文句を言ったのは確かだけれど、ゴシック小説全般をけなしたわけじゃない。わたしだって大好きなジャンルだ。それに、著者であるクレアラ・リーヴの全作品を批判したわけですらない。『恋愛小説の進歩』なんて夢中で読んだし、すばらしい歴史小説だと思う。だから、あの一冊を批判しただけ。これは今も同じ意見だ。『イギリスの老男爵』は完全な二次創作だし、本家より面白いと思うのは、やっぱり馬鹿だけだもの。

でも、仮に悪口を言ってノートン氏をたぶらかしたのが事実だとしても、今回の復讐はやりすぎだ。昔のことを冷静に話し合える相手じゃない。

だから罪を認めるようにうなずいて、本題に戻した。

「タヴィストック卿から計画を持ちかけられたのはいつ？」

「スターリング家の舞踏会でよ。あなたがウェム卿をひどい目に遭わせたあと」嫌悪感をあらわに首を振る。「ウェム卿が自白のとおりに罪をおかしたのかどうかはわからない。あなたの両親に危害を加えたのかもしれないし、何もなかったのかもしれない。でも年齢以上に衰えて頭もはっきりしない人に、あの仕打ちはないわ。恥を知りなさいよ。わたしはあなたが悪いとはっきりしない人に、あの仕打ちはないわ。も同じ考えだった。それで、公爵さまを救うために今すぐ行動しなければという話になったの」公爵のほうを向く。「死者が出たのは本当に残念です。でもわたしは殺人には関わっていませんし、何も知らなかったんです」

公爵は訴えを無視した。「きみは舞踏会のすぐ翌朝にベアトリスのもとを訪ねたな。計画に参加して半日も経っていないじゃないか。タヴィストックはどうしてそんなに早く準備できたんだ？」

「ラークウェル家の舞踏会でミス・ハイドクレアが公爵さまを罠にかけたすぐあと、ラルストン夫人がタヴィストック卿に彼女が探偵の真似事をしていると話しました。卿はそもそもミス・ハイドクレアの品位のなさを懸念していたので、急いで計画を立て、ローズ氏を雇い、サヴォイ・ストリート二十二番地に彼の事務所を用意したんです」ノートン夫人が説明する。「すでに女優を雇ってあり、祖父の遺書を持たせてハイドクレア家の玄関に送り込むはずでした。でもウェム卿がこてんぱんにやられたあと、タヴィストック卿はわたしのもとへ来て、手伝う気はないかとおっしゃったんです。見ず知らずの女より、よく知る社交界の人間のほうが、成功する確率は上がりますから。わたしなら無条件に信用するでしょうけど、あやしげな女優が訪ねてきたら、まずは身元を調べるかもしれません。とくにミス・ハイドクレアは調査好きですから」

理屈は通っているので、公爵はうなずいた。「ではローズ氏はどんな手口で殺したんだ？」

ノートン夫人は、血まみれの死体を思い出したのか、蒼白になった。

「手口……ですか、公爵さま」

「タヴィストックが仕組んだのだろう？」

「違います、違います」ノートン夫人はぶんぶんと頭を振った。殺人計画への関与を疑われて、また動揺しだしている。「計画にはありませんでした。まったくの想定外だったんです。ローズ氏は生きているはずでした。ミス・ハイドクレアが部屋に入った瞬間に彼女をベッドへ運び、その上に覆いかぶさるはずでした。すぐあとに、ラルストン夫人が厩舎にやってくる。わたしは仰天したふりで悲鳴を上げる。

ラルストン夫人が駆けつける。わたしと一緒にスキャンダラスな場面を目撃する。そういう予定でした。誰も死なないはずだったんです。何が起きたかわかりません。公爵さまもあの光景をご覧になっていたら……。ベッドにだらりと横たわっていました。血まみれの姿で。力のない目をして。なぜあんなに恐ろしいことが」

ノートン夫人は涙を流し、両手を握り合わせた。「すべてうまくいっていたんです。ドレスサロンでミス・ハイドクレアを無事に見つけました。難なくミルフォード・レーンへ連れていくこともできました。厩舎に着くと、タヴィストック卿から聞いたとおりの状況でした。だから安心しました。廊下でミス・ハイドクレアに腕をつかまれたときだけは、計画が失敗するかもと心配しましたが、ちょっと励ませば済みました。それから……それから……ドアを開けると、彼が横たわっていて……」

ノートン夫人はこらえきれず泣きじゃくった。

細かい点は別にして、大筋は予想どおりだった。無事に罠を逃れたし、今さら怒る気にもならない。でも公爵は初めて知った。ノートン夫人が、半裸の男が襲いかかろうと待つ部屋へ、嬉々としてわたしを送り込もうとしたことを。

公爵は怒りに燃えている。

ベアトリスは、涙のノートン夫人越しに公爵と目を合わせ、穏やかに言った。

「怒る必要はありません。公爵さまがおっしゃったとおり、彼女は愚かでつまらない人間です。しかも、さもしく哀れな人間なんです。これ以上の罰はありませんわ。愚かでつまらなくてさもしく哀れな人間として生き続けなければならないんですから」

ノートン夫人は号泣しながらも話は聞いていたらしい。顔を上げて抗議した。

「よくも……そんなひどいことが……言えるわね」しゃっくりが差し挟まれるせいで、啖呵を切っても迫力に欠ける。「あなたみたいな人に……丸め込まれるほど……愚かじゃないわ。公爵さまは……わたしをそんな人間だと……お考えじゃないですよね？」

気が抜けるほどまぬけなコメントだ。「ほらね、おわかりいただけたでしょう？」思わず愉快そうな目つきをすると、公爵の瞳もきらりと光った。

「ああ、よくわかったよ」公爵はあっさりと言った。「でももっと創造的な発想をしたほうがいい。いつものきみなら得意じゃないか。たとえば、アルマックス・クラブへの出入りを禁止するとかね。きみの罰ほど詩的ではないが、苦痛は大きいに違いない」

ノートン夫人は泣きじゃくったせいで顔がまだらに赤かったのが、真っ青になった。「嫌よ」

「もう決めたことだ」公爵がきっぱりと言った。

ノートン夫人はベアトリスのほうを向いた。「公爵さまを説得して。お願い。わたしじゃなくて、わたしの子どもたちのことを考えて。あの子たちの成功はわたしにかかってるの。アルマックス・クラブの運営者とは仲良しだったのに、いきなり会員証を取り上げられたら、ゴシップの嵐でわたしは破滅よ」

おっと、〝破滅〟は、今公爵の前で一番口にしちゃいけない言葉なのに。公爵はベルを鳴らして従僕を呼んだ。すぐに執事が自らやってきた。

「ああ、マーロウか。お客さまのお帰りだ。つつがなく馬車にお乗せして、一刻も早く出発させてさしあげろ」

これ以上食い下がっても無駄だと悟ったのか、使用人に惨めな姿をさらしたくないのか、ノートン夫人はうなずいた。それから巨大な権力に敗れたかのように深いため息をつき、何代も続く公爵家の当主にうやうやしく挨拶をした。

「公爵閣下、ご歓待に感謝いたします」

公爵はうなずくだけで、うしろ姿を見送った。それからマーロウとひと言ふた言交わすとドアを閉め、ほっとした表情を見せた。

8

居間のドアが閉まるなり、ベアトリスは公爵を褒めた。

「ノートン夫人にぴったりの罰ですね。なぜ会員証を剝奪されたか夫に説明するのを、カーテンの陰で聞いていたいですわ。まあ、もっともらしい理由なんて思いつかないでしょうけど」

ケスグレイブ公爵はうなずいた。「そうだろうな。下手な言い訳をして、じきにぼくがノートンと不愉快な会話をするはめになる」

「ところで、気を悪くしないでほしいのだが」公爵が続けた。「きみは宿敵の趣味が悪いな」

ベアトリスは声を上げて笑った。

「気を悪くなんてしませんよ。どうやったらもっと質の高い敵を見つけられるか考えてみます。あるいは、敵を作ること自体、やめたほうがいいかもしれませんね。ダミアン、正直言って、今回は本当に疲れたわ」

ソファに寝転がってしまおうか。失恋したらこうするのよ、とレディ・アバクロンビーが教えてくれたみたいに。でも公爵に邪魔をされた。わたしを引き寄せてぎゅっと抱きしめ、「すまない、すまない」とささやきながら、耳に頬に顎にと唇を押し当てる。

彼の唇を肌に感じるのって最高の気分。だからキスをするのに謝る必要なんてないのに。いや、謝っているのは他のことだろうけど、今はどうでもいい。ずっとこうしていたいし、体を離したくない。先のことは考えたくない。公爵さまも同じ気持ちでしょ？ ベアトリスは、首にキスしやすいように頭を傾けた。

公爵はこれ以上進めば自分を抑えきれなくなるという瞬間、さっと顔を上げ、額にやさしくキスをして、ベアトリスをソファに座らせた。ドアを開け放してから、隣に腰を下ろす。

「五分ならドアを閉めていてもうわさにならないだろうが、それ以上は面倒なことになるからね。さあ、立派な社交界の一員らしく、すました顔で冷めた紅茶でもいただこうじゃないか。そうすれば、ぼくもきちんと謝ることができる」

「公爵さまが謝るのですか？」ベアトリスは驚いて片方の眉を上げた。「ケスグレイブ公爵が命じれば日も沈むとお考えかもしれませんが、すべての出来事が意のままになるわけではありません。ノートン夫人を連れてきたのはわたしです。謝るべきは、わたしのほうです」

「ああ、彼女を我が家へ入れたのはきみだ」公爵はあっさりと認めた。「でも、きみを悪夢に巻き込んだのはぼくだ。ぼくのせいで、きみは今日ひどい目に遭ったんだ。ぼくのせいで、評判は地に落ちるところだった。ぼくのせいで、暴漢に襲われるところだった。ぼくのせいで、殺されるところだった。ぼくはタヴィストックの野望に気づかなかった。許すまじき大失態だ。きみがいつもからかうように、ぼくは自分を卓越した人間だと思っている。それなら、気づかなければならなかった。タヴィストックは、娘に親切にするだけでは満足しないと。今考えれば、両家の婚姻を望んでいたのは火を見るより明らかだ。なのにぼくは気づかず、そのせいできみが苦しんだ。本当にすまない」

ベアトリスは黙って聞いていたが、反論したい箇所もあった。少なくとも殺されかけてはいない。ああ、いらいらする。「恥を知りなさい！」

めずらしく過ちを認めたものだから、やさしく慰めてもらえると思ったのだろう。公爵は目をぱちくりさせた。

「今なんと？」

「レイクビュー・ホールでの夕食中、向かいの席のわたしがどんな気分でいたかおわかりですか。公爵さまは人を見下した顔で、次から次へとつまらない長話をされていました。ここにきて、またですか。自分ばっかりえらいみたいな顔をして！しかもなんの話芸もない。そういうわけで、恥を知りなさい！」

公爵はおそるおそる口を開いた。「フランス革命戦争の知識を披露した他に思い当たる節がないが、あらためて謝ろう。でも察するに、これ以上の謝罪はきみをもっと怒らせるだけかな？」

「冴えてますね、公爵さま。いつだって腹立たしいほど冴えています。でもそんな公爵さまも全知全能ではありません。他人の秘めた企みに気づかなかったからといって、ご自分を責めることはできません。しかも相手は友人だと思っていた男です。それでもご自分に責任があるとおっしゃるなら、傲慢ですよ。それはかまいません。

婚約した時点で承知していましたから。でも同時に愚かでもあります。わたしは愚か者と婚約した覚えはありません。お馬鹿さんと添い遂げるくらいなら、一生ヴェラ叔母さんと暮らすほうがましですわ」

公爵はくるくると表情を変えながら聞いていた。戸惑い、怒り、いらだちあたりを何周かめぐり、最後は〝愉快〟に落ち着いた。

「わかりましたよ、お嬢さん。ぼくの思考力と洞察力には限界があると認め、謝罪を撤回いたします。でもタヴィストックに娘のことを頼まれたとき、もっと警戒すべきだったという考えに変わりはないよ。きみの言う〝全知全能〟というのは、ぼくに言わせれば、公爵であることそのものだ」公爵は言いきった。「ところで、あまりに不公平ではないか？　きみはノートン夫人の件で謝ることができるのに、ぼくはタヴィストックの件で謝ることができないなんて」

「細かい点にこだわりたくはありませんが――ダミアン、今回ばかりはあなたの厳密さをからかっているわけじゃありませんよ――違いがあるんです。わたしはノートン夫人を屋敷に連れてきてしまったんです」ベアトリスは続けた。「文字どおりの意味です。わたしは彼女をこの居間へ案内し、家政婦お手製のすばらしいティーケーキを食べさせました。あなたを彼女の腐った性根にさらし、いやしさを味わわせました。そのことで謝っているんです。でもノートン夫人の存在自体や、彼女の破壊的なあさましさを予期できなかったことについては、なんの責任も感じていません。わたしの力ではどうしようもないからです。ですから、公爵さまも謝ってもいいですよ。わたしがタヴィストック卿に会って、〝おまえなんか公爵夫人になれるわけがない〟とののしられたあとでしたら」

「悪くない手だ、ベア」公爵はあきれたようにかぶりを振った。「でもだめだ。まわりくどい無駄話に紛れさせてタヴィストックとの面会を宣言しても、ぼくはごまかされないぞ。タヴィストックに会うのはだめだ。きみをはめようとした男なのだから。これ以上危険な目に遭わせたくはない」

決めるのは公爵じゃない。自分のリスクは自分で決める。

「それはさておき、さっきのは〝まわりくどい無駄話〟ではありません。すべてお伝えする必要のある内容でした。公爵さまが非難すべきは、論理が破綻している点です。わたしが自らタヴィストック卿に会いに行ったら、危険な目に遭っても自業自得ですから、公爵さまは謝れなくなってしまいます。つっこみどころはそこですよ。さあ、反論があれば受けて立ちましょう」ベアトリスは大きく息をついて、ケーキのくずしか残っていない皿を見つめた。「ティーケーキの追加をお願いすることはできますか。なんだか腹ぺこで。燃料補給しなければ、いつものキレのある議論はできそうもありません」

公爵はさっと立ち上がり、ひもを引いてベルを鳴らした。

「我が身のためには断りたいが。腹ぺこで弱っているときしか、きみには勝てないだろうから」

「何をおっしゃいます」ベアトリスは軽く受け流した。「議論には自信がおありでしょう？　兵糧攻めで勝つなんて、プライドが許さないはずですわ」

「たしかに、かつてのぼくならそうだろう。でもきみと出会って数ヵ月のぼくは、手段を選ぶ余裕はないとわかっているのさ」

「もうそんなていたらくですか。まだ結婚前なのに」ベアトリスはあわれむように言った。「タヴィストック卿が救ってやらなきゃと思うのも無理ありませんね」

でも公爵は冗談にできる心境には至っていなかったらしい。にらみつけるように顔をゆがめた。そのとき、従僕が紅茶のおかわりとうずたかく積まれたケーキのトレイを持って現れた。よし、食料確保。ベアトリスは公爵の恐ろしい形相にも怯まず、タヴィストック卿と会うべき理由を滔々と語りだした。そして自分でも納得の演説をこう締めくくった。

「公爵さまは来ないでください。公爵さまが同席すれば、気まずい雰囲気になりますし、卿が警戒してしまいます。そうなれば、すべて台無しです」

公爵は猛反対した。「ぼくの望みは何だと思っているんだ？ すべて台無しも何も、きみを潰そうとした男にツケを払わせてやるだけだ」

「ローズ氏を殺した犯人を突き止めたくはないんですか？」ベアトリスは言った。「ローズ氏を雇ったのはタヴィストック卿ですから、最初に話を聞くのは当然です。もちろん誰かを容疑者から外せる段階ではありませんが、卿が殺人犯である可能性はかなり低いと思います。だって、なんの得にもならないでしょう？ ローズ氏が計画のことを知っていたのは不安要因でしょうが、ノートン夫人だって知っていました。どうして誰かを雇っておいて、役目を果たす前に殺すのです？ そんなの、意味不明です。それに、犯人は何かを捜していました。でも、卿が殺人をおかしてまで欲しがるものを、ローズ氏が持っていたとは思えません。ローズ氏は、卿の計画とは無関係な理由で殺されたと考えるほうが妥当では？　むしろ、間違って殺されたのかもしれません。荒らされたのは、ジョサイア氏の寝室です。狙いは彼だったのかも。なんの関係もない人が部屋にいるなんてこと、普通はありませんから。でもローズ氏とジョサイア氏が無関係だったとしたら、犯人は相手を間違ったと気づかなかったのでしょうか。ジョサイア氏本人と面識がなかったとか？　そうだとしたら、なぜ見ず知らずの人を殺すのです？　あるいは、ローズ氏とジョサイア氏は外見がそっくりだったとか？　双子でしょうか。だからジョサイア氏はタヴィストック卿に厩舎を使わせたのでしょうか。家族が関わっていたから？」

ベアトリスは、タヴィストック卿への質問リストをひと息にまくしたてると、紅茶のカップに口をつけ、ちょうどいい具合に冷めていることに気をよくした。

「被害者の情報はほぼゼロですから、卿から聞き出すべきことは山ほどあります。でも公爵さまがおっかない目でにらんでいたら、聞き出せる話も聞き出せません」少し考えてつけ足す。「とはいえ、おっかない目でにらみつけたいお気持ちは理解できますし、にらみつけてはだめだと言うつもりもありません。念のため、じゅうぶんに情報を得るまで待ってほしいだけです」

公爵は黙ってお茶をすすっていたが、話が終わると、カップの縁越しに目を合わせて言った。

「ベアトリス、ぼくも一緒に行く。議論の余地はない」

ベアトリスは、うちひしがれる敗者のように大きくため息をつくと、笑みをカップで隠して、このまま議論が終わりますようにと祈った。だって大満足の結論だもの。

「がっかりしたふりはやめたまえ」公爵は穏やかに言った。「きみの狙いどおりの展開だろう？　でもばれていないとは思わないでくれよ。どうでもいい議論をふっかけて、そもそもの前提を疑わせない作戦だ。タヴィストックへの質問リストを口にした瞬間、きみは答えを手にするまで突き進むと悟ったさ。一緒に行かなければ、ライト氏に扮してひとりで乗り込むつもりだろう。それは危険すぎる」

なるほど。でも事務弁護士に変装することは考えていなかった。公爵を説得する自信があったから。意図せず脅していたとは、愉快な発見だ。

とはいえ、公爵がわたしの身を案じているのは伝わるし、自分が不安をあおったと思うといたたまれなかった。公爵をなごませなければ。

「タヴィストック卿のことは、公爵さまのほうがわたしよりよくご存じですから、公爵さまが危ないとおっしゃるなら、否定するつもりはありません。でもそれほど危険ではないと思いますよ。卿の計画はとてもまわりくどいものでした。役者を雇い、厩舎を借り、ノートン夫人を引き入れた。自分の手を汚したくないのは明らかです。直接手を下すほうが、よっぽど効果的なのに。しかも今や壮大な計略は曝露され、黒幕はタヴィストック卿だとわかりました。偶然の悲劇に見舞われることはあっても、卿の罠にはまることは二度とありません。卿がわたしを攻撃する理由が残っているとしたら、計画が破綻したことへの腹いせしかない。でもこれも筋違いです。計画の失敗はわたしのせいではありませんから。卿が誰かを恨みたいなら、ローズ氏を殺した犯人を恨むべきです。とすると、わたしたちの犯人捜しに協力するほうが卿にとっても得になります」

公爵は話を聞くうちにだんだん明るい顔になり、おしまいに尋ねた。

「そう言ってタヴィストックの協力を得る作戦かい？　そうであれば、彼の計画を阻止した張本人が訪ねるより、ライト氏のほうが適役ではないか」

「さっきも申し上げましたが、彼の計画を妨害したのは、わたしではなく、ローズ策略や嘘は氏を殺した犯人です。それはいいとして、今のは作戦ではありません。策略や嘘は封印です。腹を割って卿と話をするつもりです。公爵さまも前回の事件のときにおっしゃっていましたよね。正面からぶつかるべきだと」ベアトリスは時計を見やった。もうじき五時だ。「早く出発しましょう。帰りが遅くなると、家族が不審がりますから」

公爵はほほ笑んだ。「家族の心配をしだす頃だと思ったよ。きみの話によれば、三時間は家を空けている。きみに抜けたところがあるのは知っているから、叔母上に手紙を届けて、我が家にいると伝えておいたよ。節度を守るために、いとこのジヨセフィーヌも同席していると。まあ、きみは事務弁護士やメイドに変装して街をうろつく人だから、節度なんて気にしないだろうが」

そのときの顚末(てんまつ)を思い出してベアトリスは笑った。「タヴィストック卿も残念でしたね。多大な労力をかけなくても、数日待てばわたしは自滅したでしょうに」

公爵は同じようには笑えなかった。

「無謀だった」

「独創的と言ってください」

将来の公爵夫人の振る舞いをめぐって議論が始まったところで、公爵の御者が現れた。

「公爵さま、ミス・ハイドクレア、お邪魔して申し訳ございません」ジェンキンスがベアトリスにはにかんだ笑みを向けた。「ですが、例のお方がお屋敷に戻られたら報告するようにと言いつかっておりましたので。十五分前に戻りました」

「そうか」公爵はこくりとうなずいた。「では出発だ」

ベアトリスは、公爵が妙にのんびり構えていた理由がわかって喜んだ。ベッドフォード・スクエアへの道中で食べるために、ティーケーキの最後のひと切れをつかみ、公爵に続いて居間を出た。ドアの外にはマーロウが控えており、不愉快そうに黒い眉を上げて冷ややかな視線を向けてきた。たしかに、壮麗な廊下でケーキを食べるのは、公爵夫人にふさわしい振る舞いとは言えない。そう気づくと、子どもみたいにケーキを背中に隠したくなったけれど、ぐっとこらえた。もう立派な大人なんだから、執事のお許しなんていらないわ。

むしろ、執事のほうがわたしの許しを請うべきよ。

よく言った！　ベアトリスは自分を鼓舞しながら馬車に乗り込んだ。そして使用人との関係について考えながら、ふと公爵に言った。

「ジェンキンスはわたしを気に入っていますよね」

公爵はとうとつな話題に面食らったものの、事実だと認めざるを得なかった。

「ああ、きみの勇敢さに感服している。〝底力がある〟と言っていたよ」

ベアトリスは素直にうれしかった。世界中を探しても、ベアトリス・ハイドクレアを勇敢だと褒める人なんてめったに見つからない。

「それなら、公爵さまからジェンキンスに頼んでくださいませんか。マーロウの前でわたしを褒めろと」ひと息入れて考える。さっきはえらそうな口をきいて屋敷へ押し入ったから、無礼者の印象を与えてしまったはずだ。それを覆すには、どんな言葉がいいだろう。「希望を抱ける無難な言葉がいいかもしれません。たとえば、〝公爵夫人になったら、とっても従順な人だとわかるはずだよ〟とか」

公爵は口の端をつり上げた。「断る。忠実な使用人に恥をかかせはしない。たとえきみの頼みでもね」

真剣に検討するそぶりもなく却下されたが、恨んではいけない。紳士と御者の関係は複雑だと聞く。よく知らないけれど、従者との絆と同じく、微妙な危うさをはらむものなのかも。ベアトリスは物わかりよくうなずいた。「では、公爵さまが直接マーロウにおっしゃってくださってもいいですよ」

「ぼくが？」公爵はとんでもない提案を受けたかのように口をあんぐりと開けた。公爵に扮してボンド・ストリートを歩かせてくれと頼んだわけでもないのに。

ベアトリスは大げさな反応を無視して、つっかかるように言った。

「ええ、公爵さまがマーロウに〝あの人はとっても従順な公爵夫人になる〟と言ってください。あらためて考えると、公爵さまのほうが真実味があって効果的でしょう。わたしのことをジェンキンスより多少はよくご存じですから」

「多少だって？」公爵はふきだした。「ぼくはきみのことを御者より多少よく知っている程度なのかい？」

ベアトリスは、すぐ細部に気を取られる公爵にうんざりしてため息をついた。

「では、〝まあまあよく知っている〟に訂正します。とにかく、公爵さまが褒めてくだされば、マーロウからの評価も上がるはずです。さっきは妙な状況で会ってしまいましたから。横柄な人間と思われていないか心配です」

公爵は笑ってばかりでまともに言葉を発しないので、頼みを聞くつもりがあるのかどうかよくわからない。だがしばらくして落ち着くと、光栄な役目を辞退した。

「障害物を取り除いてあげたいのはやまやまだが――一応言っておくと、きみがケスグレイブ邸にすんなり馴染むことほどうれしいことはないよ――とはいえ、使用人との信頼関係を危険にさらしてまで、真っ赤な嘘はつけないさ」

「ひどい！　こんなに従順なのに！」ベアトリスは怒って言った。二十年もヴェラ叔母さんの言いなりだったのだから、裏付けはじゅうぶんだ。

むきになって主張すると、公爵はなおさら面白がってクスクス笑った。

「心配ご無用。マーロウはすっかりきみを気に入ったんだよ。にらみつけても引かないから戸惑ったようだが。マーロウがとっておきのしかめ面で厳しいことを言うと、おばあさまですらしゅんとしてしまうんだ」

「本当ですか？」わたしをなだめようと作り話をしているのかも。いつも人を見下すあの執事が戸惑うところなんて想像できない。

「もちろん」公爵は断言した。「ジェンキンスから聞いたんだ。ジェンキンスはミセス・ウォレスから、ミセス・ウォレスはブレナンから聞いたらしい。ブレナンはきみがマーロウをどやしつける現場に居合わせたようだよ」

「どやしつけるですって？」えらそうな執事をほうきでペシペシ叩く自分の姿が頭に浮かび、面白くない気分になる。「それは正確な描写ではありません」

「引き下がってはだめだよ」公爵が言った。「マーロウは強いものに惹きつけられる。きみの堂々たる態度を見た今、むしろぼくのほうがきみにふさわしくないと思っているんじゃないかな。そうだ、マーロウの前でぼくを褒めておいてくれないか？」

「心にもない褒め言葉を口にしたら、使用人との信頼関係が築けないのでは？　でも検討しておきます。ほら、結局は断るにしても、わたしは即座に却下したりしませんよ。閣下、これが礼儀や慎みというものです」

公爵が言い返そうとしたそのとき、馬車が速度を落として止まり、ベアトリスは急に不安がぶり返した。どうしてタヴィストック卿に会うのがこんなに怖いのだろう。ここ数ヵ月というもの、自分に悪意を持つ相手と激闘を繰り広げてきた。廃屋に閉じ込められたり、道端で殴られたり、ラークウェル家の舞踏会中にテラスで首をへし折られかけたり。これよりひどい目に遭うことはないだろう。暴力を振るわれるはずはない。それでもタヴィストック卿の冷徹な計略を思うと、うすら寒いものを感じた。過去の相手はかっとなった勢いで襲ってきただけだったから。

公爵は落ち着き払った様子で、いつもどおり優雅に馬車を降り、ベアトリスに手を貸した。タヴィストック卿のタウンハウスは白亜の大邸宅で、二階にはアーチ形の窓が並び、玄関までなだらかな上がり段が三段ついている。当たり前だけど、ポートマン・スクエアのハイドクレア家とは比べものにならないほど巨大で、しかも華麗だ。胸騒ぎが広がった。こんな大豪邸の持ち主がどうしてわたしなんかを目の敵にするの？　気にする必要もない存在だろうに。

というのは白々しい愚問だろう。冴えない娘だからこそ、玉の輿に乗れば癪（しゃく）にさわるのだ。

公爵がノックするとほぼ同時に、ドアが開いて執事が温かく迎え入れた。両家の親しさがうかがえる。執事はすぐに居間へ案内してお茶を出し、主人はまもなく下りてくると告げた。椅子も勧めてくれたが、じっと座っていられる気分ではない。でも歩きまわる間もなく、タヴィストック卿が現れた。娘と同じ黒い髪に黒い瞳。がっしりした体つきだが、頬の肉が垂れ下がり、よく立っていられるなと思うくらい重たそうだ。

共犯者のひとり――たぶんノートン夫人――から事の顚末を聞いたのだろう、卿は挨拶もそこそこに、計画が失敗した無念さを語り出した。悪びれた様子も恥じ入る様子もなく、ままならない運命を悟りの境地で嘆いている。

「いい教訓になったよ。あらゆる事態に備えても、不測の事態は起こり得る。ホブソンがあんなふうに殺されるとは――」信じられないという顔で首を振る。「仰天したよ。構想に十年かけても、絶対に予期できなかった。残念だがケスグレイブ、きみなら結果ではなく、計画の精神に目を向けてくれるね。父親として、みすみすきみを取り逃がすわけにはいかなかったのだ。きみもいずれ父親になればわかるだろう。ミス・ハイドクレアのような平凡で冴えない年増女のために娘を捨てられる屈辱が。耐えられんよ。きみだって断りきれなかっただけだろう。だから船を元どおりに起こしてやろうとしたんだ。結局は転覆したが。恨まないでくれるね。さっきも言ったように、わたしは父親であり、家族を邪険にされたら、相応の対応をするのが務めなのだ」

ベアトリスは、ぎょっとするほど傲慢な演説についていけず、呆気に取られて卿を見た。どうして恩着せがましい口調なの。おぞましい計略は、友への親切だったみたいな口ぶりじゃない。どうして公爵を腰抜け扱いするの。どうして物憂げに嗅ぎたばこ入れをはね開けて、のんきに香りを嗅いでいるの。

何もかも理解不能だわ。

唯一理解できたのは、公爵の反応だった。タヴィストック卿の話が一段落つくと、「めちゃくちゃ恨んでるに決まっているだろう」と言って顔をぶん殴ったのだ。拳がたっぷりと肉のついた左頬にめり込み、頭を吹っ飛ばした。卿は上半身がねじれてよろけ、安楽椅子にぶつかって床に転げた。どしんと尻もちをついたまま、顎を押さえ、恐怖と驚きの入り交じった顔で公爵を見上げる。公爵が暴力を振るうなんて信じられないのだろう。何かを見きわめるように、ベアトリスと公爵の間で視線をさまよわせる。

公爵は悠然としていて、数秒前に人を殴ったのが嘘みたいだ。なんて立ち居振る舞いの美しい人だろう。拳を繰り出すときですら、無駄な動きが一つもない。腕をすっと上げ、ちょんと肌に触れて戻すさまは、ティーカップを口元に運ぶみたいに軽やかだった。

お見事。ラッセルがジャクソン氏のレッスンを受けたがるのもうなずける。

わたしも受けてみたいくらい。

公爵はもう一発殴りたいのをこらえているのか、右手の指をぴくぴくさせ、無言で隣人を見下ろしている。タヴィストック卿は茫然自失。いくら自分の発言を振り返っても、激怒される理由が見当たらないのだろう。

冴えない年増女ひとり破滅させるくらいで、公爵の怒りを買ってしまうのか？　今の時代では許されないということか？　正義の掟はいつ変わってしまったのだ？　父親が娘の名誉のためになりふりかまわず復讐することは、いつから認められなくなったのか？　名誉の掟が通用しないほど、この王国は薄っぺらな張りぼてに成り下がったのか？

卿の気持ちを想像すると、ぎょっとしつつも妙に納得できた。卿の言い分は、ノートン夫人や、ある意味ではヴェラ叔母さんたちと大差ない。でも彼女たちと違って、卿はわたしのことをなんとも思っていない。必要があればわたしを侮辱し、良心の呵責に顔をゆがめることもない。わたしの存在など、目に入っていないも同然なのだ。

言葉にならない屈辱だ。ワイン樽の底にたまった澱(おり)ほどの存在だと自覚していたつもりだが、樽の中に存在すらしていなかったとは。

でもここまで来ると笑うしかない。タヴィストック卿が、他人の婚約者を侮辱してなぜ悪いのかと戸惑う姿さえ、哀れで滑稽で笑いを誘う。

なんという不条理！

さらなる屈辱を受ける覚悟を固めつつ、へたりこんで顎をさするタヴィストック卿に近づいた。卿を見下ろし、冷たく言い放つ。

「初対面と存じますので、自己紹介をお許しくださいませ、タヴィストック卿。ミス・ハイドクレアです。どうぞそのままの姿勢で結構ですよ。今は動けないと承知しておりますから」

卿は立ち上がろうとはしていなかった。だができないと言われては、やってみせなければ。苦労の末に、何度かよろめきつつも、しゃんと立ってみせる。倒れたときにぶつかった椅子が手の届く範囲にあるのに、つかまろうとはしなかった。

口を開こうとして、痛みに顔をゆがめる。でも痛みなど感じなかったかのように、ぶっきらぼうに言う。

「ケスグレイブ、きみのような高貴な男が、レディの前で人を殴るはずはない。つまり、きみもこの女をレディとして認めていないことになるな」

公爵は穏やかな目で見返すが、指先がぴくぴくと動いている。ラークウェル家のテラスでは、軽く殴っただけでトーントン卿を気絶させた。公爵が冷静さを取り戻すまで、ぼさっと突っ立ってはいられない。ベアトリスは一歩前へ出た。

「タヴィストック卿、わたしも腹を割ってお話しいたしますね」はきはきと言う。「さきほどは知性のかけらも感じませんでしたが、手の込んだ計略を立てられた方なら、ある程度の知能はあるのでしょう。であれば、今の状況について考えていただきたいのです。卿の狙いは、公爵に殴られて気絶することですよね。なかなかよい策だと思いますが、再考すべきかと。わたしたちは求める答えが得られるまで帰るつもりはありません。ですからひどい頭痛持ちになるだけですよ」公爵のほうを向いて、淡々と尋ねる。「そうですよね？　殴られ続けた場合、他にも悪影響はありますか。長期的に物忘れが激しくなるとか、思考力が低下するとか。かの有名なボクサー、ジャック・ブロートンの伝記を読んだことはありますが、ほとんど何も知らなくて」

「条件によって結果は変わる」公爵もはきはきと答える。「殴る強さ、頭蓋骨の硬さ、気絶していた時間の長さなどだ。もちろん、強烈な一発を食らって一生障害が残ったボクサーもいる。だが確実に言えることは何もない。タヴィストックが検証したいなら、喜んで協力しよう」

「ご覧のとおりです」ベアトリスは満足して言った。「公爵もわたしも冷静に話し合うつもりでいます。気絶するまで殴れとおっしゃるなら、逆らうつもりはございませんが。念のために申し上げますと、卿が気絶しても、わたしたちは居座りますよ。さっさと帰ってほしいなら、質問に答えるのが早道です」

だがタヴィストック卿は、我が家の居間で冴えない令嬢から指図を受けるのをよしとせず、おまえのせいだと言わんばかりに公爵をにらみつけた。

公爵は無表情で見返した。

ふたりとも先に折れる気はないようだったが、屈辱まみれのタヴィストック卿は黙っていられず、一、二分もするとうなり声を上げた。

「さぞかし自分は賢いと思っているんだろうな、ミス・ハイドクレア。なんて頭のいい女性だ！」皮肉たっぷりに言う。「実際そうかもしれん。難攻不落のケスグレイブ公爵を落としたんだからな。ヴィクトリアをエスコートしてやってくれと頼んだとき、完璧な策だと自画自賛したものだが、真の狡猾さとはどんなものか、きみに教えてもらったよ。あっぱれだ」うすら笑いで頭を下げる。「かわいそうなヴィクトリア、初めから勝ち目はなかったのだ」

ベアトリスを正面から非難され、公爵は体をこわばらせて表情を険しくした。だがベアトリスは、やっと存在を認識されたことを喜んだだけで、今さら傷つきはしなかった。

「タヴィストック卿、おもてなしは倍返しにしませんとね」穏やかに言う。「いらだちを見せても得はない。「このまま侮辱と拳の応酬を続けますか。かまいませんけど、卿は賢明な方とお見受けしますから、時間の無駄はお嫌いでしょう。刻一刻と午後は過ぎていきます。他に用事がおありでは？　いくつか質問に答えていただければ、すぐにおいとまいたします」

言いなりになるのは癪だったものの、卿は一時間後に約束があり、着替える時間も必要だったので、提案に応じることにした。逃れる道はないと観念し、ふたりに座るよう勧めると、また妙に達観した雰囲気で、残念でならないように、公爵の父親は息子がやさ男に成り下がったと知ったらさぞがっかりするだろうと言った。

「父上は冷徹な計略を好んだものだ」懐かしそうに言う。「体のどこを探しても、感情なんて見当たらない男だった。小作人に対しても、洗濯物を絞るみたいにぎゅうぎゅうと取り立てをした。見習わねばと思ったよ。ご覧のとおり、父上ほど無情になれなかったがね。第五代公爵が生きていたら、ミス・ハイドクレア、きみは厩舎に誘い込まれる間もなく、一瞬で消されていただろうな」

ベアトリスは公爵の父親の話に戸惑ったが、今は追及すべきときではないとわかっていた。でも、自分の無関心さを悔やまずにはいられない。自分が孤児であることに気を取られて、公爵に両親のいない理由を尋ねようとも思わなかった。

タヴィストック卿は第五代公爵を頭から追い払うように首を振り、安楽椅子に腰を下ろした。

「さあ、なんでも訊いてくれ。気の滅入るエピソードにさっさと終止符を打とうじゃないか」割り切ったかに見えたが、口を開いたそばから、役者の間の悪さを悔しそうに嘆いた。「ホブソンが死ぬ前に役目を果たしていたら！」深くため息をつき、公爵を見る。「そうしたら、我々はまったく違う会話をしていただろうよ」

「そんなことはない」公爵はきっぱりと言った。「同じだ」

だがタヴィストック卿は、ロンドン一のゴシップ屋がベアトリスと役者の衝撃的な密会を嬉々として言いふらしたあとも、公爵が婚約を破棄しないとは信じなかった。

「ラルストン夫人ならホブソンの半裸姿を魅力たっぷりに描写し、ミス・ハイドクレアは熱い抱擁を受けていたと語るだろう。実際のふたりがどれほど離れた位置にいたとしてもな。そんなうわさを広められて、耐えられる男はおらんよ。マトロック家の人間ならなおさらだ。一番大事な家名に、性悪女が泥を塗るところだった」

公爵は落ち着いた表情を崩さなかったが、青い氷の目をして、静かだが凄みのある声で言った。

「はっきりさせておこう、タヴィストック。これ以上の誤解や企みが生じないように。おまえが何をしようと、ぼくとミス・ハイドクレアの絆は壊れない。ぼくを怒らせるだけだ。そうなれば、父と同じくらい冷徹な計略を好むと思い知るだろう。わかったな」

タヴィストック卿はよくわかったらしく、顔を真っ赤にして、無礼な態度にぶつぶつ文句を言いだした。

「脅されるほど悪いことはしていないぞ。わたしは親なんだ。何か手を打つ必要があった。ヴィクトリアは我が子なのだから」

やっぱり馬鹿々々しい。タヴィストック卿がまた哀れな父親ぶるのに気づいて、ベアトリスはあらためて思った。親の義務だか何だか知らないけど、なんでわたしたちが責められなきゃならないのよ！　娘のために罪のない女性を破滅させるのは、一シーズン分の手袋を用意してやるのと同じというわけ？

公爵はにこりともしない。彼の顔に稲妻が走る前に、ベアトリスは会話の主導権を取りにいった。

「役者のことを教えてください。ホブソンという名前なんですね」ベアトリスは続けた。「どこで見つけたのですか。どうやって雇ったのです？」

タヴィストック卿が役者のことを口にするのは、彼が殺されたせいで計画が台無しになったと言うときだけだったから、卿が億劫そうな表情を浮かべても驚かなかった。でもだんだんと不思議そうな顔になった。

「なぜだ？」椅子の肘置きを握りしめる。「どこで見つけたかなど、おまえになんの関係がある？　なぜそんなことを知りたいんだ？」

「男がひとり、今日、あなたの仕事をこなす間にむごたらしく殺されたんですよ」

ずばりと言った。調査好きなのはばれている。計画の肝だったのだから。「理由を知りたいと思わないんですか」

「理由を知りたいだって？」心底驚いたように訊き返す。「卑しい役者の惨めな最期など、どこに興味を持てばいいのだ？　わたしにはなんの関係もないじゃないか。ジョサイアがうまく始末してくれたしな。中庭で転んで熊手の上に落ちたと見せかけたらしい。不幸な悲劇だが、わたしの知ったことではない」

最低の部類の人間だとわかっていたけれど、まだ軽蔑する余地があったとは。冷酷に死体を処理した厩舎の主をさらりと褒めるあたりも反吐が出る。人が死んだのに、自分の都合しか考えないなんて。

怒りを抑えて、どうしてわかるのかと訊く。

タヴィストック卿は不思議そうな顔のまま、首をかしげる。「何のことだ？」

「どうして自分とは無関係だとわかるのですか」ベアトリスは言った。「ホブソン氏が殺されたのは、計画のせいかもしれませんよ」

考えもしなかったらしい。でも即座に否定すると、日頃からつきあいのある輩のひとりに殺されたのだろうと決めつけた。「低級な劇場の役者だったんだ。ストランドにある〈ザ・パティキュラー〉という小屋さ。ドルリー・レーン劇場やヘイマーケット劇場の足元にも及ばない。仲間の質も推して知るべしだ。本人も粗暴な奴だったのでは？　かなりふっかけてきたわけだしな。ロッドウェルは結局、予定の三倍の金額を払わされた」

「直接会っていないんですか」ベアトリスは愕然とした。汚れ仕事を下の人によく頼めたものだ。使用人には自分の下劣さを隠したいと思うのが普通でしょ？

どうやら普通じゃないらしい。卿はぎょっとした顔で見返している。

「直接会うだと！　裏仕事に役者を雇うとはどういうことか理解していないようだな、ミス・ハイドクレア。従者を雇うのとはわけが違う。なぜ奴の空気で我が家を汚染せねばならん？　あるいは、奴の下宿へ出向けと？　あるいは」鼻で笑う。「このわたしが小汚い劇場の地下に通い詰めるとでも思っているのか？　ホブソンの楽屋を訪ねるとか？　まさか。直接会うなどありえんよ。家令に命じたんだ。手荒く脅されたようだが、なんとか話をつけてきたよ」

「劇場がお眼鏡にかなわなかったなら」ベアトリスは自分の破滅計画がかなりずさ

んなものだったと知って戸惑った。「ドルリー・レーン劇場やヘイマーケット劇場の役者を選べばよかったのでは？　そもそもなぜホブソン氏に？」

悪意のない質問だったのに、卿は激昂した。また真っ赤な顔をして、ぎらりと目を光らせる。

「この無礼なあばずれめ！　よくも訊けたたな！」

怒りだす理由がわからず、ベアトリスが公爵を見ると、すぐに答えを教えてくれた。

「愛人に口利きしてもらったんだ」公爵は卿とは違い、なんのためらいもなく言った。「半年前からテムズ川の近く――サヴォイ・ストリートだったかな――そのあたりに女優を囲っている。パティキュラー劇場の近くにある、アセニーアムという似たような劇場の役者だ」

タヴィストック卿は公爵をやさ男と断じたあとも、それなりに敬意を払っていたが、秘密をあっさり曝露されて、わずかな敬意も吹き飛んだ。

「肯定も否定もするつもりはない。ああ、よかった。娘をこんな礼儀知らずに嫁がせなくて。貴族の風上にも置けんやつだ」

皮肉のつもりはなさそうだ。愛人を囲うのは彼の良識の範囲内なのだろう。罪のない女性を自分の都合で破滅させるのをよしとする人間なのだから。

男の偽善に驚く自分でありたかったけれど、今となっては無理な話だ。過去の調査で嫌というほど見てしまった。

「では家令を呼んでください」ベアトリスは居丈高に言った。

タヴィストック卿は肩をいからせていきり立った。「断る」

「呼ぶんだ」公爵が有無を言わさぬ口調で命じる。

卿は真鍮の象嵌細工が施された壁掛け時計をわざとらしく見やった。

「いくつか質問に答えるだけだと言ったじゃないか。使用人全員を尋問するなんて聞いてないぞ」

「使用人全員がホブソン氏に会ったのですか」

「馬鹿を言うな！」

「では、使用人全員に話を聞く必要はありません。ロッドウェルさんだけでかまいません」ベアトリスは淡々と答える。「さあ、わたしたちが早く帰れるように、今すぐ呼んでください」

　卿もさっさと片を付けたいはずだったが、むくれるように唇を真一文字に結んだ。ベルで従僕を呼び、ロッドウェルへの伝言を頼む。待っている間、ベアトリスは厩舎の所有者との取引について尋ねた。

「ジョサイアとの取引とホブソンの死は関係ない」卿はいらいらして言った。

　ほんの数時間前に人を破滅させようとした男が、手先の悲劇的な死についてちょっと質問しただけで反発するなんて腹立たしい。被害者づらを笑いたいところだが、怒りで笑う余裕もない。

　いずれにしろ、ベアトリスはいらだちを顔に出さずにあらためて説明した。

「現時点では、何が関係していて、何が関係していないかを断じることはできません。どんなことでも関係があるかもしれません。よほど愚かでないなら、ささいなことにも注意を払うべきです。だから、ジョサイア氏とどんな取引をしたのか教えてください。どうやって彼をタイミングよく外出させたのですか。留守中に寝室で何が起きるか、彼は知っていたんですか」

　だがタヴィストック卿は、どんな男にも愚か者とは呼ばせなかったし、ましてや冴えない行き遅れの女にそう呼ばれるなど許せなかった。だからゆったりと椅子に背をもたせ、悪意に満ちた目をベアトリスに向けた。

「たしかにそうだ、ミス・ハイドクレア。どんな可能性も軽視してはならんな。きみが言ったように、あらためてささいなことも考慮すると、きみがホブソンの死に関わっているのではと思えてならない。犯人捜しのために尋問しているような口ぶりだが、自分に不利な情報がないか探ろうとしているのでは？　実際、関係者の中でホブソンを恨む理由があるのはきみだけだ、ミス・ハイドクレア……それともライト氏と呼ぼうか？」

自分の別名を聞いたとたん、ベッドに横たわる血まみれの死体を見た瞬間から頭が鈍っていたのだとベアトリスは悟った。役者のホブソンが雇われて弁護士のローズ氏を演じていたなら、大英博物館の職員に変装したのは無駄だった。始めから正体はばれていたし、雇い主にも報告が上がっていたはず。

もっと早く気づくべきだった。でもあらためて考えると、タヴィストック卿にライト氏のことを知られても、たいした問題じゃないのでは。男装はたしかに型破りだけれど、キャロライン・ラムはよく給仕の格好をしていたし、社交界もくすっと笑うだけだった。まあ、そのあとのスキャンダルが過激だったからかもしれないけれど（ラムは実在の子爵夫人。詩人バイロンと不倫関係になるなどした）。とはいえ、わたしの評判だって無傷からはほど遠い。舞踏会中に伯爵を問い詰めて殺人を自白させたのだから、非常識といわれてもしかたない。とすると、タヴィストック卿が男装のうわさを広めても、多少ざわつく程度だろう。

おっと、だけど脅しのネタは男装の件じゃなかった。卿はわたしがホブソンを殺したとほのめかしているのだっけ。

真面目に考えると、卿の作戦は悪くない。わたしを絞首台送りにすれば、公爵との婚約を確実に終わらせることができる。

でもやっぱりくだらないと思うだけで、不安はみじんも感じない。公爵も黙っているところを見ると、同じ心境のようだ。犯罪の調査はそれなりに経験したから、証拠の重要性は知っている。明らかに無実の女性を証拠もなく犯人だと指差したら、告発者のほうが痛い目に遭う。

タヴィストック卿は反応の薄さに戸惑いを見せつつ言った。

「ああ、そうさ。おまえは気づかなかっただろうが、ホブソンはすぐに変装を見抜いた。かなり無理があったようだよ。眉毛が細すぎると言っていた。秘密を握ったホブソンは、百ポンド単位の金を渡さなければ、公爵にすべてばらすと脅した。おまえは金もないし、あったとしても一生食い物にされると恐れて、ホブソンの腹を繰り返し刺し、殺した。くわせ者の極悪人め。どうだ、ケスグレイブの前であらいざらい曝露してやったぞ」

タヴィストック卿はそう言うと、ショックに目を見開く顔を期待して公爵を見たが、ほとんど興味を示していなかった。卿はいらいらして公爵をにらみつけた。

「ラルストン夫人なら、あり得ない話だとは思わないさ。この女がラークウェル家のテラスで松明を振り上げてトーントンを殴ったのは事実だからな。狂暴なのは立証済みというわけだ。そうだそうだ、そのとおりだ」興に乗って言う。「ラルストン夫人は、ラークウェル家で何か凶悪なことが起きたと思っている。事件直後にトーントンが突然ロンドンを離れたからなおさらだ。彼女の目を役者の死に向けるのは簡単だし、そうすればおまえを渦中の人物に仕立てることなどわけもない。夫人の耳元でささやくだけでいいんだ。ミス・ハイドクレアはジョサイアの厩舎で何をしていたんでしょうね？　被害者の役者とは本当に無関係だったのでしょうかね？気になってしかたがありませんね？」

どうせ不安がらせるための小芝居でしょ。脅しているだけで、本気じゃない。ベアトリスは軽く受け流そうとしたが、公爵はさっと立ち上がり、タヴィストック卿の胸ぐらをつかんで床から五センチは持ち上げた。

公爵はゆっくりと、駄々っ子にもう寝る時間だと言い聞かせるように語りかけた。

「数分前に話したばかりなのに、また繰り返さなければならないなんてがっかりだよ、タヴィストック。ミス・ハイドクレアの評判を傷つけちゃだめだ、わかるか？ 絶対にだめだ。ホブソン殺害の話題と一緒に少しでも彼女の名が出たら、ぼくは人生を懸けておまえを潰すよ。領地の運営を破綻させ、家族を貧困に突き落とすよ。おまえはスラム街の道端で物乞いをして、愛娘に干からびたパンのかけらを買うだけの小銭をせびるはめになるんだよ」

タヴィストック卿が顔を真っ赤にして足を宙でばたつかせると、公爵はハエを払いのけるように卿を椅子に放った。

卿は喘ぎながら言った。「だが……ノートン夫人がいるぞ！　彼女の発言にまで責任を負うことはできん」

「それは違う」公爵はさらりと言った。「ノートン夫人を引き入れたのはおまえの判断ミスだから、おまえには彼女を黙らせる義務がある。さあ、さっさとミス・ハイドクレアにジョサイアとの取引内容を話すんだ。この部屋の悪臭にはもう耐えられない」

侮辱されて怒ったタヴィストック卿は顎を引き締め、すぐ痛みに顔をしかめた。

「今日の午後、ジョサイアと厩務員たちには、競りに出される予定の馬を見に行ってもらった。ヴィクトリアに買ってやる馬の候補が何頭かいて、意見を聞きたかったのでね。出張の報酬ははずんでおいた。留守中に何が起きるか、詳しいことは伝えなかったが、それを尋ねるほど差し出がましい男ではない。実際、ホブソンを発見したときには、熊手を使って手際よく処理し、その旨を知らせる手紙と追加でかかった費用の一覧を送ってきた。新しいシーツと毛布代をこちらが持つのは当然だ。わたしが面倒に巻き込まれる必要がないのと同じように、ジョサイアも経費をかぶる必要はないからな」

ベアトリスは、人を人とも思わないジョサイアの冷淡さに驚きたかった。でもタヴィストック卿のような男と関わる人間が、同じく道徳心に欠けるとわかったところで、なんの驚きもない。「そのとき初めてホブソン氏の死を知ったのですか。ノートン夫人は何も言っていなかったのですか」

「何も言わないに決まっているだろう」卿は不機嫌そうに言った。「育ちのいい彼女がそんな話をするわけがない。わたしには関係のないことだとちゃんと理解しているからな。報告の手紙には、単に計画が失敗したと書いてあった。それから、彼女が関係者だと知られたから、彼女抜きで別の道を探るべきだとも。しくじったノートン夫人に腹が立った。ずいぶん綿密に計画したからな。でもホブソンが殺されたと知って悟った。運が悪かっただけで、彼女は悪くなかったのだと」

最後は悲しみをにじませ、同情を誘うかのように哀れっぽくため息をついた。馬鹿らしい状況をもっと馬鹿らしくするのが好きなベアトリスは、慰めるようにささやいた。

「次に無実の令嬢を陥れるときは、きっとうまくいきますよ。完全に破滅させられること間違いなしです」

「ベア！」公爵はくすりとも笑わなかった。「タヴィストック、わかっているな。こんりんざい、無実の令嬢を破滅させるなよ」

卿が返事をする間もなく、ドアが開いて家令が入ってきた。六十歳を過ぎたロッドウェルは、やや腰が曲がっている以外はかくしゃくとして、額は高く、頬はふっくらとしていた。だがベアトリスを見つけた瞬間、その頬が真っ赤になった。それから少し首をかしげると、グレーの目が公爵の姿をとらえ、さっと血の気が引いた。瞬く間に蒼白になり、うちのめされたロッドウェルは、苦しめた相手と対面させる卿に、憎しみすらにじむ怒りの目を向けた。

使用人の不満もつゆ知らず、タヴィストック卿はホブソンとの取引について説明するよう命じた。「できる限り簡潔にな。すでにクラブへ行く時間は過ぎているんだ」

ロッドウェルは命令に従おうとしたが、簡潔に答えるどころか、聞き手が心配になるほどの早口で長々と話し続けた。

「まずはホブソンに手紙を届けました。短い、とても短い手紙で、内容は、ある任務についてミス・イエーツに相談したところ、ホブソン氏が適任であるし、興味を持つはずだと薦められた、というものでした。すぐに返事が来て、仕事の依頼はいつでも歓迎だから、夜の公演前に劇場に来てほしい、と書いてありました。ご主人さまに吉報を告げ、パティキュラー劇場に向かいました。開演の一時間前で、ばたばたと準備が始まっていましたから、相談に適したタイミングではありませんでした。でもホブソンはあわただしさに慣れていて気にしない様子で、わたしを楽屋に案内し、ここなら心おきなく話せると言いました。実際には、相談中に何度か他の役者やスタッフが入ってきたので、わたしは戸惑いました。でもホブソンはずっと集中して話を聞いていました。説明を終えると、ホブソンは見事な計画だと褒め、難しい役どころを楽しみたいと言いました。彼の意欲と役者魂を感じて、ご主人さまの計画はきっと成功すると思いました」

ここでロッドウェルはハッと口をつぐんだ。この場合の〝成功〟とは、ベアトリスの破滅を意味し、公爵の前でそれを望ましいものだと表明することは、命知らずの暴挙だった。ロッドウェルはカップ一杯分の空気を丸呑みしたかのように喉を大きく鳴らし、先を続けた。

「ホブソンは、いい演技のために必要な手順だと言って、役の設定を練りだしました。ローズ氏は朴訥（ぼくとつ）で真面目な男、六年前に妻を肺結核で亡くし、男手一つで四人の子を育てているという設定でした。事務所は簡素な部屋がいいとホブソンは考えていましたが、サヴォイ・ストリートにあるご主人さまの愛……ではなくて、ミス・イエーツの部屋を使う予定で、そこは簡素とはほど遠いと説明しました。ホブソンはため息をついて——がっかりするのは筋違いだと思いますが——部屋に合わせて役の設定を調整すると言いました。ご主人さまが作成された、ダイヤモンドについての遺書を見せると、すばらしい出来栄えでしたのに、盛り上がりに欠けると言って自ら手紙を書き直しだしました。ご主人さまは愛嬌たっぷりに必要な情報を伝える手紙の名人ですから、書き直しは不要だと反対しましたが、ホブソンは聞く耳を持ちませんでした。彼は手紙を書き直し、元の手紙をごみ箱に捨てました。抗議しようとしたのですが、金の話をしたがり、こう訊いたのです。この小さな宝石はいくらの価値があるのかと。わたしはダイヤモンドのことだと思って戸惑いました。なぜなら、ダイヤモンドは実際には存在しませんし、ホブソンもたった今自分で手紙を書き直したのですから、よくわかっているはずです。でも、協力料のことでした。わたしはご主人さまから言いつかった金額を提示しました。するとホブソンは、話にならない、とわたしを追い返そうとし、ごみ箱から捨てた手紙を取り出して、こう言いました。〝おまえらのちゃちな計画にはお似合いだぜ〟」

ロッドウェルは最後のセリフを臨場感たっぷりに再現してしまったので、自分が卿の計画を侮辱したかのようにしきりに謝った。タヴィストック卿はいらだたしげにうなずき、早く最後まで話せと急かした。

「ご主人さまを舐められては困ると思い、わたしは即座に三倍の額を提示しました」

タヴィストック卿は早く切り上げたいにもかかわらず、聞き流すことができなかった。

「自分から申し出たのか？　ホブソンに言葉や暴力で脅されたからではないのか？」

ロッドウェルは、卿のかりかりした様子に怯みつつも、自分の行動は正しかったと言い張った。

「お仕えする身ですから、ご主人さま以上にご主人さまの名誉を高め、口さがない者からお守りする義務がございます。ご主人さまの計画は実際すばらしいものでした。ホブソンは金額に同意し、温和な弁護士兼手練れの色男という役柄を演じるのは、さまざまな技術を必要とする難しい仕事だと言いました。〝がっつりした飯〟みたいなものだとも。迫真の演技を見せる、という意味だと解釈しました。それから支払いスケジュールに話を移しました。ホブソンは自分に有利に交渉を進めようとしましたが、ご主人さまのご指示どおりに決着させました。つまり、即金で提示額の四分の一、弁護士事務所での面会後に四分の一、残り半分は厩舎での逢引後というスケジュールです。それから約束の額に加え、衣装代として数シリングを渡しました。優れた演技にはそれ相応の衣装が必要ですからね。そして劇場をあとにしたのです」

タヴィストック卿は、余計な金を巻き上げられたと知って眉をひそめたものの、何も言わずに家令を下がらせようとした。

でもベアトリスが引き止めた。

「ロッドウェルさん、劇場を訪れたのはいつですか。それから、相談中に邪魔が入ったのは、何回だったか覚えていますか。誰だかわかりますか」

タヴィストック卿は小馬鹿にするようにため息をつき、あきれ顔で公爵を見た。質問ばかりする女を妻にと望む男の気が知れないとでも言うようだ。結婚の目的は、夫婦間で沈黙協定を結びつつ、嫡出子の後継者をもうけることではないのか？

やや耳が遠く、質問を聞き取ろうと前のめりになっていたロッドウェルは、その姿勢のまま記憶をたどった。三回と断言するも、すぐさま四回に訂正する。

「いや、違うな。計画については中断せずに説明したので、二回だけだったかもしれません。でも二回は少なすぎる気もします。ということは、やはり三回でしょう。いや、四回かもしれません」

そして最後にこう言った。「正直に申し上げまして、よく覚えておりません」

ベアトリスは、正確な回数を思い出そうとする真面目なロッドウェルに感謝しつつ、そのあやふやな話しぶりにタヴィストック卿がいらだって震えている様子を心ゆくまで楽しんだ。知りたいことの答えが得られたあとも、卿をさらにいらだたせるためだけに、次々と質問を投げかけた。

「ホブソン氏が書いた手紙は、卿の手紙とどこが違いましたか」

「ずっと低レベルな手紙でした」ロッドウェルは役に立たない答え方をした。「ただの役者が、ご主人さまの明晰さにかなうはずがありません。ご主人さまは手紙の名手であり、優れた弁士でもいらっしゃいますから」

ベアトリスはうんざりして目を回しそうになるのをこらえた。

「タヴィストック卿が貴族院で孤児の虐待について大演説をしたことは疑いませんが、今知りたいのは二つの手紙の具体的な違いです。詳しく比較して教えてください」

タヴィストック卿がうなり声を上げ、公爵が卿をぎろりとにらみつけるなか、ロッドウェルは細かい点は覚えていないと白状した。

「おおまかに言うと、ホブソンの手紙はあいまいで謎めいていて、意味のよくわからないところもありました。それにひきかえ、ご主人さまの手紙は簡潔そのものでした。先ほども申し上げたとおり、単純明快な文章のコツを心得ていらっしゃるのです」

ベアトリスはうなずいて時計に目をやった。もうすぐ六時。あと一時間は居座って卿を困らせたいけれど、どこにいるのかと叔母さんたちが心配しだす前に、ポートマン・スクエアへ戻らなければ。そう思いつつも、たっぷり数分間はロッドウェルに無実の令嬢を破滅させてはいけないとお説教をした。

「天国のお母さまも驚いて悲しむでしょう。女性を大切にできる人間に育てたはずですよ」

公爵は話題の転換を情報収集完了のしるしと見て言った。

「タヴィストックへの尋問は終わりかな？　必要な情報はすべて手に入れたかい？」

「ええ、もう大丈夫です」

「よかった」

公爵はそう言うと、腕を引いて、タヴィストック卿の顔にもう一度拳をめりこませた。卿は完全にノックアウトされて気絶した。鼻の骨も折れているかもしれない。ロッドウェルの悲鳴が響き渡るなか、公爵はベアトリスに腕を差し出し、彼女を馬車までエスコートした。

9

ベアトリスは従妹のフローラを〝可愛い顔したお馬鹿さん〟と見なしがちだったが、実は鋭い観察力を持っていて、元ミス・ブロアムのことをあやしむにも、ちゃんとした理由があった。

「あなたが仲良くなるタイプじゃないわよね」

翌朝、居間でふたり別々のことをしているときにフローラが言った。

ベアトリスは邪魔されつつも、叔父さんとの知的な会話に備えて、早速手に入れたケプラー伝を読もうとしていた。フローラのほうは、昨日マダム・ボランジェのドレスサロンへ行くときにおいてけぼりを食らったと叔母さんを恨みつつ、〈ラ・ベル・アッサンブレ〉誌の最新号をめくっていた。なんとしても新しいドレスを買ってもらうと決意し、流行を押さえておくことにしたのだ。

いつもなら叔母さんの倹約精神が勝つと決まっているけれど、フローラは最近、必勝法を編みだした。まず糸のほつれや小さな染みなど、ドレスのちょっとした難に目を向けさせる。次に「公爵未亡人が見たらどう思うかしら」と聞こえよがしに言う。それから、気にしないふりをする。「冗談、冗談。公爵未亡人が見つけるはずないもの。細かいことを気にする方じゃないでしょ」

フローラは、スターリング家の舞踏会のあとに朝食の間で大騒動があって以来、一日に少なくとも二回はこの方法を実践していた。

何度か現場に居合わせたベアトリスは、フローラの頭のよさに素直に感心した。フローラのほうを向き、彼女のノートン夫人評について考えてみる。

「でも、わたしにはそもそも仲良しなんていないわ」

「まあ、たしかに」フローラは認めた。「でも誰かと仲良くなるなら、それはノートン夫人じゃないわ。嫌味っぽいし、おべっかばっかりだもの」

彼女の性格の一覧表があるなら〝自分勝手〟もつけ加えたいけれど、「そうかもね」とだけ答えた。

「それに向こうもあなたを好きなわけじゃないわ」フローラは年下なので、ノートン夫人との壮絶な歴史を知らずに言う。根拠は最近の出来事だった。「あなたが婚約した晩、ラークウェル家の舞踏会で、ノートン夫人がレディ・マーシャムに言ってたの。あんなくすみちゃんに公爵夫人は無理よって。それからあなたを〝くすみ夫人〟呼ばわりして、高笑いしてた。低レベルなジョークよね」

ベアトリスはその場面をやすやすと思い浮かべ、ノートン夫人の笑いのセンスについて同意した。

「がっかりしただけじゃないかしら。レディ・ヴィクトリアと結ばれてほしかったとか」

フローラは鼻で笑った。「レディ・ヴィクトリアはたしかにとっても美人だけど、ノートン夫人が他人のことを心配したのかも?」ベアトリスは言った。「婚約によってわたしが公爵さまを不幸にしたと考える人は多いみたいだから」

「公爵さまのことを気にかけるとは思えない」

フローラは従姉のためにぷんぷん怒って雑誌を脇へ放り投げ――芝居がかっているけれど、気持ちは本物だ――ソファの上を滑るようにして身を寄せると、ベアトリスを抱きしめた。

「公爵さまが他に誰もいないと思ってあなたをいとおしそうに見つめているのを見たことがあるわ。あなたは公爵さまを幸せにしてる。結婚を断るほうが、不幸にすることになる」

「ありがとう」ベアトリスは抱きしめられたまま、どうすればフローラの腕を逃れて読書に戻れるかと考えた。叔父さんとの約束は一時間後に迫っているのに、ケプラー伝を半分とちょっとしか読めていない。それもヴァイル・デア・シュタットの街で過ごした若き日の話がほとんどで、やっとコペルニクスの地動説を支持しだしたところだ。

でもフローラは腕の力をゆるめない。「みんながあなたを目ざわりだと感じているのに、四日前、ノートン夫人はふたりきりで話そうと訪ねてきた。そして昨日は、突然ドレスサロンに現れ、あなたをさらって何時間もつきあわせた」

ベアトリスは宿敵がどれほど慎重に計画していたかを知っているので、ドレスサロンでの出会いがわざとだとフローラにばれているのがおかしかった。とはいえ真相は打ち明けられないから、公爵と考えた嘘の予定に合うように訂正するだけにした。

「何時間もじゃないわ。一時間だけ。そのあとは、晩まで公爵さまの素敵ないとこのジョセフィーヌと過ごしたの」

でもフローラは聞こえなかったかのように話を続けた。

「わたしだって世間知らずじゃないわ。ノートン夫人みたいな嫌味っぽいごますり女が仲良くしたがる理由はわかってる。〝くすみ夫人〟だとしても、公爵夫人は公爵夫人だからよ。でも他にも動機があると思えてならないの。秘密の動機が。ブルックス・クラブであなたをネタにした賭けがおこなわれているとか?」

いくらでも理由は考えられるのに、ぶっ飛んだ説を思いつくものだ。ベアトリスは想像力のたくましさにクスクス笑った。

「そうかもね。大金が転がり込むのでもなければ、わたしと友達になる人なんていないもの」

冗談だったのに、フローラはさっと体を離し、顔をこわばらせた。

「そんなひどい意味で言ったんじゃないわ。ノートン夫人がすり寄ってきたら、気をつけてほしいだけ。純粋な好意とは思えないから」

ベアトリスはノートン夫人の恨みを知っているので、フローラに気まずい思いをさせたのが申し訳なく、本を脇へ置いて手を取った。

「心配してくれてありがとう。賭けをしているとは思えないけど、ノートン夫人には気をつけるわ。これで安心？」

「ええ。それに、ごますり女全員を批判したわけでもないのよ。あなたが公爵夫人になるというだけで、社交界の花形がご機嫌うかがいをするのは、とっても愉快だもの。さあ、もっと楽しい話をしましょ。トルソーの話とか。マダム・ボランジェの店から戻ったお母さまはひどく動揺していて、横になろうか、近所を歩き回ろうかとおろおろしてたわ。結局、つきっきりでメイドにリネン庫の整理をさせて、今じゃバスタオルが下の棚、毛布が上の棚よ」

ケプラー伝に未練がましい視線を送りつつ、ベアトリスは買い物の話を始め、レディ・アバクロンビーが公爵夫人の必須アイテムとみなした大量の品々について詳しく語った。カシミヤのショールを四枚注文したと言うと、フローラが目を輝かせたので、従妹のベッドに一枚〝置き忘れる〟と決めた。それくらいかまわないだろう。二十六年間ずっと一枚きりでやってきたのだから、三枚もあればじゅうぶんだ。

自分にはどうでもいい話題だったけれど、フローラはすっかり夢中になり、色や生地やデザインについて質問を受けるうちにどんどん時間が過ぎていった。

「散歩用のドレスの縁に刺繡をあしらうことにしたのは、すばらしい決断だわ」

フローラは絶賛しているが、ベアトリスはなんの決断もした覚えはない。

とそこへ、ホーレス叔父さんが自分のケプラー伝を脇に抱えてやってきた。割って入って約束の時間だと急かすこともなく、隣の椅子に腰を下ろして、おしゃべりに聞き入るそぶりを見せる。

ベアトリスは叔父さんの関心に戸惑った。いくら支払わされるのかを正確に把握したいのかも。叔母さんはリネン庫の整理を始めるほど動転していたようだから、まともな計算ができなかったのだろう。支出を考えれば、フローラがレースだの刺繡だのとまくしたてるのを聞いて、鼻で笑うか不機嫌になるはず。飾りを追加すれば、その分値段も確実に上がるのだから。でもなぜか叔父さんは、なるほどという顔でうなずいている。まさかフローラのアイディアに感心してる？

当たりだった。

「ファッションをくだらないと撥ねつけるのはたやすい」叔父さんが言った。「でもクラバットが完璧なウォーターフォール結びになっていれば、堂々と人前に出られると気づいたんだ」

フローラは叔父さんの意見を褒め称えてから言った。

「お父さまのウォーターフォール結びは素敵だってずっと思ってたわ。それからバレル結びもいつだって決まってる」

「ありがとう」叔父さんはにっこりとほほ笑んだ。いつもは自己中心的な我が子にいらいらしているのに。

父娘で仲良くおしゃべりなんて、奇跡の一瞬だわ。

でも一瞬では終わらなかった。叔父さんはたっぷり一時間ほど感じよく議論に参加した。ベアトリスは叔父さんの奮闘ぶりに感激した。二十年分の無関心の埋め合わせをしようと、これほど頑張ってくれるなんて。ドレスの裾の長さに一家言あると信じさせるために、全力を尽くしてくれるなんて。

きりのよいところで叔父さんは立ち上がり、楽しい議論をありがとうと言ってから、ソファの本を指さした。「ケプラーの話はまた今度」

「ぜひ」ベアトリスは大きくうなずいた。ホブソン殺人事件は気になるけれど、伝記もなるべく早く読み終えよう。

でも今は無理だ。三十分後には公爵と待ち合わせて調査を再開する約束だもの。叔父さんたちには詳しく説明せず、マトロック家の親戚の誰かを訪ねると匂わせたところ、とにかく出発の時間だということは伝わった。

「すぐ部屋に戻って着替えなきゃだめよ」フローラが急かす。

ベアトリスは言われたとおり部屋に戻り、衣装選びに頭を悩ませた。今日は正面玄関から出るうえ、公爵が一緒だから、変装するわけにはいかない。計画はこうだ。まずホブソンの部屋を捜索し、それから劇場へ行って仕事仲間に話を聞く。ケスグレイブ公爵と婚約者がパティキュラー劇場の役者を尋問しているのがばれたら、ちょっとしたスキャンダルになるのは間違いない。だからバースにある小劇場のオーナー夫妻として、ロンドンの劇場への投資を検討している設定にした。この役には、ごく平凡なドレスがいいだろう。

よかった。ワードローブは平凡なドレスであふれてる。

一階に下りると、居間に公爵がいて、これから訪ねることになっている親戚のアメリアについて、ヴェラ叔母さんからの質問に答えていた。

「アメリアは祖父の弟の娘です」

「おじいさまには姉妹はいらっしゃるのですか?」

「はい、妹がいました」

叔母さんは真面目くさった顔でうなずいた。

「では、アメリアさまには姉妹はいらっしゃいますか?」

「いいえ、でも弟がいます」公爵は辛抱強く訂正した。「正確にはふたりいます。いとこのジョセフィーヌにも男兄弟がふたりいて、他にも男兄弟のふたりいる親戚がひとりいますよ」

「では父方のおじいさまは何人きょうだいでいらしたのですか?」

叔母さんは親戚関係を確認するのに夢中で、公爵の服装がいつもと違うことに気づいていない。少しよく見れば、公爵らしからぬ流行遅れのモーニングコートだとわかるはずなのに。シルエットは真っすぐで、下襟は広すぎる。慎ましい服を持っていなかったから、古いデザインのものを選んだのだろう。

でもそれが、社会的に成功している男だけれど、最近は洋服への投資を控えているというふうに見える。

ばっちりだ。

公爵が親戚全員の説明をせずに済むように、ベアトリスは部屋へ入った。

「すぐに出発しましょう。アメリアさまを待たせては失礼になりますわ」

公爵はすっくと立ち上がった。「うん。遅刻の客をじっと待つタイプではないからね。時間を過ぎると、ぷりぷり怒って出かけてしまうんだ。使用人が〝お嬢さまはご不在です〟と言うとき、嘘をつかずに済むように」

叔母さんは深く息をついた。

「みなさまがっかりされたでしょうに、姪っ子を温かく迎えてくださって、感謝しかございませんわ。ベアも同じ気持ちでいるはずです」

ベアトリスはにっこりとほほ笑んだ。

「ええ、わたしの評判を傷つけて破談にしようと企まない人全員に、心から感謝いたしますわ」

とうとつで意味深な発言に叔母さんが黙り込むと、すかさずフローラがベアトリスのドレスを指さした。「あら、左側のウエストの下がほんの少し破れてる。でも気にしちゃだめよ。そのくらいなら、ワシみたいに鋭い目の公爵未亡人も見つけられっこないわ」

厳格で有名な公爵未亡人の名を聞いて、叔母さんは傍目にもわかるほど動揺し、フローラはしたり顔を隠しきれなかった。

馬車に乗り込んで劇場へ向かうなか、ベアトリスは公爵をとがめた。

「せっかく叔母さんに輝かしい先祖を知らしめる機会でしたのに。封蠟の品質管理を職務とする謎の政府高官に畏敬の念を抱く人がいるとしたら、ヴェラ叔母さんをおいていませんわ」

「勅許状、令状、特許状の封止にかかわる費用やその他金銭を徴収する役職だ」

「ええ、そんな感じでしたね」ベアトリスはうなずいた。

「一刻も早くホブソンの部屋を捜索したいのかと思ったが」公爵はほほ笑んだ。

「でも今度は初代からの当主全員の一覧表を作ってくるよ」

「それからジョセフィーヌの裁縫箱コレクションのことも教えてください。おばあさまが見事だとおっしゃっていました。とってもとっても興味深いお話でしたわ」

公爵は声を上げて笑った。「その場に居合わせたかったよ。相当に苦痛だっただろうな」

数分後、コベント・ガーデン地区の小さな通りにある、錬鉄の門がついたレンガ造りの質素な建物に到着した。ホブソンの下宿先だ。まだ間借り人の募集はかけていなかったが、おかみのラッジさんは女手一つで四人の幼い子を抱え、子どもや下宿人の世話で忙しく、とくに問いただしはしなかった。唯一確認したのは、週に十シリングの家賃と諸経費――靴墨代（四シリング）、石炭（十二シリング六ペンス）、肉（一ポンド当たり二シリング六ペンス）、卵（一個当たり三ペンス）――が支払えるかどうかで、確認が済むと部屋へ案内した。

ドアを開けながら説明をする。「前の住人の荷物は週末までに処分する予定だけど、もし気に入ったものがあれば、いくらで引き取るか提示してちょうだい」それだけ言うと、ベアトリスが考えてきた設定を話す間もなく、騒がしい台所へ戻っていった。

よかった。公爵は態度が尊大すぎて、どんな職業の見習いにも見えないし、ましてや法律事務所の見習いには絶対に見えない。服も妙に仕立てがいいから、ふたりでシングルルームを借りるほど困窮しているとも思えない。

中に入ると、どんなにお金がなくてもふたりでここに住むのは無理だと悟った。

ひとりだって窮屈そうだ。部屋のほとんどをベッドが占めていて、奥のカーテンもベッドにぎゅっと押しやられている。擦り切れたダマスク織をめくると、窓はなく、くぼんだ空間に服があの手この手で収納してあった。突っ張り棒に吊るしたり、棚に突っ込んだり、隅っこのスツールに引っ掛けたり。ぐちゃぐちゃにもほどがある。

ベアトリスは悩ましげな目で公爵を見つめた。

「ここにある服を調べてみてはいかがでしょうか。変な点があれば、公爵さまのほうが気づきやすいはずです。被害者と同じく男性ですから」

過去の調査で男性の衣服をあさった経験は何度かあるから、不快な作業を避けるための口実なのはばればれだった。でも公爵は不服そうな視線を寄こしただけだった。まさか本当にやってくれるの？　公爵はベッドのヘッドボードと壁の間に体を押し込むくらいでは自分の威厳は損なわれないというように、すました顔で横向きになり、狭い隙間を通り抜けた。ベアトリスはテーブルに目を向けた。飲みかけのコーヒーのマグカップ、ペイストリーの食べかすが散らばった皿、汚れたハンカチ、それから戯曲らしきものが書かれた薄い紙の束。一番上のページには、「第一幕・第五場」とある。侯爵と後見人が話している場面で、後見人が服にお金をかけすぎる侯爵を非難して「気取り屋」と呼ぶ。若き侯爵は陽気に韻を踏んで抗議する。「気取り屋叱る張り切り屋、おせっかいや、もうイヤーッ」最後のひと言でベアトリスは笑ってしまった。不満が爆発した叫び。

作者の名前はどこにもない。ひょっとしたら、ホブソンが書いたのかも。ベアトリスは部屋を捜して一冊のノートを見つけた。筆跡を比べると、予想どおり一致した。

殺されたホブソンは、役者であると同時に劇作家でもあったのだ。タヴィストック卿の手紙を盛り上がりに欠けると評して、書き直したがったのもうなずける。

脚本をテーブルに置き、適当に開いたノートをちゃんと調べる。どうやらやるべきことや予定の備忘録らしい。ズボンの穴を繕う。ラッジさんから石炭を追加でもらう。レイサムと夕食。次のページも同じようだったが、ちょっと面白い記載を見つけた。フェアブラザーに二ギニーの貸し。

ホブソンは賭け事が好きだったのだ。

もっとよく調べなくちゃ。ギャンブルで多額の借金を抱えた人は、返済できないと、袋叩きに遭う可能性もある。

ホブソンのほうが借金をした証拠がないか、ページをめくって捜したが、たいしたものは見つからなかった。賭けの相手はフェアブラザーという人物ひとりらしく、記載のある六回の賭けの結果、勝っているのはホブソンだった。合計で六ポンド。少なくない金額だ。重い負担となるかどうかは経済状況による。なるべく早くフェアブラザーを捜して、暮らし向きを見極めよう。

それからベアトリスは、暖炉の脇の棚に置いてある瓶や缶の中を調べたが、ペン先と小銭が何枚か出てきただけだったので、窓の細い出っ張りの本の小山に移った。一冊は演劇理論の入門書で、脚本を書いていたなら持っていて当然だ。残りの二冊はミネルヴァ・プレスのゴシック小説だった。

がっかりしたベアトリスはため息をつき、公爵にめぼしいものはあったかと尋ねた。

「秩序と衣服に対する恐ろしいほどの敬意の欠如以外にかい？」公爵は服を詰め込んである空間からするりと出てきた。「何も見つかってないよ。きみのほうは笑ってしまうくらい成果が上がったようだね。ヘッドボードとコートの間で押し潰されているからといって、きみの楽しげな声に気づかないとは思わないでくれよ」

「ええ、少しは成果がありました」ベアトリスは言った。「笑った理由は別で、ホブソンが執筆中だった戯曲の一場面ですけれど。彼はどうやら賭け事が好きだったようです」

「なるほど」公爵はすぐに事情を察した。「では早速パティキュラー劇場へ行って、誰が借用証を持っているか確かめよう。その前に、ラッジさんと少し話をしてもいいが、観察眼の鋭いタイプじゃなさそうだ。空き部屋が出て二十四時間も経たないうちに借り手が現れても、なんの疑念も持たなかったしね」

そのとおりだろう。でも引っかかる。好奇心や注意力に乏しいのは、スカートの裾にまつわりつく四人の幼い子と、食事や替えのシーツをいらいらと待つ七人の下宿人のせいだろうけれど、わたしたちに興味を示さなかったのは、自分の罪を隠すための演技では？

「ひょっとすると、ラッジさんはホブソンの恋人だったのかもしれません。浮気を疑ったラッジさんは、ホブソンのあとをつけて厩舎にたどり着いた。部屋を見て最悪の疑念が的中したと思い込み、嫉妬に駆られて薪ばさみで刺した」馬車はがたごとと大通りの角を曲がる。「そんなふうに理性を失う女性は過去にも例があるはずです」

突拍子もない考えだと自分でも思うのに、公爵は即座に否定することはしなかった。それどころか真面目に受け止め、ラッジさんの状況で、子どもと下宿人の世話を逃れ、真っ昼間に数キロ離れた厩舎を訪れるにはどうすればよいか、さまざまな可能性を検討してくれた。「親戚の誰かが子どもを見ていてくれるとか、実は優秀な下働きの女の子がいて、朝食のポットや皿を洗ってから、夕食用に火をおこしておいてくれるとか。あるいは、一番上の子、六歳くらいの金髪の女の子が年齢よりしっかり者で、きょうだいの面倒を見ているのかもしれない。もしくは、下宿人のひとりが必要なときは手伝ってくれるとか」

公爵はじっくりと考え込んでいる。こんなに誠実に向き合い、わたしのことを尊重してくれるなんて。また少し、愛が深まった。

10

ベアトリスが想像するパティキュラー劇場は、ひどい役者だらけの低級劇場だというタヴィストック卿の話がもとになっていたので、実物を見て驚いた。漆喰の外壁にあふれんばかりの花々が飾られた美しい建物で、縦溝のあるドリス式の四本の柱が、劇場名を刻んだ屋根付きのポーチを支えている。劇場は、十数年前に染料製造業者のマイケル・ドレイクと娘のメアリーによって設立された。実際の運営をしているのはメアリーで、上演作品の多くも彼女のペンによるものだった。喜劇や明るい音楽劇で定評があり、観客収容数はコベント・ガーデン劇場の半分ほどで、相当な利益を上げていると思われた。

ジェンキンスは、ベアトリスと公爵が馬車を降りるのを心配そうに見ていた。ストランドの近くに送り届けたときのことを思い出したからだ。ミス・ハイドクレアは路上で襲撃され、何発も殴られて、顔が見る見るうちに青黒く腫れ上がった。

「心配してくれてありがとう」ベアトリスはなだめるように言った。「でも大丈夫。いくつか質問をするだけだから」

「前回もいくつか質問をするだけでしたよ」ジェンキンスはもごもごと言いながら、公爵の指示に従って、田舎紳士のものにしてはやけに立派な馬車を移動させた。

劇場は扉の鍵が開いており、中へ入ると、エントランスホールの左手に大階段が、右手には両開きの扉があった。右の扉をそっと開けて体を滑り込ませると、ボックス席用のロビーに出た。壁には深紅の柱を模した装飾が施されており、シェイクスピアの彫像もある。ロビーを抜けて細い廊下を進むと、支配人兼オーナーの事務所に行き当たった。

公爵がノックすると、しばらくしてベアトリスよりふた回りほど年上の女性が現れた。ダークグレーの服を着て、額にインクがついている。

女性は言葉のせわしなさを感じさせないやわらかな声で、早口だが的確に話した。

「こんにちは。業者の営業なら毎週木曜の午前中に受け付けます。事前の約束は不要です。採用の面接は火曜の午前中に、事前の約束が必要です。チケットのご購入は、劇場を出て左手のアダムス・ストリートにある販売所でどうぞ。騒音の苦情は毎月第一月曜日に申し出てください。現在、劇団に欠員はないため、俳優のオーディションはおこなっておりません。今後ともパティキュラー劇場をよろしくお願いいたします。それでは」

ドアを閉められそうになり、ベアトリスは同じく早口で言った。

「ほらね、ミスター・ハーパー。言ったとおりでしょ。運営のしっかりした能率的な劇場だわ。ミス・ドレイクはお忙しくて、わたしたちのオファーを検討する時間がなさそうだけど。これこそ支配人のあるべき姿よ。ああ、とんでもない間違いをおかしている気がするわ。彼女の劇場に投資を申し出るのではなく、うちの劇場を運営してくれと頼み込むべきよ。だって優れた人材なのは一目瞭然だもの。こんなに有能な女性がいたら助かるわ。ほら、ミスター・ハーパー、わたしは無能な男に囲まれているでしょう？　もちろん、あなたは別よ。でも支配人と舞台監督はね。彼女に話し合いの時間がないのが残念だわ。名刺を渡して、わたしたちがロンドンを発つ前に連絡をくれることを願いましょう」

ベアトリスは公爵のほうに顔を向けながら、横目でミス・ドレイクの反応をうかがった。期待どおり、ちょっと興味を示している。

ベアトリスはミス・ドレイクにほほ笑みかけた。

「名刺を渡すくらいはかまわないでしょう？　さっきの説明に投資を申し出る手順はなかったから、どうすればいいのかわからなくて」

ミス・ドレイクはブラウンの目をいぶかしげに細めた。「投資ですか？」

賢い人だ。詐欺かと疑っているのだろう。

「ええ、投資です」今回の調査で初めて生じた罪悪感を抑え込む。「夫のミスター・ハーパーとわたしはバースから来ました。向こうで〈アデルフィ〉という名前の、ここの半分ほどの規模の劇場を運営しているのですが、そろそろ事業を拡大する時期だと思い、今はロンドンに滞在して、投資すべき劇場を探しています。じっくりと調査をして、あなたの劇場こそ理想の投資先だと判断しました。投資を受けると複雑な問題も生じますから、ご興味がなければ、遠慮なくお断りください。その場合に備えて、次の候補も見つけてあるんです。アセニーアム劇場は、こちらほど収益性は高くありませんが、ちょうどよい規模ですし、将来性を感じています」

ミス・ドレイクは鼻で笑った。「あの劇場は崩壊寸前ですよ。役者はまとまりがないし、スタッフの躾（しつけ）もなってない。大火事が起きていないのが不思議なくらいです」

　ベアトリスはにっこりとほほ笑んだ。軽蔑は無謀な行動を引き起こし得る。

「たしかに、そのとおりです。アセニーアム劇場はほぼ毎日大混乱で、だからこそミスター・ハーパーは投資を検討すべきだと考えているんです。混乱した状況にある劇場なら、投資の意義は大きい。パティキュラー劇場は、資金を得てすばらしいことを成し遂げるでしょう。でも結局、成功している劇場がさらに成功するだけです。それに対してアセニーアム劇場の場合は、建物が全焼するか、相当な利益を上げるか、投資によって劇場の命運は大きく変わります。夫は挑戦するのが好きなんです。わたしのほうは、有能な女性と協力するのが好きですけれど」

　ミス・ドレイクは、なるほどという顔でうなずいた。

「ぜひお話を聞かせてください。あくまでも聞くだけですが。共同オーナーである父が最終的な決定権を持っているので」

やった。ベアトリスは公爵に意味深な視線を送り、事務所の中に入った。思ったより広くて居心地のよさそうな空間だ。片側の壁には本棚があり、その隣には紙や羽根ペンが散らばってインクまみれになった書き物机。帳簿が山と積まれた楕円形のサイドテーブルに、刺繍の施された椅子。こちらもインクの染みがついている。

「どうぞおかけください」ミス・ドレイクが髪の毛を手で払うと、今度は耳のまわりにインクがついた。

書き物机のあたりの椅子二脚を公爵とミス・ドレイクに譲り、ベアトリスは本棚のそばの椅子に座って、公爵たちが投資の詳細を話す間、膨大な戯曲のコレクションを眺めた。シェイクスピア、シェリダン、ジョンソン、ヘイウッド、マーロウ、コングリーヴ、ファーカー、アイスキュロス、ソフォクレス、エウリピデス、アリストファネスといった有名どころはもちろん、よく知らない劇作家の作品も揃っている。『クリストゥス・レディウィウス』と題された薄い一冊を取り出すと、ラテン語の原書だった。献辞を読み、数ページにざっと目をとおした。復活劇だ。

向かいでは、公爵がハーパー夫妻の提案についておおまかな条件を説明している。わたしたちの唯一の目的は劇団とつながりを持つことだから、粘り強く交渉したり、けちけちしたりする必要はない。むしろ寛大な条件を提示するほうが理にかなっている。でも広大な領地を管理するケスグレイブ公爵は、たとえ演技であってもお金の無駄遣いは許せず、契約は公平ながらも公爵に有利な条件だった。

でも、さすがはやり手のビジネスウーマン。ミス・ドレイクは、自分側の不利に気づいた。

「いくつかの条件は自分は同意できないし、父も同じだと思います。たとえば、劇場の所有権を十五パーセントも渡すことはできません。父が了承するのは、せいぜいその半分でしょう」

「所有権も含めて交渉には応じます。でも七・五パーセントは低すぎる。十二パーセントなら」

「父は九パーセントと言うでしょうね」

ベアトリスは、ニコラス・グリマルドの戯曲を棚に戻して別のものを引っ張りだした。『奥様女中（ラ・セルヴァ・パドローナ）』というイタリアの喜劇的なオペラで、ジョヴァンニ・バッティスタ・ペルゴレージの作、台本はジェンナーロ・フェデリーコ。冒頭の場面をぱらぱらめくってみたものの、イタリア語はほとんどわからないし、ラテン語の知識もあまり役に立たなかった。本を戻し、目の前の書き物机に置いてある紙の束に視線を落とす。勝手にあさっていると思われないように、触らず目だけで文字を追う。

どうやらメイドが奥さまと間違われるという喜劇のようだ。メイドは奥さまの甘い声を懸命に真似て、プロポーズにイエスと答える。相手は——。

ページはここで切れている。ベアトリスは礼儀正しさを印象づけるのも忘れ、机の上をあさってつづきを探した。

アンジェリーク……アンジェリーク……メイドの名前が書いてある紙はないかしら。こっちのページはサミュエルという人物の演説で始まっているし……あっちは蠟燭代の請求書だし……これは道化師が片手のジャグリングに挑戦する話みたいだし……あれはふたりでかぶるロバの着ぐるみの前とうしろのスケッチだし……これはベストにお金をかけすぎる侯爵の話だし……こっちは修繕のメモ——。

ハッと動きを止め、破れたカーテンを修繕するための覚え書きを置いて、ダイヤモンドのボタンがどうしても必要だと言い張る侯爵のページを手に取る。ほんの一時間前にホブソンの部屋で読んだ脚本と似ている。あれにも着道楽の侯爵が出てきた。

ただの偶然とは思えない。

ミス・ドレイクは、ベアトリスが脚本に興味を示しているのに気づいた。

「今ご覧の『駄々っ子のクジャク』は、大成功した演目の一つです。六十八回も上演したんですよ」

ベアトリスはタイトルを頭に刻み込んだ。「もしかして〝気取り屋〟という言葉で韻を踏む面白いやり取りがある作品ですか」

ミス・ドレイクは満面の笑みを浮かべ、心からうれしそうに言った。

「ご覧になったのですか」

「ええ、もちろんです」

ますます気をよくしたミス・ドレイクは、秘密を明かすように声を落として言った。「低俗なうぬぼれ屋だと思われるかもしれませんが、わたしの最高傑作の一つだと言わざるを得ません」

ベアトリスは驚いた。「あなたが書いた作品なんですか」

今度はミス・ドレイクが驚く番だった。ハーパー夫妻が劇場のことをちゃんと調べたなら、演目の多くは彼女の作だと知っているはずだからだ。

「えっと、あなたがたくさんの作品を書いているのは知っていますが」ベアトリスはあわてて言った。「そんなにたくさんだとは思わなくて。どうやって時間を作っているんですか。劇場の運営だけでも忙しいのに。尊敬してしまいます」

ミス・ドレイクはおざなりにうなずくと、質の高い戯曲を書くことは、劇場運営の一環だと言った。

「一番重要なことかもしれません。演目が平凡だったら、パティキュラー劇場は十二年ももたなかったと思います。ましてやバースの投資家が興味を示すほどの業績は上げられなかったでしょう」

ベアトリスは地に足のついた経営理念を称賛してから尋ねた。

「役者の中にも同じくらい文才のある人はいますか。たくさんの作品に出演するうちに、劇作のセンスも磨かれるのでは？」

ミス・ドレイクは軽く笑った。

「たしかにわたしも昔は役者をしていて、その経験が劇作にいきることもあります。でも、今の俳優陣の中に劇作家はいません。ひとりの役者が自分のためにとっておきの役を書いたら、劇団内の序列はめちゃめちゃになりますから、ありがたいことです。実は、毎日のように出番を増やしてほしいと頼まれるんです。悪役をもっと悪役らしく、英雄をもっと英雄らしく、と言われることもあります。これには参りますよ。そんなことをしたら、風刺画みたいに誇張されたキャラクターになってしまいますから」

ベアトリスは、ホブソンの部屋で彼の筆跡で書かれた『駄々っ子のクジャク』を見ていたから、ミス・ドレイクの言い分をそっくりそのまま信じることはできなかった。ホブソンが目的を持って脚本を書き写していたという可能性はある。たとえば、劇作の技術を学ぼうとしたとか。でもやけに上質な紙を使っていたことを考えると、費用対効果は低く、割に合わない気がする。本当に技術を学びたいなら、大家の作品を読み込むほうが身になるだろう。

とはいえ、とくに芸術家のあいだでは、弟子の仕事を自分の手柄にするのは目新しい話じゃない。ルーベンスやヴァン・ダイク、レンブラントといった画家ですら、アトリエの助手に構想を伝えて絵画制作をさせ、自分は次のプロジェクトに取り組むことも少なくなかった。

ミス・ドレイクも、似たような取り決めをホブソンとしていたのかもしれない。彼女が物語のあらすじと登場人物を考え、ホブソンが実際のセリフを書く。その場合、ミス・ドレイクが作者を名乗るのは、百パーセント本当ではないにしろ、嘘ではない。でもホブソンの貢献に言及しなかったということは、うしろめたい事情があるのかも。

いや、むしろミス・ドレイクは事実を隠した。とすると、共同制作というより盗作をした可能性が高そうだ。

でもそれだけで、彼女がホブソン殺しの犯人だとは言えない。

「役にこだわりのある役者は、たしかに扱いにくいですよね」ベアトリスは悩ましげに同意し、裏付けとなる話をでっち上げた。「うちは小さい劇団なので、ちょっとしたいさかいも大きな問題に発展します。オーナーとして一番苦労するのは、役者同士の和を保つことです。プライドの高い人もいますからね。あなたもよくご存じでしょう」

ミス・ドレイクは首を横に振った。「いいえ、うちも小さい劇団ですが、うまくやっていますよ。いろんな性格の役者がいて、バランスが取れているんです。団結心を育むためには重要なことですね」

オーナーが劇団内の不和を簡単に認めないのは当然だ。そう思いつつ、ベアトリスはミス・ドレイクの経営手腕をあらためて称賛した。

「成功の秘訣に興味津々ですわ。うちのアデルフィ劇場ではもめごとや涙が絶えません。悲劇の主人公を演じるのは舞台だけにしてと言っても、楽屋でやってしまうんです。災難を回避するコツを教えてくださいな。パティキュラー劇場は平和な場所のようですから」

ミス・ドレイクは傍から見てもわかるほどびくっとして、机の上で握りしめたこぶしに目を落とした。

「どうしましょう、間違った印象を与えてしまったようですね。災難のない人生なんてありません。今日、うちの劇団には大きな災難が降りかかりました。実は、ほんの数時間前にわかったのですが、大切な役者のひとりが悲惨な事故に遭ったのです。彼は……ロバートは……いえ、ミスター・ホブソンは……厩舎の庭で転んで……熊手が刺さったんです。聞いた話によると、馬房から逃げ出した暴れ馬に追いかけられて、前をよく見ていなかったようです。そしてバランスを崩し……熊手の上に落ちた。現場は――」言いよどみ、話を続けようと深く息を吸う。「血の海だったそうです。本当にひどい話です」

ベアトリスは恐怖に息をのんだ。本当に驚いたから、たいした演技力は必要なかった。まさかジョサイアがでっち上げた話がまかりとおっているとは。巡査がお腹の傷を調べて、穴の位置が熊手と一致しないことに気づくと思ったのに。

どうやら買いかぶっていたようだ。

ベアトリスは残念だと言って人生のはかなさを嘆いた。公爵もお悔やみを述べると、ミス・ドレイクは涙をこらえるように下唇を嚙んだ。平静を保とうと努力しているように見える。でもそういうふりをしているのかも。演技か本心かを見破るのは不可能だった。ミス・ドレイクは、感情表現の訓練を積んだ元役者であると同時に、劇団員を失ったばかりの支配人でもあるのだから。いずれにしろ、動揺するのは当然に思える。怒りにまかせて薪ばさみでホブソンを刺したのだとしても、今は後悔しているかもしれないし。

「すみません」ミス・ドレイクはハンカチで目元を押さえた。「取り乱してしまって。数時間前に知ったばかりなんです。厩舎の馬丁が知らせてくれて。まだ気持ちの整理がつきません。今晩の公演で誰を代役にするかと心配している自分に腹が立ちます。人がひとり命を落としたというのに、つまらないことばかり気にして」

ベアトリスは気持ちはわかるというようにうなずいた。

「個人的な感情と支配人の職務を両立させるのは大変ですよね。彼が厩舎にいたのは、あなたのお使いですか。小道具を取りに行ったとか？」

「まさか、違います」ミス・ドレイクは見るからに安堵して言った。「もしそうだったら、罪悪感でいっぱいでしょう。実は、なぜホブソンが厩舎にいたのか、見当もつかないんです。馬は所有していませんでしたし、興味もなさそうでした。誰かに会いに行ったのかもしれません」

ミス・ドレイクの声に戸惑いがにじむ。演技とは思えなかった。でもホブソンの外出の目的を知らないまま、彼のあとをつけたという可能性はじゅうぶんにある。

「役者が昼間に劇場を離れるのは、よくあることですか。稽古はしなくていいのですか」

ホブソンが死んだ日の行動を知りたかっただけだったが、ミス・ドレイクは非難されたと感じたのだろう、あわてて出資者候補に弁解した。

「いいえ、うちの役者はみんな勤勉ですよ。予定は制作段階に応じて日々変わりますが、稽古中にふらふら出かける人はいません。たとえば昨日は、来週初演を迎える『勇敢なヤーコポ』のリハーサルを初めて衣装を着用しておこないました。それから俳優陣は休憩にして、大道具、小道具、衣装、その他技術系のスタッフは、四月末に初演を迎える演目の美術について会議をしました。俳優陣は休憩が終わると、わたしが執筆中の脚本の読み合わせをしました。ホブソンは来なかったので、わたしは腹を立て、夜の公演にも現れなかったときは、解雇を決めていました。死んでいたのだと思うと心が痛みます」

亡くなった人を責めていたとわかったら、自己嫌悪に陥るのも無理はない。ベアトリスはささやくように慰めの言葉を口にした。でも劇場に来た目的は情報収集なのだから、ミス・ドレイクがリハーサルと読み合わせの間の休憩時間にどこにいたかを突き止めなくては。劇場にいたのが確かなら、彼女は犯人じゃない。

「休憩中は何をしていましたか」

「何ですって？」ミス・ドレイクは驚いて眉をひそめた。

「知っている人が亡くなったとき、いつもの場所にいるわたしをその人が思い浮かべていると考えると、気持ちが楽になるんです。馴染みのある場所や物って、落ち着くでしょう？」ベアトリスはやさしく言った。「彼が事故に遭ったとき、あなたはどこにいたんですか」

ミス・ドレイクは、そんな方法で気が楽になるわけがないという顔だったが、事務所で『勇敢なヤーコポ』の脚本を推敲していたと答えた。

「演出家から修正を依頼されたんです。それで、一時から三時までこの事務所で要望に応えるべく脚本の練り直しをしていました。実際、わたしが一番よくいる場所なので、もしホブソンがわたしのことを考えるとしたら、まさに今座っている椅子に座ってこの机にかじりついている姿でしょうね」ミス・ドレイクはふっと自嘲気味にほほ笑んだ。「あらほんと、ちょっと気分が楽になったわ」

あらほんと？　ベアトリスは内心驚きつつも〝ほらね、効き目があるでしょ〟と言わんばかりに心得顔でうなずき、ミス・ドレイクのアリバイを証明できる人はいるだろうかと考えた。本人に直接尋ねるのが手っ取り早いけれど、不自然だし、裏の動機があると感づかれそうだ。

今は追及しないでおこう。有益な情報はいくつか手に入った。たとえば、休憩時間のこと。全員のアリバイを確認しなくては。ミス・ドレイクによると、裏方は次の公演に向けて会議をしていたから、ホブソンを殺すことは不可能だった。

劇場関係者が犯人だとすると、ミス・ドレイクか俳優の誰かということになる。

ベアトリスは、もっと突っ込んだ質問をしたい気持ちを抑え、穏やかに座ったまま、演出家は脚本の修正に満足したかと尋ねた。

ミス・ドレイクはため息をついた。

「そうだといいのですが、今朝は稽古をしなかったので、何とも言えません。始める前に厩舎から知らせが届いたんです。それでみんなを楽屋に戻らせて、気持ちの整理をする時間を与えました。そのまま稽古をしろというのは酷ですもの。とはいえ、夜の公演を休むわけにはいきません。チケットは販売済みですし、めそめそしていてもホブソンは戻ってきませんから。ということで、劇場をご案内します」さも当然のように言って立ち上がる。「劇団員もご紹介します。劇場の質は役者の質で決まると言いますが、パティキュラー劇場の俳優陣はすばらしいですよ」

「たしかに俳優陣は劇場の要(かなめ)だ」公爵が言うと同時に、三人で事務所を出た。歩いている間、公爵は信頼できる人材を見つけることの重要性についていくつか鋭い意見を述べた。十年あまり領地や屋敷を監督してきた経験から言っているのだろう。

ベアトリスにはそう推測することしかできなかった。

長いキャリアを持つフランスの大女優で、有名な役をいくつも初演したラ・クレロンの回想録を読んだことがあったから、劇場の裏側がどんなものか、ある程度は予想していた。努力の跡を見せずに観客を魔法の世界へいざなう舞台、それを支えるための部屋や装置がたくさんあるはずだ。でも虚構を本物に見せるために必要な部屋の多さに、ベアトリスは圧倒された。楽屋だけでも十近くある。大部屋が五つと、急いで着替えるための小部屋が四つ。さらに各種の作業室が四つ、大道具用の部屋が三つ、役者が出番待ちをするグリーンルームが一つ、各場面の間に役者が待機するためのスペースが舞台の左右に九つ。もちろん倉庫もあった。こんなにたくさん！

ミス・ドレイクのあとについてらせん階段を下りた。地下には大道具や小道具、衣装を収納するための部屋がまだまだあるらしい。

地下にたどり着き、ミス・ドレイクが壁の燭台に火を灯すと、砂利を敷いた細い廊下が現れた。ミス・ドレイクは十歩ほど廊下を進み、ドアを開けて中へ入ると、ベアトリスと公爵を手招きした。

「地下には小部屋がたくさんあります。たとえば、こんな感じの」ミス・ドレイクは、まわりがよく見えるように蠟燭を掲げた。たしかにかなり小さな部屋で、四方の粗い石壁はそれぞれ幅三メートルほどだ。棚が何段もあり、衣装や粗削りの木材が積み上げられている。「部屋をいちいち紹介してお時間を無駄にするつもりはありませんが、手持ちのものを効率よく使っているのだと見せたかったんです。どの演目でも、道具や衣装の大部分は、過去に使ったものを作り替えています。ここは、衣装を収納する倉庫の一つです。地下には衣装用の倉庫が合計四つあります。さらに、小道具用が三つ、大道具用の大きめの倉庫が二つあります」

ベアトリスはあたりを見回した。棚にはたくさんのマスクが無造作に並んでいる。鳥のくちばしのように先のとがったペスト医師のベネチアンマスクから、歪んだ顔の悪魔のかぶり物まで。ちらちらと蠟燭の火が揺れるなか、規則性なく並んだマスクは悪夢めいていて、恐ろしい劇の場面に迷い込んだみたいだった。うすら寒くなり、ベアトリスは身震いをした。

ミス・ドレイクは、ベアトリスの不安には気づかないまま、視線の先をたどって満足そうにうなずき、棚に近寄って悪魔の頭を照らした。

「まさに衣装係ミセス・タプセルの技が光るかぶり物の一つですわ。今は悪魔の頭ですが、もとは『夏の夜の夢』のロバの頭でした。『花か偽造か』ではライオンの頭に作り替え、昨年の『悪魔が目覚める』でドクター・ファウストを悪魔のように見せる必要が生じたときには、こんなふうに作り替えてくれました。また次の出番が来るまで、ここに保管しておくんです」

蠟燭の明るい光に照らされて、悪魔はさっきよりもっと恐ろしく見えた。人間に似ている部分も少しはあったのに、それもすっかり消えてしまった。顔の病的な緑色と、目元の燃えるような橙色が闇に浮かび上がる。ベアトリスは顔をそむけ、ひょうきんな雰囲気の道化師プルチネッラに目を向けた。かぎ鼻のついた鮮やかな色彩のマスクのようだが、埃が分厚く積もっているせいでくすんで見える。

公爵はミセス・タプセルの倹約術を称賛し、地下室の換気について尋ねた。

「湿気や霜はせっかくの衣装や道具を台無しにしますからね」

ベアトリスは即物的な質問を聞いてとても安心した。公爵はこの不気味な部屋を、ワインセラーや氷の貯蔵庫と同じ、ただの倉庫とみなしている。それに、恐ろしいマスクの棚の前でも、湿気について考えずにはいられないのが、細かいことばかり気にするいとしの公爵さまらしい。

ミス・ドレイクは褒め言葉よりも質問に食いつき、公爵の鋭い観察を喜んで、湿度の調整方法について詳しく説明を始めた。公爵はもちろんさらに質問を重ねたので、ふたりはたっぷり五分ほど湿度の話に夢中になり、ベアトリスは不安な気持ちのままじっと我慢した。

マスクに囲まれるだけでこんなに動揺するなんて、恥ずかしいし馬鹿みたい。よく見れば、いろんな材料が集まっているだけなのに。張り子紙、絹、羽根、石膏。素材にばらして考えれば、ベッドのシーツと同じくらい味気ない。それでも不安は収まらない。目があるべき場所に開いた暗い穴がうつろにこちらを見ているせいだ。

そしてミス・ドレイクが「もうこんな時間」と残念そうにツアー終了を告げると、ベアトリスは真っ先に部屋を飛び出した。

「開演前にやるべきことがたくさんあるんです」らせん階段を上りながらミス・ドレイクが言った。「それに想像にかたくないと思いますが、大きな悲劇があったので、普段のスケジュールより遅れています。今夜の公演をホブソンに捧げるつもりなので、腰を据えて相応の賛辞を書く時間も作らなければなりません。舞台監督のミスター・スミートンを紹介しますね。劇団員に引き合わせてくれるはずです」

スミートンは小道具の倉庫にいて、夜公演のおまけの寸劇で使う道具を確認していた。演目は、メフィストフェレス（ファウストを誘惑する悪魔）と割れたおまるのパントマイムらしい。第二幕で使う刀がとくに気に入らないようだ。ベアトリスから見ると、木製なのにぞっとするほど迫力がある。

「貧弱すぎて、陶器のおまるを貫通できるようには見えませんな」スミートンが言った。

「たしかに」ミス・ドレイクが言った。「現実的な代案として、フェンシングの剣はどうでしょう」

「それしかないですね。場面の説得力は損なわれますが」

「まあそうですが、メフィストフェレスがおまるを使う時点で非現実的です。へんてこな要素が一つ増えたところで問題ないでしょう」

舞台監督はミス・ドレイクのこだわりのなさに不満そうだったが、ハーパー夫妻を紹介されたので、反論を引っ込めた。投資を検討中だと聞くと、細長い顔がぱっと明るくなり、大歓迎した。そりゃそうだ。ベアトリスはおかしくなった。どっと資金が流れ込めば、どれほど見事な模造刀が手に入るか。

「承知しました。喜んで劇団員をご紹介しますよ」スミートンは気さくに言った。

だみ声気味で、イースト・ロンドン育ちを思わせるしゃべり方だ。「あと数時間で開演なので、お茶とスコーンの時間はありませんが、軽い顔合わせならまったく問題ないでしょう」

ミス・ドレイクは感謝して、小道具係に地下の倉庫からフェンシングの剣を持ってこさせると請け合った。

「ちゃんとしたフェンシングの剣を頼みますよ」

ちゃんとしていないフェンシングの剣ってどんなのかしら。小道具係は何度もそっちを持ってきたってこと？

「もちろん」ミス・ドレイクはすまして言った。

満足したスミートンは、ベアトリスと公爵を連れて倉庫を出た。

「普段なら、役者は午前の稽古を終える時間なんですが。ミス・ドレイクから聞きましたよね？　今日は何もかも普段どおりにはいきません。ホブソンが死ぬなんてひどい話です。わたしも自己嫌悪に陥っていましてね。昨夜の公演を無断欠席したものだから、ミス・ドレイクに解雇を進言したんです。だってすっぽかすなんて許せないでしょう？　それに、昨日は別の役者も事故で出演できなくなっていたので、その時点で動揺していました。セットの城壁が崩れ落ちて、フェアブラザーの脚を直撃したんです。脚を引きずりながら帰るのがやっとでしたよ。だから、役者がふたりも足りなかったわけです。フェアブラザーの代役にチャタレーを充て、チャタレーの代役にゴフトンを充て、ゴフトンの代役にスティーグルを充てました。その結果、六つの端役を演じる役者がいなくなりました。二つを削り、クラーク――背景制作スタッフのひとりです――彼に他の四つの役を無理やり演じさせました。問題は最後の寸劇でした。ロバが何度か登場するのですが、ロバには前とうしろ、合計ふたり必要ですからね」

スミートンは続けて、ふたり用のロバの衣装をとてつもなく胴長の人間ひとり用に急いで仕立て直した苦労をことこまかに語った。ベアトリスは、同じ日にふたりの役者が大怪我をしたことに驚いていた。二つの事故が無関係とは考えにくい。フェアブラザー――たしかホブソンのノートによれば、彼に六ポンドの借金がある人物――はホブソンを殺すときに怪我をしたのかも。

「事故のことを詳しく聞かせてください」ベアトリスはスミートンがひと息入れた隙に尋ねた。「どうしてセットの一部が役者を直撃したのですか。もとからぐらぐらしていたのでしょうか。目撃者は？」

スミートンは、しまったというように顔をしかめた。遅まきながら、出資者候補にいいかげんな劇団だと思われる危険性に気づいたようだ。劇団全体の調整で頭がいっぱいだったのだろう。「いえいえ、絶対に違います。城壁はしっかりと固定されていましたし、頑丈な造りでした。制作がずさんで崩れたのでは断じてありませんよ」

「では、何が原因だったのですか」公爵が尋ねた。

スミートンは答えようとしたが、すぐに口をつぐんで首を横に振った。

「わかりません。でも制作者のせいでないのは確かです。腕のいい職人ですから。実は、わたしも事故の瞬間を見たわけではないので、何がどうなったのか説明できないんです。その場にいたのは舞台上で稽古をしていたフェアブラザーとチャタレーだけでした。わたしはふたりが舞台にいたことすら知りませんでした。俳優陣は楽屋に戻ったと思っていたのでね。裏方も作業場で会議をしていて、舞台にはいませんでした。フェアブラザーの悲痛な叫び声が聞こえたので、いっせいに駆けつけて、何が起きたか知ったんです。ミス・ドレイクだけは来ませんでした。脚本の執筆に夢中で声が聞こえなかったらしい」

　ひとりの人間から短時間でこんなにたくさんの情報が得られるとは思わなかった。真の目的に気づかれることなく、突っ込んだ質問をするにはどうすればいいだろう。

「あらあらまあまあ」ベアトリスは心配そうに眉根を寄せた。「災難でしたね。その日のスケジュールはぐちゃぐちゃになったでしょう。とくに休憩の初めに事故が起きたのなら」

「事故が起きたのは休憩の終わりでした」スミートンが言った。「二時四十五分頃です。幸いにも、裏方の会議はほぼ終了していました」

　二時四十五分ね。ノートン夫人と一緒にホブソンの遺体を見つけたのは二時十五分だった。ミルフォード・レーンは劇場から歩いて二十分の距離だから、遺体発見の三十分後に舞台にいた人も容疑者リストから外すことはできない。

「他の役者が楽屋にいたのは確かですか」ベアトリスは尋ねた。「チャタレー氏とフェアブラザー氏が舞台で稽古をしていたことを知らなかったと言っていましたよね。だったら、他の役者がどこにいたか、なぜわかるのです？」

　スミートンは非難されたと思って青ざめたが、なんとか笑みを顔に張りつけて答えた。

「役者はみんな、責任感が強く正直で信頼できる人間です。だからずっと監視する必要はありませんよ」

それから、レイサムが楽屋にいたのは確かだと言い添えた。

「お茶に参加するかどうか、二時に確認しに行ったんです。詳しく言えば、明かりの消えた楽屋をのぞいて、まだ昼寝中だと確認したんです。毎日決まってそうしています。もちろん、二時とは限りませんが。昼寝を始めた一時間後に。レイサムは毎日昼寝をします。役になりきるとすごく疲れるそうで。だから様子を見に行って、まだソファでブランケットをかぶって寝ていると確認しました。でも他の役者については、おっしゃるとおり、どこにいたか証言できません。わたしの仕事は多岐にわたるので、劇団員の行動を監視するより、会議に参加したり問題に対処したりするほうが時間を有効に使えますから。同意してもらえるかはわかりませんけど」開き直りながらも、すがりつくような声で言うと、出資者候補からの文句を恐れるようにうつむいた。

おかげで容疑者リストからまたひとり外すことができたのだから、文句のあるはずがない。「いろんな仕事をこなしていてすごいですね」

褒め言葉にちょっと驚きつつ、スミートンは顔を輝かせて、舞台監督の職務を一つひとつ説明しだした。ベアトリスはうわの空で聞き流しながら、話を聞くべき人物のリストをおさらいした。まずはミス・ドレイク。盗作が事実ならホブソンを殺す動機になるし、スミートンも問題の時間に彼女が何をしていたか証言できなかった。フェアブラザーとチャタレーも同じで、事故のタイミングを考えるとかなりあやしい。目撃者がいないのも気にかかる。怪我をした本当の理由を隠すための芝居だったのかも。ミルフォード・レーンはそう遠くないから、フェアブラザーが厩舎へ行ってホブソンと対決し、劇場へ戻ってきて、セットを壊して脚の大怪我にもっともらしい理由をつける時間はじゅうぶんにある。

フェアブラザーは単独犯か、それともチャタレーとの共犯か？

六ポンドも借金のあるフェアブラザーには、ホブソンを殺す動機がある。今や借金はちゃらになったのだから。これまでに集めた情報によると、チャタレーには動機が見当たらない。だから、フェアブラザーの単独犯と考えるのが妥当だ。とすると、ホブソンとの格闘で大怪我を負ったフェアブラザーは、劇場に戻ってから友人の助けを借りたのだろう。

どうやって説得したのかしら。お金で買収したとか？

ベアトリスは首を横に振った。いや、それはない。借金を抱えた男が、お金を払えるとチャタレーに信じさせるのは難しいだろう。

いい役につけてやると約束したとか？

あるいは、チャタレーは単に友人への親切心から手助けを申し出たのかも。

フェアブラザーが協力を取りつけた方法は脇に置いても、突拍子もない筋書きだ。わかってはいるが、この可能性を捨て去ることはできない。城壁の謎に説明がつくからだ。スミートンは、頑丈な造りで勝手に崩れるなんてありえないと断言していたし、彼の言葉は信じられる。城壁が勝手に崩れたのでなければ、誰かがわざと壊したのだ。

やっぱりチャタレーも殺人に関わっているのかしら。ベアトリスがそう考えていると、公爵がスミートンに尋ねた。

「フェアブラザー氏の復帰にはかなり時間がかかるのですか」

スミートンの顔がまた曇った。

「わかりません。でもすごくエネルギッシュな男ですから。すぐに復帰すること間違いなしです」力強い言葉とはうらはらに不安げな声で言い、悪い考えを追い払うかのように頭を振った。それから、ハーパー夫妻を劇団員に紹介するという任務を思い出し、廊下の真ん中に立たせっぱなしだったことを謝った。「何をぼんやりしているんだか。いろいろあって頭が少し混乱しているようです。さあ、行きましょう」

11

　スミートンは上階のボックス席へ続く吹き抜けの階段を上がり、細い廊下に出ると、一つ目の楽屋の前で立ち止まった。そっとノックし、控えめな声で役者に呼びかけた。

「稽古の予定によりますが、レイサムはたいてい午前の遅めか午後の早い時間に昼寝をします。今日はホブソンの一件で動揺しているでしょうから、起きているか寝ているかわかりませんがね。すべては大混乱です」スミートンは何もかも予測不能な状況にいらだつ様子を見せた。それから、出資候補者が劇団員に詳しくない可能性に思い当たり、あわてて説明をした。「パティキュラー劇場には主演男優がふたりいますが、ダニエル・レイサムはそのひとりです。もうひとりはフェアブラザーで、他に四人の助演男優がいます。まあ、ホブソンに不幸があったので、今は三人ですが。我が劇場の成功にレイサムは不可欠です。脚が潰れたのが彼だったら公演は中止ですよ。看板役者ですから。どんな役でもこなせます。キャラクター設定がどれほど貧弱でも、現実の人物だと観客に信じさせるんです」

低く響くバリトンがどうぞと言うのが聞こえ、スミートンはすぐさまドアを開けた。ベアトリスは足を踏み入れた瞬間、叔母さん用の居間にそっくりだと思った。擦り切れたソファや、雑多な物や紙類であふれた鏡台。でもここのほうがもちろん広いし、新聞や雑誌が整然と積まれたテーブルを囲むように、座り心地のよさそうな椅子が三脚ある。奥の壁には鮮やかな色の衣装が何種類も吊るされている。どんな役でもこなせるという話は本当らしい。深い紫色の豪華な王のローブから羊飼いの素朴なウールのチュニックまでなんでもある。三十代半ばと思しきレイサムが最近演じた役は、王に法廷弁護士、炭鉱夫、道化師、ライオン、それから酪農夫といったところだろうか。

ずらりと並ぶ衣装の下には、箱が三つあり、衣装だけでなくさまざまな大きさの小物であふれていた。ピストルの模造品、手袋、獣の足、眼鏡、帽子といった、役の仕上げのアイテムだ。

レイサムは部屋の真ん中にいて、優雅な姿勢を作って待っていた。静かに腰掛けたまま、紅茶のカップを手にして口元へ運ぶ途中で止めている。ベアトリスは一目見るなり、どんな役柄でも説得力たっぷりに演じられる人だと思った。濡れ羽色の髪が額にさっとかかり、黒曜石を思わせる大きな瞳が憂いを帯びていて、ゴシック小説の主人公のようだ。見る人を夢見心地にする。役者には大事な資質だろう。

ベアトリスはずっと、天気や健康といったたわいもない話題にも応じられない娘だったけれど、自分は美男美女に気圧（けお）されるタイプではないと思っていた。ぎこちない話し方は相手が誰でも同じだったから、原因は自分の性格であって、人の外見や地位によるわけではないと。ヴェラ叔母さんはこのことにひどくいらだち、ミス・ショーのような、兄のお荷物と化した平凡な器量の三十八歳を相手になぜ尻込みするのか理解できないと言っていた。

でもレイサムの豊かなまつ毛に縁取られた深い泉のような瞳を見ていて気づいた。わたしったらハンサムにちょっと弱いみたい。彼を見た瞬間、この人がホブソンを殺すわけがないと思ってしまった。人をとろけさせる瞳の持ち主は、暴力に訴えなくても望むものを手に入れられるはずだ。悩ましげに唇を突き出して、「お願い」

と言うだけでいい。

〝どうかぼくに手間をかけさせないで。真鍮の薪ばさみがあるから、自分で自分を串刺しにしてくれないだろうか。ああ、ありがとう、恩に着るよ〟

公爵が進み出て挨拶をしたので、ぼんやりしている間にスミートンが紹介したのだと気づいた。わたしとしたことが。頭の中で考えを整理しながら会話するのは得意なはずなのに。男優の彫刻のごとき完璧な鼻から目を離すと、公爵が愉快そうな顔をしていた。

全部ばれてる！

絶対に赤面したりしないんだから。ベアトリスはそう気合いを入れて、いかにもビジネスだというふうに手を差し出した。何も気づいていないレイサムは、手を取って手袋の上からキスをした。

「最悪の日ですが――スミートンからお聞きになったでしょう、我が腹心の友ロバート・ホブソンが悲運に見舞われたのです――でも、こんな可愛らしい投資家にお会いできて光栄です」如才なく言い、礼儀正しいとされるより数秒長くベアトリスの手を握ってから離した。「まるでぼくを鼓舞するために遣わされたかのようです。

慈悲深き神に感謝しなければ」

「レイサムとホブソンは親友だったんです」スミートンがそう言い、ベアトリスはレイサムにうながされて腰を下ろした。「一番つらいのは彼でしょう」

「まさしく」レイサムは認めた。「今も夜の公演を彼なしでどうやって乗り切ればよいのかと悲嘆に暮れていたんです。そこへあなたとミスター・ハーパーが現れました。すでに心が軽くなった気がしますよ。どうか教えてください、マダム、この慎ましい劇場の何があなたを惹きつけたのですか。『ダガーウッド家の遺産』でぼくが演じたアポロでしょうか。〈毎日農業新聞〉でガブリエル・イェイツが心やさしい外科医の演技を〝衝撃〟と評し、〈ロンドン簿記学会誌〉ではジョン・メロンが〝奇跡〟と呼びました。それとも『アマゾンの王子の物語』のアナコンダ王の役でしょうか。〈セント・ジェームズ地区会報誌〉でウィリアム・ヴィーラントが〝大爆笑〟、〈ブライトン便り〉でオスカー・ヒックマンが〝大号泣〟と評しました。同じ演技が一見矛盾する評価を受けるのは、いわゆる〝深み〟があるということですね。並の役者にはたどり着けない境地です。ぼくの演技力が認められて恐縮していますよ」

　ベアトリスはダニエル・レイサムの演技を見たことがなかったので、〝深み〟があるかどうか判断がつかなかった。でも彼自身が思っているほど深くはなさそうだ。どう見ても〝恐縮〟を表現できていない。

　それでも舞台監督の評価は変わらないらしく、レイサムの自画自賛を援護するように言う。

「ミスター・レイサムに不可能はありませんよ。パティキュラー劇場で評判の役柄は、すべて彼が初演したものです。彼がいてくれて、本当に幸運です」

　レイサムは何度も大きくうなずいた。

「そしてマダム、このすばらしい劇場への投資計画を進めるなら、あなたにも同じく幸運が訪れるかもしれませんよ。しかしこうしてお会いしたことで、前のめりになっているとしても、焦りは禁物です。今夜のぼくを見てから決めてください。『強欲な従者』のマシュー・カーソンに見事命を吹き込んでご覧に入れますから。〈チープサイド通り新聞〉はぼくの強欲さの表現を〝驚くべき〟とか〝すごい〟と評し、〈ロンドンときどきドキドキ誌〉は〝強欲〟の定義を〝寛容〟にまで広げたぼくの力量に舌を巻いていましたよ」

公爵のハンサムな顔は、彼の知性やユーモアを知れば知るほどますます魅力的に映る。でも逆の場合もあるようだ。その人の愚鈍さが美貌を曇らせるということが。それでもレイサムの黒い二つの瞳は、底知れぬ深みから光を放ち続けている。うぬぼれにも独特の不思議な輝きがあるということだろうか。

「とっても高く評価されているんですね。すごいですわ」ベアトリスはにやにやしそうになるのをこらえて言った。公爵のほうを見るのもだめだ。ふきだして笑いが止まらなくなる。

レイサムはベアトリスがもっと聞きたがっていると思ったらしく、いつ終わるとも知れない自慢話を続けた。ベアトリスは礼儀正しく耳を傾けていたが、レイサムが急速に冷めつつある紅茶に口をつけた瞬間を逃さず、親友を亡くすのはさぞかしつらいだろうと切り出した。

「本当に恐ろしい事故ですよね」ベアトリスは言った。「なぜ厩舎にいたのか、心当たりはあるんですか」

レイサムは深くため息をついて顔をそむけた。目線の先には、擦り切れたソファと一緒に、磨き上げられた鏡がある。それからベアトリスに向き直り、覚悟を決めたように言った。「あんな薄汚い場所にいた理由は一つしか考えられません。ずばり、逢引です」

「逢引？」ベアトリスはびっくりしたように訊き返したが、もちろん驚いてはいなかった。自分が逢引の相手になる予定だったのだから。

「ロバートは尊敬する大切な友人だったので心苦しいのですが、自分がつらいからといって、真実に目をつむるわけにはいきません。勇気を出して向き合わなくては」レイサムはふうと息を吐いた。「ミス・アンドリュースと大っぴらに交際しながら、他の誰かと密会していたということは、ぼくが思うほど立派な人間ではなかったのでしょう。絶望も二倍ですよ。劇団の大事な女優を侮辱されて、文句を言うこともできないのですから」

嫉妬は動機の定番だ。ベアトリスは背筋を伸ばして身を乗り出した。

「ミス・アンドリュースというのは？」

興味を引いて満足したレイサムは、にっこりとほほ笑んで楽しげに言った。

「ヘレン・アンドリュースです。素敵な女性ですよ。愛らしいおぼこ娘役。劇団に入って――」舞台監督を見やる。「どれくらいだったかな。一年か二年だったたっいきなり話を振られてまごついたスミートンは小さく咳払いをして、「覚えてないな」ともごもご答えた。

「まあいいや」レイサムはあっさり言った。「少なくとも一年は経ちます。ホブソンは亜麻色の髪の美人に一目惚れをして、熱心にくどきました。プロポーズ間近だと思っていたのですが、厩舎で別の女性と密会していたなら、完全にぼくの勘違いですね。スミートンはどう思ってたの。そろそろ婚約発表だと期待していなかったかい？」

舞台監督はさっきより激しく咳払いをした。

「出資者候補の前でゴシップなんて、ミス・ドレイクが快く思わんよ。劇場を案内してほしいと頼まれたのであって、むやみな憶測をべらべら話せとは言われてないからな。さあ、次の楽屋へまいりましょう。レイサムの休憩をこれ以上邪魔してはいけませんしね」

熱心な聞き手を見つけたレイサムは、ベアトリスが立ち去りたくないのと同じくらい、彼女を手放したくなかった。

「せっかちな舞台監督ですみませんね。こういう人なんです。予定どおりじゃないと気が済まないというか。ぼくたちの尻を叩くのが仕事ですしね。でもいくら頑張っても、すべてをコントロールすることはできません。どうぞお好きなだけここにいて、ホブソンがミス・アンドリュースをどう思っていたか、ああでもないこうでもないとおしゃべりしましょう。それに、バースの素敵な小劇場の話も聞かせてくださ い。アデルフィ劇場でしたっけ?」

スミートンはひきつった笑みで了承した。

「もちろんです。お好きなだけどうぞ。でもレイサム、気がかりはおまえだよ。『強欲な従者』のマシュー・カーソン役を演じきるには相当なエネルギーが必要だろう? 昼寝もまだのようだし。今夜の公演は大丈夫か。本人が心配でないなら、わたしも心配しないが」

この言葉を聞いてレイサムが胸のうちで葛藤しだす様子は、滑稽そのものだった。ベアトリスは、役者のプライドに打ち克とうとする彼を面白おかしく観察した。結局は屈したらしく、昼寝をすると決断した。

「残念ですが、楽しいおしゃべりもそろそろ切り上げなくては。芸術に犠牲は付き物ですしね」

「ええ、もちろんです」ベアトリスは喉までこみ上げた笑いをどうにか抑え込んだ。

「認めたくはありませんが、スミートンはいつも正しいのです」レイサムはドアまでついてきて言った。「彼に見捨てられたらどうすればいいかわかりません――たぶん演劇から足を洗い、コッツウォルズの小さな家に戻って母とバラでも育てるでしょう」

ミス・ドレイクへの忠誠心でいっぱいのスミートンは、劇団を辞めるつもりはないとただちに否定し、レイサムにしても花なんて育てるはずがないと断じた。「母親の家はクレア・マーケットですしね」と、ロンドンでもかなり治安の悪い地区の名前を挙げた。何も育たないも同然の場所だ。花どころじゃない。

ベアトリスは半ば強引に廊下へ出されて嫌な気分だったが、スミートンの心配は理解できた。実際に投資を検討していたら、すでに何度も危惧を抱いていただろう。舞台セットの事故は、それだけでも不安要因だけれど、制作のずさんさや監督不行き届きも疑われる。しかも劇団員同士が色恋沙汰でもめていて、主演俳優は辞めると暗に脅しをかける。もはやカオスだ。

スミートンが先を急ぐのも無理はない。

すぐにでもミス・アンドリュースに会いたかったが、案内されるまま隣の楽屋へ入った。喜ばしいことに、紹介されたのは、もうひとりの有力容疑者チャタレーだった。

レイサムの楽屋とうってかわり、助演男優は三人の相部屋で、人は多いのに物は少なかった。雑多な小物を収納する箱もなく、いくつかフックがあるだけで、二脚しかない椅子はすぐさまミセス・ハーパーに明け渡された。

チャタレーは、百八十センチをゆうに超える長身と鮮やかな赤毛で目を引いた。他のふたりもけっして小柄ではなく、ケイレブ・ゴフトンもウェストマコット・スティーグルも公爵と同じくらい背が高かったから、部屋は窮屈に感じられた。

さっと椅子を譲ったスティーグルは、アデルフィ劇場の話を聞きたがった。

「ぼくもサマセット州の出身なんです。ペンスフォードで育ちましたが、もう長いこと帰っていません。今はどんな様子ですか。シドニー・ガーデンズではまだ昼にサリー・ラン・バンが食べられます？　ふわふわのパンで、天にも昇るおいしさだったのを覚えていますよ」

ベアトリスは、バースには一度も行ったことがないし、もちろんその素敵な公園も訪れたことがないから、何時にどんなペイストリーが食べられるかなんて見当もつかなかった。でも肯定しておくのが無難だろう。この部屋の誰も間違いを指摘することはできないはずだ。

答えたあとに一応は様子をうかがったものの、スティーグルがうらやましそうなため息を漏らしただけだった。

「未練がましいですよ。ディーン・ストリートにある〈ラムズ・ヘッド〉のティーケーキのほうがうまいに決まってます」スティーグルよりふた回りは年下のゴフトンが小馬鹿にして言った。

「うちのママのスコーンにはどちらもかなわないさ。一シリング賭けてもいい」無造作な短髪のチャタレーが言い張った。

スミートンは賭けという言葉に舌打ちをした。

「ハーパー夫妻は劇団員がペイストリーの店について言い争うのを聞きに来たわけじゃないぞ」

「ぼくのママは店をやってるわけじゃないよ」チャタレーがいたずらっぽく笑うと、

左頬にえくぼができた。

「大変なことがいくつもあったのに、元気でいいですね。打たれ強さは成功の鍵ですもの」ベアトリスはチャタレーを褒めた。

チャタレーは顔をしかめてうなだれた。「から元気ですよ。ホブソンはみんなに好かれるいいやつでした。もういないなんて信じられません。くそみたいな熊手さえなければ」

スティーグルは鼻で笑った。「嘘をつくなよ。たしかにレイサムとは仲がよかったが、ホブソンがごまをすってたからだし、他のやつはいやいやつきあってただけだろ。レイサムにしても、延々と続くお世辞を聞いてやってたのは、いい役を書いてほしかったからだ」

「もっとやりがいのある役でしょ」ゴフトンがつけ加えた。「レイサムはそれを食べごたえのある飯によくたとえてますよね」

スティーグルはうなずいた。「飯は食わないと力が出ないもんな。レイサムのやつ、それがないと〝舞台セットを食べだす〟（大げさな演技を指す英語の慣用句）かもしれないぞ」

三人はいっせいにげらげらと笑った。スミートンは顔を真っ赤にして、いつまでもここにはいられないと言った。「もうすぐ四時です。全員を紹介するなら急がないと、六時の開演に間に合いません。さあ次へ」

ベアトリスは舞台監督の意思を尊重してやりたかった。自分が彼の立場だったら、同じようにしてスティーグルの話から出資者候補の気をそらせようとしただろう。でももう遅い。これまでに集めた情報からスティーグルの言葉の意味はわかったし、訊たいことを訊き尽くすまで部屋から出ないつもりだ。

「いい役を書く？」ベアトリスは戸惑ったように眉根を寄せた。「ホブソンさんは脚本も書いていたのですか。ミス・ドレイクは何も言っていませんでしたが」

スミートンが尋常でなく顔を赤くするなか、スティーグルはいきいきと説明した。「オーナーが書いたことになってますが、本当の作者はホブソンです。みんな知ってますよ」

「違う、違う」スミートンは誰かに聞かれるのを恐れるように声をひそめた。「みんなそう憶測しているだけだ」それからベアトリスに向き直り、すがりつくように言った。「ただのうわさですよ、ミセス・ハーパー。劇団ってものをよくご存じでしょう。うわさだらけの職場ですよ！　四六時中一緒にいるからでしょうね。秘密がないので、わざわざでっち上げるんです」

「それはそうかも」チャタレーが言った。「たしかにお互いのことはなんでも知ってますよ。たとえばスミートンさんは、イチゴを食べると必ずひどい蕁麻疹が出る」

舞台監督はそのとおりだと途中までうなずいていたが、果物アレルギーがばれていると気づいてカッと目を見開いた。

「先週何を食べても蕁麻疹が出たのは、おまえのしわざだったのか！」

チャタレーはけたけたと笑った。

スティーグルはたしなめるように舌打ちをした。「うちの悪ガキがすみません」

「とんでもない悪党だ」スミートンがぶつぶつ言った。

「でも我らがチャタレーは、昨日のフェアブラザーを救った英雄ですよ」ゴフトンがからかうように言った。「自分の身も顧みず、崩れたセットから引っ張り出したんですから」

チャタレーは笑うのをやめ、褒め言葉を大真面目に受け取った。

「この場の誰が城壁の下敷きになっても、ぼくは同じように助けるよ」

仰々しい言い方にスミートンは鼻を鳴らし、スティーグルはあきれて目をむき、ベアトリスは「どうやって？」と尋ねた。

チャタレーは戸惑ってベアトリスを見返した。「というと？」

「城壁の下敷きになるって言いましたよね？　どうやったらそんな事態になるのでしょう。城壁はしっかりと固定されていたはずです。何十回もの公演の間、崩れ落ちなかったわけですから。何が原因でいきなり子どもだましの玩具のお城みたいに崩れたんでしょうか」

スミートンはベアトリスの問い詰め方にぎょっとしていたが、彼自身も気になっていたのだろう、黙って答えを待った。

チャタレーは返事に詰まっている。やっぱりフェアブラザーの怪我は自作自演だったのだろうか。ベアトリスがそう思った矢先、チャタレーは勢い込んで答えた。

「情熱です！」

「情熱？」

「ええ、情熱ですよ」チャタレーは熱く語りだした。「フェアブラザーは役に入り込んでいました。マイソール役を熱演するあまり城壁に突っ込み、支柱の一本を倒してセット全体を崩壊させたんです。彼は大怪我を負い、セットはほぼ全壊しましたが、ど迫力の演技でした。マイソールの恐怖と絶望がひしひしと伝わってきましたよ」

「ブラボー」スティーグルはささやくように言った。

チャタレーはちょっと顔を赤らめただけだった。ベアトリスはスティーグルの皮肉めいた褒め方に違和感を覚えた。どうやら彼も自作自演を疑っているらしい。だけどなぜ？　何週間もさまざまな衝撃に耐えてきた城壁が、ちょっと人がぶつかったくらいで崩れるとは、誰だって信じがたいだろう。でも仲間が共謀してホブソンを殺したとまでは考えないはずだ。

いっぽうで、スティーグルなら役者間の恨みつらみもすべて把握しているだろう。スミートンが数分前に言ったように、劇団員同士に秘密はないのだ。

もしフェアブラザー、チャタレー、ホブソンの三人がぎくしゃくしていたら、スティーグルは気づくはず。彼の話によると、ホブソンはレイサムにごますりをしていて、その一環として自分が書いた脚本でレイサムにやりがいのある大役を与えていた。フェアブラザーとチャタレーもいい役が欲しいだろうから、えこひいきを不満に思って、ホブソンに詰め寄った可能性はある。最初は冷静で穏やかだった話し合いも、激しい口論に発展して、気づけばホブソンを殺すという悲劇に至っていたのかも。

だけど冷静に話し合うのが目的なら、どうして話し合いの場所に厩舎を選んだのだろう。三人は同じ劇団の役者なのだから、楽屋のソファにでも座ればいい。

違う。ホブソンがミルフォード・レーンまであとをつけられたことを考えれば、もっとたちの悪い目的だったはず。

とすると、やっぱり気になるのはフェアブラザーの借金だ。

状況分析はさておき、確実に言えるのは、怪我をした役者には、ホブソンが劇団からいなくなればいいと願うだけの大きな理由があったということ。でもフェアブラザーがホブソンのあとをつけたのは、わたしが考えるほど凶悪な目的じゃなかったのかもしれない。たとえば、借金を他の劇団員に知られたくなくて、劇場から離れた場所で話そうとした。でもホブソンは取り合わず、口論になり、どんどん悪い方向へ転がって、気づけばベッドでホブソンが死んでいた。お腹に薪ばさみが突き刺さったまま。

自分のしたことに恐れおののいたフェアブラザーは、あわてて薪ばさみを引き抜いて隠し、脚の怪我の痛みに気が遠くなりながら、体を引きずるようにして劇場に戻って、なんとかチャタレーを味方にした。

推理を組み立てるためにも、もっと情報を集めなくては。

「マイソールという役は、〝食べごたえのある飯〟のような、いわゆるやりがいのある役なのですか。フェアブラザーの代役は誰に？」

「チャタレーさんです」ゴフトンが悔しさをにじませて言った。「コインを投げて、裏か表かを賭けて、チャタレーさんが勝ちました。フェアな決め方です。でもやっぱりぼくのほうが悪役向きだと思いますよ。チャタレーさんは笑い上戸なんでね。昨日の夜だって、死ぬシーンでふきだしかけたじゃないですか」

「まあね」チャタレーは認めた。「顔を殴られてテーブルに倒れ込むはずが、回転しすぎて手押し車に飛び込んでしまったんです。両脚を宙に突き出した格好から自力で脱出するのには苦労しましたよ」

「オーナーは自分が書いた役をおちゃめキャラに変えられてご立腹だったぞ」スティーグルは皮肉っぽく言った。「怒りに顔を歪めるのが舞台袖から見えたよ」

ベアトリスは目をぱちくりさせて三人の男たちを見た。

「ミス・ドレイクが作者じゃないというのは確かなんですか。ホブソンが自分の作品だと嘘をついている可能性は？」

ゴフトンはうぶな考えを鼻で笑った。「作者はホブソンで間違いありませんよ。『強欲な従者』みたいに奥深くて巧みな脚本が女に書けるわけがない。他の作品も同じです。オーナーにへそを曲げられては面倒だから、信じてるふりをしているんです。機嫌を損ねても何の得にもならないし、女って一度傷つくとねちねちと恨みがましいでしょう？　うまくだませたと思わせておくほうがいい。でもこの小劇場に投資をするなら、事実を知っておかないといけませんよね。好評を博したメロドラマや喜劇はどれも、ホブソンの作です。彼がいなければ、うちもアセニーアム劇場と大差ありません」

スミートンはひどく動揺して、反論もとぎれとぎれだった。でも雇用主の悪口をたしなめているのであって、女性一般を侮辱するなと怒っているわけではなかった。

チャタレーは励ますようにスミートンの肩に手を置いた。

「まあ、そう心配しなくても。賢明なオーナーのことだから、こういう事態に備えて数年分の脚本を蓄えてるはずですよ。次の公演はそこからひょいと取り出せばいいんです」

「蓄えるも何もない」とスミートンが言い張る横で、役者三人はミス・ドレイクならどんな戯曲を書くかと予想しだした。

「主人公は王子さまでしょ。消えた金の箱に、いじめに遭う美女」とゴフトン。

「いやいや」チャタレーが応じた。「魔法使い、消えた王冠、不幸な美女」

「魔法使いとユニコーンだろ」とスティーグル。

チャタレーは手を叩いて喜んだ。「ロバのケツ役よりユニコーンのケツ役のほうがよっぽどいいや」

スミートンは頬を真っ赤に染めて、下品なやり取りには馴染みがないだろうミセス・ハーパーにしきりに謝った。

「普段はもっと行儀がいいのですが、ホブソンの死とフェアブラザーの事故のせいでどうかしているのでしょう。この二十四時間で劇場に暗雲が垂れ込めたようです。いいえ、呪いなどではなくて、ちょっと運が悪かっただけです。でもそれも終わりです。あなたさまとミスター・ハーパーが現れたのですから」

「お世辞がうまいね」チャタレーが言った。

スミートンは怒りで赤黒い顔になり、口を開いて激しく反論するかに見えたが、結局は穏やかな口調で言った。「次の楽屋へまいりましょう。もうこんな時間ですから」

たしかにかなり時間が経ってしまったけれど、一番の理由は役者が取り返しのつかない発言をする前に部屋を出たいというところだろう。

挨拶をして部屋をあとにすると、スミートンは男性用の楽屋エリアにある三つ目のドアを素通りした。ベアトリスは立ち止まって尋ねた。

「フェアブラザーさんがいない間、誰か他の人が使わないのですか」

「チャタレーは自分が使うつもりでした」スミートンは答えた。「でもとんでもないと言ってやりましたよ。一瞬でも贅沢をさせると、ますます調子に乗りますし、助演男優間で喧嘩になるかもしれませんから」

ベアトリスは賢明な判断を褒めながら、頭の中でチャタレーがフェアブラザーに怪我をさせた可能性はないかと考えた。仲間の離脱で一番得をしたのはチャタレーじゃないだろうか。とはいえ、同じ日の午後に二つの事件が起きたのは、スミートンが言うように不運が重なっただけかもしれない。

一刻も早くフェアブラザーに話を聞いて確かめなくては。怪我の原因が本当に城壁だと納得できれば、フェアブラザーもチャタレーも容疑者リストから外すことができる。

スミートンについて廊下を進みながら、ベアトリスは尋ねた。

「本当の作者はミス・ドレイクではなくホブソンだと劇団員全員が知っているのですか」

「憶測です」スミートンは即座に訂正した。「わたしたちは……じゃなくて、彼らは憶測で言っているだけです。さっき申し上げたように、たちの悪いうわさにすぎないんです。事実のはずがありません。言いだしっぺはレイサムでしてね。ホブソンが酔って秘密を打ち明けたと言い張るんです。でも嘘に決まっています。レイサムが一秒も秘密を守れないのはわかりきっていますから。自分しか知らない情報があると、どんなにちっぽけなネタでも、誰かをひっつかまえて、わざとらしく匂わせずにはいられないんです。ホブソンが本当に秘密を守りたいなら、レイサムに話すはずがありません。だから嘘だとわかるんです。うわさなど無視して投資の検討を続けてくださると信じていますよ」

大道具の倉庫を抜けながら、スミートンは天井桟敷へ続く階段を指さし、かなり強引にコリント式の柱や折り上げ天井に目を向けさせた。それから女性用の楽屋は舞台の反対側にあって、男性用とはじゅうぶんに離してあると説明した。

「あなたがたの劇場も同じ構造でしょう。礼節は守らなければなりません」

「もちろんですわ」ベアトリスは答えた。劇団の女性は苦労が絶えない。ヴェラ叔母さんは娘が女優とつきあうと想像するだけで青ざめるだろう。軽薄でふしだらな女たちだと思っているから。でも十把一絡げにするのは間違っている。たしかにラ・クレロンは高級娼婦同然で、ブランデンブルク=アンスバッハ辺境伯カール・アレクサンダーの誘惑に負け、キャリア半ばでゆるりと愛人生活へと移行した。でも〈ザ・レディズ・マンスリー・ミュージアム〉や〈ラ・ベル・アッサンブリー〉といった雑誌で女優の人生譚を読み、多くはプライドを持って役者業に励んでいることも知っている。たとえば、ライシアム劇場のミセス・エドウィンは高潔な人だと評判で、ヨーク公爵夫人が後援を申し出たほどだった。

「次はこちらです」スミートンが新たな楽屋の前で言った。「でもノックする前に忠告しておきたいことが――」

どんな忠告かは聞かずじまいになった。いきなりドアが開いたからだ。

12

楽屋の主は美しい女性だった。すらりと背が高く、ダークブラウンの髪に整った顔立ち、人懐こい笑顔がグリーンの瞳を温かく見せている。

「まったくもう、スミートンさんたら、やっと来てくれたのね。新しい投資家の方に会うのをずっと心待ちにしてたのよ」さっと脇にどいて中へ招き入れる。「レイサムは自分以外には会いたがってないと言っていたけれど、そんなわけないわ。演劇の玄人なら、公演の成功には、主演男優と同じくらい主演女優も大事だとわかっているはずだもの。女優のほうが大事だと言う人もいるくらい。才能があって身持ちの堅い女優を見つけるのはひと苦労ですからね。おかけになって。ゆっくりお話ししましょう」

女性は刺繍の施された、くつろげそうな肘掛け椅子を勧めた。隣のローテーブルには三時の軽食が用意されている。心待ちにしていたというのは本当らしい。

「スミートンさん、あとは任せて。ハーパー夫妻をしっかりおもてなししますから」

舞台監督は滑稽なくらい険しいしかめ面をして、軽食のトレイをにらみつけている。「でも劇場を案内するよう、ミス・ドレイクに頼まれているので」

「ええ、もちろんご案内なさって」女性は力強く言った。「わたしは開演直前になってまで廊下をうろうろする気はありませんから。三十分後に迎えにいらして」

「三十分後だと？」スミートンはあんぐりと口を開けた。もうすぐ四時半だ。

「レイサムの楽屋には何分いたんですか」

「三十分くらいかな」スミートンは鏡台のマホガニーの置時計をちらちら見ながら、うわの空で答えた。「まあ、それよりは短かったはずだ」

「なるほど、たしかに多めに見積もるのが安心よね」明らかに戸惑っているスミートンに言った。「ではお迎えは四十五分後で。さあ、もう行ってください。幕が開くまで二時間を切ってます。まだまだ準備があるでしょう。そういえばカーテンの端が裂けていましたよ。針と糸を持っていったほうがいいかも」

舞台監督は不満げだったが、抗議の言葉が見つからないらしく、すごすごと廊下へ出て、最後に一度恨めしげな目で振り返った。ミス・カルコットはおかまいなしにドアを閉め、ベアトリスたちに向き直ってにっこりとほほ笑んだ。

ダンサーのように優雅でなめらかな動き方をする人だ、とベアトリスは思った。ちらちらと揺れる蠟燭の明かりではわからないが、さんさんと降りそそぐ太陽の下に出れば、目元の小皺が現れるだろう。三十代後半といったところだろうか。

「さあ、スミートンさんが戻る前にお話ししましょう」ミス・カルコットは腰を下ろして、繊細なバラの模様がついたクリーム色のカップに紅茶を注いだ。「四十五分もせずに戻ってくるに決まっていますし、相談すべきことは山ほどありますからね。まず言っておきますけれど、わたしにはちゃんとわかっていますよ、投資なんて作り話だと」

ぎょっとして公爵のほうを見そうになるが、なんとかこらえて平静を保つ。タヴィストック卿の一味でない限り、真の目的を知っているはずはない。公爵のことを見知っているとしても――彼の年齢や一般的な男性の性向を考えればありえなくはない――公爵閣下が卑しい役者の殺人事件を調査しに来たとは思わないだろう。

ベアトリスは茶目っ気たっぷりに言った。「あら、ばれてました?」

「ええ、ばればれですとも。おふたりは投資したいわけじゃない。パティキュラー劇場を買収したいのでしょう」したり顔でにやりとする。「否定しても無駄ですよ。ひと言だって信じませんわ。そしてオーナーが替わればもっと高みを目指せると信じてますから、劇場の長所と短所を率直にお教えするつもりです。うんざりする自慢話は抜きにしてね。レイサムは『ダガーウッド家の遺産』のつまらない演劇評の話をしたでしょう。〈毎日農業新聞〉が彼の演技を〝衝撃〟と評したのは本当ですよ。でも彼の演じる外科医が片手で手術をしていたからなんです。レイサムは裁縫箱で一番鋭い針じゃありません。でもお客を呼ぶのは彼です。観客は彼に夢中です。とくに女性客は。ゴシック小説の主人公みたいな黒い髪と瞳が、影のある謎めいた男に見せているんです。彼は劇場の〝資産〟とみなすべきですよ」

「なんて親切な方なんでしょう」ベアトリスは愉快な気分で言った。

「いいえ、現実的に考えているだけですわ。俳優業は演技力がすべてだと言いたいところですが、外見だって同じくらい重要です。フェアブラザーも〝資産〟の欄に入れますわ。舞台向きの顔ですから。我らがレイサムのような美男子ではありませんけれど、独特な魅力があります。鋭い輪郭が、残忍なワルという雰囲気で。でも全然残忍な人ではありませんよ。ちょっと衝動的で惑わされやすいところがありますが、まだ二十六歳のひよっこですもの。賭け事が好きなんです。それはいいとしても、弱いから困りものです。賭け方なんて全然知らないわたしですら、彼と逆に賭けたら勝ったんですよ。でもいい役者です。才能があるし、努力家です」

「衝動的というと?」ベアトリスは身を乗り出した。「昨日、城壁で怪我をした件でしょうか。衝動的に行動した結果だと?」

「難しい質問ですね」ミス・カルコットは顔をしかめた。「根拠のない憶測は品がないから、やめておきます。ただ、うちの舞台セットは普通は崩れません。城壁を制作した職人の腕は保証しますわ。昨日の事故は異例中の異例です。パティキュラー劇場の新オーナーが心配するには及びませんよ」

「新オーナー候補ですわ」ベアトリスは訂正した。「まだ決めていませんから」

「もちろんです」ミス・カルコットは鷹揚に言った。「結論を出すには早すぎます。〝資産〟のリスト作りに戻って、それが終わったら〝負債〟に移りましょう」

「あなたは当然〝資産〟ですよね」ベアトリスはにこやかに言った。

でもミス・カルコットは首を横に振った。「わたしはあと何年かで――」

と、突然話すのをやめて、片手で質問をさえぎった。それからさっと立ち上がると、自分の椅子をドアのところへ持っていき、ドアノブの下に置いた。開かないようにしたのだ。

一秒も経たないうちにノックがあって、甘く高い女性の声が入ってもいいかと尋ねた。

「どうぞ、ヘレン」ミス・カルコットは数秒待ってからドアノブを回そうとした。

「あら大変、開かないわ」

「またなの？」ヘレンという名前の女性が言った。

「ええ、そうみたい」本当に途方に暮れたような声で言いながら、肘掛け椅子をぐっと押し込む。「どうしていつもこうなのかしら。わたしだけこんな目に遭うのよね。お願い、ヘレン、ヴォークスさんを呼んできてくれると助かるのだけれど」

「ええ、もちろん」ヘレンが言った。「あわてずに待っていてね」

ヘレンは立ち去ったようだったが、ミス・カルコットはしばらくそのままドアに耳を押し当てていた。それから鏡台の椅子を持ってベアトリスと公爵のもとへ戻ってきた。

ティーカップを口元へ運びながら言う。「ミス・アンドリュースの足音に気づいたのは、楽屋の壁が紙みたいにぺらぺらだからです。建物はいまいちなので〝負債〟のリストに入れましょう。造りはそれなりに頑丈ですが――突然崩れ落ちはしないという程度ですけれど――音響の知識に乏しい設計者だったようですね。舞台の音は二階のボックス席まで届かないのに、楽屋ではテーブルに台本を落とす音まで響くんです。今夜の公演をご覧になればわかりますわ」そっと紅茶を飲む。「ミス・アンドリュースに邪魔をされるまで、何の話をしていたかしら。そうそう、わたし自身は〝負債〟のリストに入れますわ。猛烈な勢いで四十の大台に迫っていて、花の盛りはとっくに過ぎていますから」

「そんなことありませんわ」ベアトリスは本気で否定しながら、椅子のトリックを気に入っていつか使おうと頭の中にメモをした。

ミス・カルコットはひらひらと手を振った。「ご心配なく。盛りが過ぎただけで、まだ枯れてはいませんから。レディ・マクベス役は当分できます。でも新オーナーは、『リア王』のコーデリアを『エフゲニー・オネーギン』のタチアーナに育てるほうがお好みでは？　レイサムの好きな言葉を借りれば、そういう意味での〝深み〟がわたしにはもうないのね」

どのみちパティキュラー劇場を買収するわけではないので、安心させたかったが、口を開こうとした瞬間、ミス・カルコットはさっさと次の話題へ移った。

「さあ、他にはどんな〝負債〟があるかしら」

「ミス・アンドリュースでしょうか」ベアトリスはさっき追い返したことを念頭に置いて訊いた。

ミス・カルコットは自嘲気味に笑った。

「あら、わたしの知恵もここまでかしら。ヘレンはどちらに分類すべきかよくわかりません。とても自然な演技をする、才能にあふれたすばらしい女優です。外見も美しいですしね。流れるような亜麻色の髪に、華奢(きゃしゃ)な体、ころんとした愛らしい鼻。でも痛ましいほどに分別がなくて世間知らずなんです。男に言い寄られたら、すぐに道を踏み外すんじゃないかしら。実際、そうなりかけたんですけれど、手遅れになる前に男が本性を現したんです」

「ホブソンさんと交際していた件ですね」ベアトリスはレイサムの話を思い出して

言った。

「ええ、そうです。かわいそうに」ミス・カルコットはしんみりと言った。「最初は大げさだと思いました。男性が、とくに役者業の男性が、恋人に行き先を告げずに小一時間姿を消すのはめずらしくもないですから。夫が出かけるたびにやきもきしていたら、これから先ずっと惨めな人生になると忠告しました。でも何日か前、彼がラベンダーの香水のにおいをぷんぷんさせて戻ってきたんです。ヘレンの邪推は当たりだったんです。彼はもちろん否定して、大きな誤解だ、ふたりの将来のためにひと仕事していたんだと言い張りました。それから、ぼくを信じられないのかとヘレンを責めました。すごく取り乱した様子で、じきに真実が明らかになるとも言いました。正直なところ、迫真の演技でした。でも体中から甘ったるいラベンダーのにおいをさせていたので、ヘレンもほだされませんでした。立派でしたよ。見え透いた嘘を信じるかと思いましたが、そこまでうぶではなかったみたい」

話を聞きながら、ベアトリスはなぜか胸が痛んだ。ホブソンは本当のことを語っただけだ。タヴィストック卿の任務を無事に済ませていたら、未来の妻と住む家の資金を確保できていただろう。でもひどく下劣な任務で、うまく事が運んでいたら、わたしの名誉は地に落ちていた。他人の不幸の上に自分の幸せな家庭を築こうとする男なんて、やっぱり同情には値しない。

「かわいそうに」ベアトリスはそっとつぶやくように言った。だけど、若い女優が嫉妬に駆られて恋人を薪ばさみで刺した可能性はあるかもしれない。「ホブソンさんが死んだと聞いて、彼女は悲しんでいますか」

ミス・カルコットは大きくため息をついて、カップを口につけたまま黙り込み、しばらくして言った。

「いいえ、実は悲しんでいないんです。とても変ですよね。仲直りできるときにしなかった自分を責めると思っていました。〝どうして信じなかったのかしら〟とか〝ごめんなさい、愛してる〟とか言いながらわんわん泣くと思ってました。でもなぜかあっけらかんとしているんです。まだ実感がわかないのかも」

頭が鈍いなら心も鈍いということはありうる。でも、自分の手でホブソンを殺したから、彼の死をすっかり受け入れているのかも。

「心配せずにはいられません」ミス・カルコットは続けた。「いずれ驚きが収まったら、事実を受け入れざるをえなくなる。そうしたら、自己嫌悪でいっぱいになる。

幸いにも死んだ場所は薄汚い厩舎でしたから、彼がよからぬことをしていたのは確実です。ヘレンがおろおろ泣きだしたら、悪い男だったのだと言ってやれますわ」

「まるで自分事みたいに彼を憎めるなんて、やさしいお友達ですね」ひょっとすると、その憎しみゆえの犯行だったのかも。

ミス・カルコットは一瞬面食らった顔をして、それから明るく笑いとばした。

「わたし自身は恨んでませんよ。買いかぶりすぎです。結局は自分が快適に過ごすことしか考えていませんから。ヘレンの悲しみが長引いて、わたしの慰め役も長引くのが嫌なだけです。正直に言えば、ホブソンのことは気に入ってました。セリフの覚えが早いし、演出家と無駄に口論することもなく、なかなか面白い喜劇を書いていましたから。メロドラマには改善の余地がありましたね。死ぬ場面が長すぎるんです。すべての劇作家にアドバイスしたいですわ。長々と続く死の場面だけが、観客の心を動かすわけじゃないと。ああそれから、言うまでもありませんが、専属の劇作家が熊手で死んだのは〝負債〟ですね」

ミス・カルコットもミス・ドレイクの秘密を知っているのは驚きじゃない。頭のいい彼女が知らないことなんてほとんどなさそうだもの。真鍮の薪ばさみも巧みに使いこなすだろう。でも能力があるだけでは、容疑者リストに載せられない。動機と機会も揃っていないと。

「負債のリストがどんどん長くなっていて心配ですわ」ベアトリスは言った。「それと実は、昨日の稽古で二時間も休憩があったという点が気になっています。わたしたちのアデルフィ劇場では、そんなゆるいスケジュールは組みません。役者がだれますから。たとえば、レイサムさんです。毎日お昼寝をするのでしょう?」

ミス・カルコットは眉間に皺を寄せて首をかしげた。

「何を企んでいるかはばれていますし、そううまくはいきませんよ」

ベアトリスは全力で否定したい衝動を抑えて、何の話かわからないとばかりにぱちぱちと目をしばたたいた。「わたしは何を企んでるんですか?」

「レイサムの悪口を引き出して、彼を〝負債〟にしようという魂胆でしょう。彼の給料は最大の出費ですもの」

劇場の詳しい収支まで把握しているなんて。

「無駄な努力はおやめくださいな。レイサムはたしかにお馬鹿よ。しかも怠け者。そのうえ欲張りで、知恵さえあればミス・ドレイクのポケットから最後の一ファージングまでむしりとるでしょう。でも絶大な人気を誇るのは事実。観客はみんな彼を観に来るんです。ついでにわたしも目に入るというわけ。さっきも言ったとおり、わたしは自分のことしか考えていなくて、その点でレイサムは役に立つの」

情け容赦ない計算のできる人なのは疑いようがないけれど、彼女自身が言うほど自分勝手だとは思えない。自虐的に言っているだけだろう。とりあえず額面どおりに受け取るとすると、ホブソンの死はミス・カルコットにとって得か損かどちらだろう。表面上は損に見える。彼女は傷心の仲間を慰めなくてはならないし、劇場はそこそこ面白い喜劇が書ける劇作家を新たに探さなくてはならない。

〝機会〟のほうはどうかしら。殺人の機会がなければ、動機ばかり推測しても意味がない。

ベアトリスは片方の眉を上げて、ちゃかすように尋ねた。

「ということは、あなたも休憩時間にお昼寝していたんですね?」

ミス・カルコットは浅はかな考えだと笑いとばした。「衣装部が次の公演の衣装決めをしているというのにお昼寝ですって?　ミセス・ハーパーったら、何度繰り返させれば気が済むのですか。わたしは徹頭徹尾、自分の快適さしか考えない人間です。この場合は精神の快適さではなくて、肉体の快適さですね。会議に出席してちゃんと主張しないと、ソネット一つ朗読できないくらいキツキツのコルセットに入れられますわ。『捨てられた女』でネズミの女王役を演じたときなんて、付けひげのせいでくしゃみをしっぱなしだったんですから。衣装部の会議中にお昼寝なんて絶対にありえません」

「衣装部も意見は大歓迎でしょうね」

ミス・カルコットは目を見開いた。「アデルフィ劇場は稀有な劇場のようですね。衣装部が俳優の意見を歓迎するなんて。うちのミセス・タプセルはわたしの顔を見るだけで怒りだしますよ。本人に確かめてみてくださいな。ただし、快適に過ごしたいなら、お勧めはしませんけれど」

真っ先に確かめにいかなくちゃ。

それからミス・アンドリュースも念のため容疑者リストから外しておきたい。ベアトリスはそう考えて尋ねた。「ミス・アンドリュースも衣装部の会議に出席したんですか。それともあなたが代弁し――」

でもミス・カルコットは、静かにというようにまた片手を上げて、ベアトリスを黙らせた。ドアへと急ぎ、ドアノブの下から椅子をさっと壁際へ滑らせた。そして吊るしてあった毛皮の裏地のローブを取ると、クッションの上に放って、さっきまでそこでくつろいでいたかのように見せかけ、元の席に戻ってきた。ティーカップを口元へ運んだ瞬間、難なくドアが開いて、戸惑った顔のミス・アンドリュースが中をのぞき込んだ。隣には、ずんぐりした体形の男がドライバーを手に立っている。

ミス・カルコットは驚いたふりで、喜びの声を上げた。

「直してくれたのね！　夜の公演に出られるかと心配しだしたところだったの。ありがとう、ヴォークスさん。見事な手際だわ」

ヴォークスは何の貢献もしていなかった、褒め言葉をそのまま受け取った。「お役に立てて光栄です。他に修理の必要な物はありませんか」

ミス・カルコットは部屋を見回し、家具の状態を一つひとつ確認するふりをした。

「今のところ大丈夫そうだわ。ご親切にありがとう」

ミス・アンドリュースは愛らしい風貌で、ミス・カルコットの話にはなかったけれど、涼やかなライトブルーの目をしていた。彼女もヴォークスが何をしたのかわからないながら、もごもごとお礼を言った。そして出資者候補とのお茶会に加わろうと二歩進み出たそのとき、スミートンの大声がした。

「一歩も動くな！」部屋に飛び込んでくる。「またドアが壊れたら大変だ。ミス・アンドリュース、きみは自分の楽屋に戻って公演の準備を。ハーパー夫妻のお世話はわたしがするから。ミス・カルコット、あなたはドアを閉めきらないこと。着替えのときなど、プライバシーが必要になったら、ミス・アンドリュースの楽屋へ」

ミス・カルコットは舞台監督にほほ笑みかけた。「ドアはすっかり直ったのよ。あなたはヴォークスさんの腕前を信じていないようだけど、わたしは違うわ」

ヴォークスは照れ笑いをし、スミートンは疑わしげにドアを見つめ、ミス・アンドリュースは一歩進み出てハーパー夫妻に自己紹介をした。

「バースには行ったことがないんです」ミス・アンドリュースは言った。「でも温泉に入ってみたいと前から思ってました。素敵な街なんですってね。近くで育ったスティーグルさんから聞いてます」

ベアトリスが曖昧で無難な返事をしようとすると、スミートンが駆け寄ってきた。

「ボックス席にご案内します。あなたの劇場でも同じでしょうが、開演前はとくにばたばたしますし、役者に準備の時間をやりませんと」

お願い口調だけれど、有無を言わさぬふうだから、正面切って逆らうのはやめておこう。劇団員の前で恥をかかせたら、無用な反感を買い、必要なときに助けてもらえなくなるだけだ。それより、頑固者に効き目抜群の武器がある。ケスグレイブ公爵のうんちくだ。

「ええ、お願いします」ベアトリスはあっさりと従ってみせた。「そういえば、夫はボックス席が大好きで、歴史を語って聞かせるのが楽しくてたまりませんの」

スミートンは厄介なことになるとも知らず、礼儀正しくうなずいて、「とても興味深いですね」ともごもごと言った。

公爵はすぐに状況を察し、愉快そうな顔でベアトリスを見た。

「ボックス席だって？」

「ええ」ベアトリスは大きくうなずいた。「ボックス席です」

公爵は、どこまで人をこけにすれば気が済むのだというように首を振ってから、劇場設計の歩みについて詳しく説明しだした。「まずはエピダウロスの劇場から始めましょうか。ギリシャ神話の医神アスクレピオスの聖域の南東の端に位置しています。聖域自体はキュノルティオン山の西側にあり、キュノルティオン山は、人口千二百六人の街リグリオの近くにあります。エピダウロスの劇場は音響と建築美の両面で優れており、現存する古代劇場の最高峰と言えるでしょう。建設されたのは紀元前四世紀です」

スミートンが出資者候補の機嫌を損ねずに会話を切り上げるタイミングを見計らっている間に、ベアトリスはミス・アンドリュースに挨拶をした。たしかにあまり落ち込んでいるようには見えない。恋人の死に絶望しているとしたら、気持ちを隠すのがうますぎる。

悲しんでいない理由は気になるけれど、それより休憩時間にどこにいたかを突き止めよう。

「ミス・カルコットが昨日の衣装部の会議の話をしてくれていたんです。あなたも出席したんですか」

「まさか！」恐怖に声が震える。「タプセルさんに会うくらいなら、腹ぺこのライオンだらけの部屋で朝ごはんを食べるほうがましです。タプセルさんはとっても嫌な人なんです。裁縫は上手だし、生地を見る目も確かですけど、とにかく感じが悪いんです。ライオンのすみかに乗り込むマリアはすごいと思いますわ。並の度胸じゃありません。尊敬しちゃいます。わたしは〈コドリントン〉へリボンを買いに行ってました。ピンクのサテンのリボンがどうしても必要だったんです。ずっと使っていたのが擦り切れてしまって。マリアにもヒナゲシ色のリボンを買ってくると約束しました。顔色に赤がよく映えますから。はっきりした色が似合うんです。タプセルさんはそれを知りながら、いつも薄いピンク色を着せるんですよ。ね、嫌な人でしょ」

「一度だけよ」ミス・カルコットが冷静に指摘した。「サンライズ姫役だったし」

ミス・アンドリュースは納得しなかった。「だったら黄色のドレスにして、あなたを輝かせないと。タプセルさんは嫌な人です。あなたがどう言おうとわたしの考えは変わりませんわ」

「店では気に入った物が見つかりましたか」ベアトリスは尋ねた。出かけた証拠に買い物の品を見せてもらえば、彼女を容疑者リストから外すことができる。

「ええ、もちろん」ミス・アンドリュースはうれしそうな笑みを浮かべた。「満開の花みたいにきれいな色のが。わたしの頬の色を引き立ててくれました。マリア用の赤いリボンも！　輝くようでほれぼれしました。でも最悪の事態が起きたんです。

支払いをしようとしたとき、バッグを忘れたのに気づいたんです。楽屋のテーブルに置いてきてしまって！　わたしが忘れ物ばかりなのはよく知ってるでしょ、マリア」

「いいえ、知らないわ」

ミス・アンドリュースは友人の言葉を無視するように、ウフフと笑った。

「わたしったらおっちょこちょいで、いつもあれこれ忘れてしまうんです。ロバートもよく言ってます……言って……ました」自分の言葉にハッとしたように口をつぐみ、しばらくして続ける。「頭が胴体にくっついていなかったら、それすら置き忘れちゃうだろって。ひどい言い草ですよね。いつも自分のほうが賢いと思ってたんです。でもわたし、記憶力は抜群ですよ。自分のセリフはどの公演のも覚えてますし、マリアの分まで覚えています。いつ代役を頼まれてもいいように」

ミス・アンドリュースは不遜な口ぶりながら、表情には絶望が漂っていて、今にも泣きだしそうだ。目の前で感情を抑えようとしている彼女は、幼くて弱々しく、華奢な体は立っているのがやっとというふうだった。一度ならともかく、二度もホブソンを薪ばさみで串刺しにする姿は想像できない。自分より大柄な男をねじ伏せたかも。
る力もないだろう。
ああでも、不意をつけば、相手を出し抜いてわずかな力で押さえ込むことができ
とはいえ、この仮説は犯行現場の状況に合わない。激しく争ったり、血眼になっ
て何かを捜したりした形跡があったのだから。でもミス・アンドリュースは、容疑
者の中で一番強い動機があるし、買い物に行った証拠を示すこともできなかった。
「さて、紀元一世紀に話を移しましょうか。この頃、ローマ人がコロセウムを造り
ました。これは円形劇場です」公爵は教師か解説者みたいに続ける。「円形劇場は
古代ギリシャの劇場とはいくつかの点で異なっていました。まず、舞台を一周ぐる
りと囲むように観客席が造られました。エピダウロスの劇場では、舞台の片側だけ
に階段状の観客席がありました」
スミートンは気の毒に二つの相反する衝動に引き裂かれていた。ミスター・ハー
パーの話をさえぎりたい、でも彼に好印象を与えなければならない。興味をそそら
れている雰囲気はうまく出せている。どうやって円形劇場の観客席から今の平土間
席が生まれたのか、前から不思議に思っていた人みたいだ。

「本当に記憶力がいいんですよ。とっても、とっても、記憶力がいいんですよ」ミス・アンドリュースは繰り返し言う。でもひと言ごとに心のたがが少しずつ外れ、今にも床に崩れ落ちて泣きだしそうだ。こんなに取り乱した状態で舞台に上がることはできないだろう。ミス・カルコットは、彼女の精神が崩壊して自分が慰め役をやるはめになる事態を回避しようと、スミートンの助けを借りることにした。

「すみませんがミスター・ハーパー、ミス・アンドリュースは今すぐ舞台監督に活を入れてもらう必要があるみたいです」ミス・カルコットは淡々と言った。「わたしだと同情して甘やかすばかりで、彼女のためになりません。スミートンさん、楽屋へ引っ張っていってちょうだい。顔に冷たい水をかけるといいと思うけれど、活の入れ方はお任せするわ」

スミートンはさっと進み出たものの、名残惜しそうな視線を公爵に送った。ヒステリックな女性の相手をするより、プロセニアム（舞台と観客席を隔てる額縁状の構造物）の幅の変遷の話で退屈するほうがいいと思ったのだろう。

「わたしなら平気です」ミス・アンドリュースはにっこりとほほ笑んだ。でも唇が震えていた。

スミートンが彼女を連れ出すと、ミス・カルコットが席まで案内すると申し出た。ベアトリスも公演を観たかったが、これ以上長居をするわけにはいかない。もう五時半だから、午後いっぱいポートマン・スクエアを離れていたことになる。そろそろ帰らないと、叔母さんが心配して公爵未亡人に使いを出すかもしれない。そうなれば、公爵の親戚に会う約束が嘘だったとばれてしまう。それ自体はたいした問題じゃないけれど、面倒な事態に発展しかねない。叔母さんたちとはせっかく信頼を築きかけていたのに、傷ついて気を悪くするだろう。わたしの精神状態が悪化していると不安がりもするだろう。両親が堕落の沼に沈んだわけではないと頭ではわかっていても、二十年の思い込みはそう簡単に消えはしない。

気持ちの整理に時間がかかるのは当然だし、その時間をあげようと思ったことが、結婚延期に同意した理由の一つでもある。

ベアトリスが公爵を見ると目が合って、同じ考えだとわかった。

「ぜひお願いしたいところですが、残念ながら今晩の公演はおあずけのようです」ベアトリスは本当にがっかりして言った。「仕事で夕食の約束がありまして。投資家同士の会食です。でも明日必ず、劇場見学の続きをしに戻ってきます。そのときにはミス・アンドリュースも落ち着いているといいのですが」

ミス・カルコットはベアトリスの楽観主義を称えつつも、残念ながらそうはならないと言った。

「始まったんですよ。長くて暗い惨めな道のりが。悲しみに暮れ、あの愚かな男のいない未来という虚無に向かって泣き叫ぶまで、その道のりは続きます。ああ、厩舎で死ぬなんて！　何を考えていたのかしら。さっきも言いましたけれど、安っぽい死に方だったのが救いですわ。勝手にすっ転んで熊手に刺さるなんてね。ヘレンも彼の自業自得だったと思えればいいのですけれど」そう言いながら先に立って、アダムス・ストリート側の出口へ続く廊下を進む。ボックス席への吹き抜け階段を通りすぎながら、ホブソンの死が自分をどれほど苦しめているか嘆く。「生きているときは、ちくちくと腕をつつく細い針みたいだったけれど、今や脇腹に刺さったまま抜けない棘(とげ)ですよ。でも彼の書く喜劇のすばらしかったこと！」

13

馬車に乗り込んだとたん、ケスグレイブ公爵はうんざりした目をベアトリスに向けた。

「きみと結婚したら、事あるごとにお題を出されて、その歴史を延々と解説しなくちゃならないのかい？」

ベアトリスは公爵のむくれた様子がおかしくて、励ますように言った。

「大丈夫、上手にできてましたよ。どんなお題でも、相手の頭が機能停止するくらい長たらしくうんちくを語れるのは、公爵さまだけの特技です」少しおだてておく。「ロンドンのどこを探しても、エピダウロスの劇場についてあんなに流暢にわかりやすく解説できる人は他にいません。わたしは公爵さまが輝ける機会を差し上げたんです。喜んでいただけて何よりですわ。さあ、褒め言葉を引き出そうとするのはやめて、容疑者リストについて意見を聞かせてください」

「お嬢さん、ぼくが褒め言葉を求めているとしたら、きみに侮辱され続けてすっかり自信をなくしたからだよ」いつものように唇の片端を上げる。「それに最良の状態で保存されている古代ギリシャの劇場の名を挙げることは、〃相手の頭が機能停止するくらい長たらしくうんちくを語る〃ことには該当しない。古典教育を受けた者なら誰でも知っている一般常識だからね」

「いくら謙遜なさっても、わたしは公爵さまの幅広い知識に感服していますよ」べアトリスは熱心に言った。「あら、また褒めちゃいました。さあ、容疑者の話をしましょう。わたしの中では四人です」

「フェアブラザー、チャタレー、ミス・ドレイク、ミス・アンドリュース」公爵が言った。「フェアブラザーの事故は偶然とは思えないし、よく調べる必要がある。チャタレーもあまり行儀のいいタイプじゃない。悪ふざけが過ぎるというか。いたずらのつもりが、予想外のことが起きてホブソンが死んだという可能性もある。ミス・ドレイクは盗作していたから、もちろんリスト入りだ。問題の休憩時間に事務所で脚本を推敲していたという話もあやしい。脚本を書いていないのだから、推敲声を上げたとき、駆けつけなかったのは彼女だけだった。ミス・アンドリュースにも動機があるし、ピンクのリボンも赤のリボンも持っていなかったから、〈コドリントン〉での買い物の話も本当かどうかわからない。とはいえ、ホブソンをねじ伏せる腕力があるようには見えない。ぼくは死体を見ていないから、どの程度の力が必要なのかわからないがね。頭を殴って気絶させてから、薪ばさみで腹を刺した可能性もある」

ああ、よかった。思考回路が似ているというのもうれしいけれど、公爵も同じ考えだということは、わたしが妙な飛躍をせず、論理的に考えられている証拠だ。

「同意見です」ベアトリスは言った。「遺体の状態については、わたしもじゅうぶんに調べられませんでした。恐ろしい状況で厩舎のオーナーに見つかったらと思うと不安でしたし、ノートン夫人が一刻も早くその場を離れたがったので。ホブソンはあおむけの状態で死んでいたのですが、うつぶせにして他に傷があるか確認することはしませんでした」

「近いうちにフェアブラザーに話を聞きに行かなくてはね」

そう、次のステップは、フェアブラザーが怪我をした原因を確かめること。いつ会いに行くかを決める必要があるけれど、相談できる相手がいてよかった。

いや、誰でもいいわけじゃない。公爵じゃないと。

劇場にいる間、公爵はずっとおとなしかった。ミス・ドレイクと架空の投資について交渉する以外、ほぼ無言だった。徹底して会話に参加しないようにしていた。彼がその場にいることを忘れた人がいても不思議じゃないくらいに。

でも、わたしは違う。

いつでも公爵の存在を感じながら、背景に溶け込む彼の能力にちょっと驚いていた。その能力自体は特別でも何でもない。わたしなんて六シーズンをとおして存在感を消しきっていたのだから。でもわたしと公爵とでは事情が異なる。壁の花はしおれるものだけれど、公爵とはその場を支配するものだ。ケスグレイブ公爵は、何十年もちやほやされてきたから、自分の考えが誰のものより優れていると信じ込んでいて、演技であっても下手に出ることができなかった。最初に部下役を演じたときは――ウィルソン氏の殺人事件の調査中に法律事務所の職員に扮した――その役に相応の扱いに耐えられず、うまくいかなかった。トーントン卿がハエのように追い払おうとすると、肩をいからせ威圧的な態度で文句をつけたのだ。

短期間でこれほど成長するなんて。よし、褒めて伸ばす作戦だ。

「そういえば、とっても行儀よく振る舞えていましたよ」

「行儀よく振る舞えていた？」公爵は言葉の意味がわからないみたいに訊き返し、フッと笑顔になって「行儀よく振る舞えていたか」とつぶやいた。「狩りで褒められた猟犬みたいな気分だ。なぜだろう」

「何時間も知識をひけらかさずにいるという苦行に耐え抜いて、くさくさしているんですよ。ストレス発散が必要なんです」ベアトリスは上から目線で諭し、いらだちをぶつける的（まと）として寛大な心で自分の身を差し出した。「さあ、わたしを針山だと思っていいですよ。どんどん針をぶっ刺して、いつものおちゃめな公爵さまに戻ってください」

好きなだけ文句を言っていいという意味だったけれど、公爵は午後の疲れが出て思考力が鈍っていたのだろう、完全に誤解した。またたく間にベアトリスの隣に移ると、腰に手を回して熱いキスをした。ベアトリスは一瞬のうちに頭がぼうっとし、もっと公爵を近くに感じたいという激情に駆られた。公爵の腕の中でうっとりするだけじゃ満足できない。

だめだめ、だめったらだめ。

でも指先がうずうずする。シャツの下に手を滑り込ませて、なめらかな広い背中に触れてみたい。ああ、でも公爵がとんでもなく重いコートを着たままでは無理だわ。この邪魔ものさえ剝ぎ取ることができれば……。

気づくと、公爵に両手を押さえつけられていた。彼はうめき声を上げて、頭を振った。

「きみの願いをつっぱねるのはつらい。とりわけ、自分の願いもつっぱねることになる場合には。だがコートを剝ぎ取らせるわけにはいかない。完全武装していても自分を抑えるのに苦労しているんだ。一枚でも鎧を脱いだら、今までの努力が水の泡になる」

ベアトリスは情熱に取り憑かれていたと気づいて、顔が熱くなるのを感じた。わたしったら、馬車の中で服を脱がせようとしたなんて。一メートル先には御者もいるというのに。

公爵は頰を赤く染めるベアトリスを見てぶんぶんと首を振り、反対側の座席に戻った。

「だめだ。お嬢さん、赤面するのはよしなさい。可愛すぎる。世界最高峰の魅力でこれ以上ぼくの道徳心を危険にさらさないでくれ。普段は自分の気持ちをしっかり制御できるのだが、愛と欲望が結びついたのは初めての経験だからね。きみに抗うのがこれほど大変だとは思わなかったよ。でも結婚の日の午後までは純潔を守る決意だ。とはいえ、日が沈むまで待つつもりはない。だからそれまでは、叔母上がいつも憂いている青白い顔でいてくれないか」

そんなの無理に決まってる。公爵もじりじりしているとわかったら、もっと顔が赤くなるだけだ。月並みな返事でもいいから何か答えたいけれど、頭が三日先へ飛んでいく。公爵は結婚式のあとどれくらい我慢すべきだと考えているのかしら。分単位の時間ではないだろう。おばあさまの居間で誓いの言葉を交わしたあと、すぐにみんなとさよならというわけにはいかない。何をしに行くかばればれだ。さすがに恥ずかしすぎるだろう。

もっと言えば、それまでは不道徳で卑しかったはずの行為が、教会に道徳的で立派な行為だと認められたことを実感したあと、公爵未亡人と優雅に朝食の卓を囲む

場面を想像すると、それはそれで耐えがたい。指先がまたうずうずしだす。ああつ
いに、神と国の祝福を一身に受けて、公爵の熱い肌をまさぐるのだ。
「ベアトリス！」公爵が声を荒らげる。なんで妄想の内容がわかるのかしら。
最近は情熱的な抱擁を交わすこともあるけれど、こんなに深い欲望を持っていて、
しかもそれを隠せないなんてやっぱり恥ずかしい。そうだ、今取り組むべき問題に
集中しよう。公爵のキスにぼうっとなる前は、何の話をしてたんだっけ。
パティキュラー劇場で劇団員に話を聞いたときのことだ。
そうそう、公爵の控えめな態度を褒めていたんだった。まさかあんなことができ
るとは思わなかったから。つい皮肉っぽい口調になったけれど、あらためて考える
と、公爵が〝自分が調査を主導しなくては〟と感じなかったのはありがたかった。
普段は広大な領地や莫大な財産、数えきれないほどの使用人を仕切っているのだか
ら、調査も自分がと思っても不思議じゃないのに。
ベアトリスはありがたみを痛感して言った。「わたしに会話を主導させてくださ
り、感謝いたします。ご自分を抑えているのは、さぞかし大変だったでしょう」
真面目に本心を語った言葉で、公爵も喜ぶだろうと予想していた。でも、公爵は

鮮やかなブルーの瞳を愉快そうに輝かせて唇の端を持ち上げた。

「うんちく公爵をきみが大好きなのはよくわかっている。だから愛情を失う覚悟で告白するが、きみが思うほどぼくは細部にこだわるタイプではないよ。尊大な態度で講釈を垂れたい欲求に常時さいなまれているわけでもないんだ」

これほど事実とかけ離れた主張は、歴史上そう多くはない。地球のまわりを太陽が回っているというプトレマイオスの主張には負けるが、〝我が亡きあとに洪水よ来たれ〟とルイ十五世が言ったのとはいい勝負だ。ベアトリスはそう思いつつも顔には出さず、大真面目に応じた。

「もちろんそうでしょう。公爵閣下が衝動に支配されるなんてありえませんもの」それから膝の上で軽く握ったこぶしに目を落とし、そっとつぶやいた。「HMSマジェスティック、HMSゴライアス、HMSオーデイシャス」

挑発のつもりだ。レディがお目当ての紳士の足元に、わざと手袋を落とすようなもの。ベアトリスはすました顔をして、心の中でカウントを始めた。一、二、三……。予想どおり、十まで数えきらないうちに公爵は訂正した。

「HMSゴライアス、HMSオーデイシャス、HMSマジェスティック」

自分も衝動に支配されないように、ベアトリスは笑い声をこらえ、小さくにやりとした。

「海軍の伝統だ」公爵は悪びれることなく、さも当然とばかりに言った。海戦での登場順に艦船の名前を挙げることは、重力と同じく自然の摂理であるかのように。

ベアトリスの考えを読んだ公爵は、冷静につけ加えた。「つまらない反抗心のために伝統を無視するのが嫌だっただけで、細部にこだわっているわけではないよ。過去の慣習に相応の敬意を払ったまでだ」

一三八一年のワット・タイラーの乱までさかのぼることができるマトロック家の一員として、公爵が自分の富と地位を保障する制度を尊重するのは当然だろう。わたしも公爵の半分も歴史の恩恵にあずかっていたら、プジー卿のサロンで出会った得意げな政治家たちと同じく尊大な人間になっていたはずだ。

ベアトリスは大きな誤解を解こうとするように、わざとらしく考え込んで言った。

「細部にこだわるうんちく好きだと何度も言ってごめんなさい。たしかに、公爵さまは伝統を重んじているだけですね。うんちく好きとはまったくの別物です。どんなふうに違うのか、ぱっとは思いつきませんが、家に帰ったら辞書とにらめっこして考えてみます。きっと何十個も相違点が見つかるはずです」

ベアトリスは公爵が相違点を並べ立てるのを期待していたけれど、婚約者からのこの種のからかいに慣れている公爵は、研究成果が楽しみだと言って受け流した。

「きみはまだまだお遊びを続けたいようだが、話を元に戻すと、パティキュラー劇場で劇団員に会っているとき、黙っているのは大変でも何でもなかったよ。きみは実にうまくやっていたから、口を挟む理由がなかった。むしろ真の目的を気取られることなく、必要な情報を巧みに集めるきみは輝いていて、見ているぼくも楽しかった。間違いなく才能がある」

ベアトリスは、公爵が〝話を脱線させたがっているのはきみのほうだ〟と言ったことに対して、皮肉っぽい返事をしようと考えていたのに（〝ええ、海軍の伝統について講釈を垂れる欲求を抑えることができませんの〟とか、もっと簡潔に〝しまった、またうんちくを披露してしまった！〟とか）手放しの称賛を受けて頭が真っ白になった。飾り気のないシンプルな言葉だけれど、そこに込められた感情――そう、公爵の気持ちが伝わってきた。称賛が惜しみなく表現されていた。スケフィントン邸のディナーで向かいに座っていたときは、公爵が自分の存在に目を留めることなんてない、軽蔑の対象としてですらありえない、と思っていた。その公爵から尊敬されるなんて。息が止まるほどの感動だ。

それにしても、意外とあっさり尊敬を勝ち得ることができたのは、公爵が出会って間もない頃からわたしを尊重してくれていたからだろう。たしかに最初は、好奇心ばかり旺盛な、無礼で冴えない行き遅れ令嬢とみなして相手にしなかったけれど、すぐにちゃんと向き合うようになり、オトレー氏の殺人事件を調査するうちに、しぶしぶ敬意を払うようになった。五百年の歴史を持つ名家に生まれながら、階級的偏見から驚くほど自由で、その開かれた精神こそが何よりの魅力なのだ。そう、コートの下の引き締まった肉体よりも、夢の世界へいざなうやわらかな唇よりも、きらきらと輝く青い瞳よりも――。

「ベア」公爵はいらいらとたしなめるように呼びかけた。「きみも少しは努力してくれないか。公平を期すなら――男女平等を説くのもきみの影響だよ――禁欲の苦しみをぼくだけに負わせないでくれ。ぼくは祭壇の前に立つまで純潔を守りたい、せめてそうできると希望を抱きたい。だから、今すぐ服を脱がせたいという目でこっちを見るのはやめたまえ」

ベアトリスはさっきみたいに欲望を恥じることはなかった。切羽詰まった公爵の声を聞いて、自分の影響力を実感した。こんなの初めてだ。ベアトリスはそう思いつつ、控えめな態度を装い、目を伏せて言った。

「ブラマンジェを見るときと同じ平静な目を向けると誓いますわ」

公爵は眉をひそめた。からかわれているのかどうか、判断に迷っているのだろう。いずれにしろ、意志の強さを示そうとフェアブラザーの話を再開した。

「たしかになるべく早く彼の傷を調べるべきだが、今日はもう遅い時間だ。叔母上が心配しているに違いない。ぼくのおばあさまですら、どこにいるのかと不思議がっているかもしれない。ぼくがこんなに長時間アメリアに耐えられるはずはないからね。フェアブラザーを訪ねるのは、明日の朝でどうだろう」

公爵の言い分はもっともだったので、ベアトリスはすぐに同意した。

「明日はどんな口実を使いましょうか。おばあさまや叔母さまを心配させると厄介ですからね」

ああ、事件の関係者に話を聞きに行くたびに、家を抜け出す口実を考えなければならないなんて。結婚すれば、こんな面倒から解放されるのも魅力的だ。そう、公爵のしなやかな体と同じくらい。

　こらこら。気を抜くとすぐに公爵の素敵な体を妄想してしまう自分に、ベアトリスは困惑していらだっていた。甘ったるいだけの、たいして好きでもないデザートとみなすと、ほんの数分前に誓ったばかりなのに、早くも約束を破ってしまった。愛が、わたしをこれほど軽薄な女に変えてしまったというの？

　公爵は唯一の約束が破られたことには気づかず、親戚はたくさんいるから大丈夫だと請け合った。

「明日はアデレードを訪ねることにしよう。八十代で、ものすごく忘れっぽいからね。目の前に座っていても、ぼくが来ているのを忘れるほどだ。おばあさまも叔母上も嘘だと気づくすべがない」

　公爵の冷静な頭に感謝して、ベアトリスは言った。

「いいですね、そうしましょう。出発は九時でどうですか。うちの家族が朝食に下りてくるまで、三十分は余裕があります。叔母さんやフローラに問い詰められずに済みますし、早めに始めれば、フェアブラザーを訪ねたあと、パティキュラー劇場に行って他の人の話を聞いたり追加で情報を集めたりすることもできます」

明日の予定が決まったところで、ベアトリスは一番の気がかりを口にした。

「ジョサイアの寝室は、明らかに誰かが何かを捜してひっかきまわした様子でした。でも、何を捜していたのかわからないし、そんな動機を持つ容疑者も思い当たらないんです」

「たしかに不思議だね」公爵は言い、馬車がキング・ストリートをがたごとと走る間、じっと考え込んでいた。「きみが言ったとおり、現場に争った形跡があったなら、犯人は取っ組み合い中に、身元がわかる物を落としたのかもしれない。たとえば、ミス・ドレイクがいつも身に着けているブローチとか、家族の紋章が入った何かとか。その場合、犯人は現場を立ち去る前に、落とし物を回収しないとならない。でも、フェアブラザー以外の容疑者に怪我をした様子がないとすると、犯人はわざと現場を荒らして、争いや捜索があったように見せかけた可能性もある。部屋をかきまわしておけば、動機がわかりにくくなり、犯人捜しも難航するだろうと考えたとか。なにしろ、みんな演劇人だからね。ドラマチックな舞台の仕立て方はわかっているだろう」

ベアトリスはこんな悪魔のようなアイディアは思いつかなかったので、尊敬に目を輝かせて公爵を見つめた。

「そんな観点からは考えてもみませんでしたが、筋が通ってますし、ずる賢さ満点ですね。公爵さま、お見事です」

公爵は苦笑した。「ぼくが批判的に考えて巧妙な仮説を思いつくのがそんなに驚きかい？　ミス・ハイドクレア、きみのように四人の殺人犯を挙げた実績はないが、十年以上も広大な領地を管理してきたから、推理力を磨く機会の一つや二つはあったんだよ」

ベアトリスは思いっきり目をぱちぱちさせた。「公爵閣下、広大な領地のことをもっと教えてください。大きな馬術場も天文台もあって、何ヘクタールもの菜園は、公爵さまの命令一つで青りんごを熟成させられるように、壁で囲ってぐるりと火鉢を並べてあるんでしょうね」

「そういう温室はパイナップル用のがあるよ、お嬢さん」公爵は楽しげに応じた。「でもきみは熟成を早めた果物は嫌いのようだから、パイナップルは食卓に上げないようにしよう」

寒い冬の保温用に大きな区画を炭で囲むという発明を考えついて、からかったつもりだった。そんな贅沢な設備はあるはずがないと思ったから。それなのに、まさか本でしか読んだことのない異国の果物専用の温室があると言われるとは。公爵がそれを所有している——所有できる——という事実を知ると、なぜか自分がちっぽけで無力な存在に感じられる。パイナップル用の温室なんて、八人目の従僕と同じく、スケールが大きすぎて理解できない。公爵にはわたしが大好きな一面、変装して劇場のオーナーを一緒に取り調べてくれる愛する仲間としての一面以外にもたくさんの顔があるのはわかっている。自分が知る公爵は、全体のほんの一部にすぎない。結婚生活は、親密な馬車の中だけで成り立つわけじゃない。どこかの時点で、公爵の全体を理解しなくちゃならないだろう。

「撤回する」公爵はだしぬけに言い、さっとまたベアトリスの隣に移った。「好きなだけパイナップルを食べていい。毎日でも毎食でも。スティーブンズに言って、ヘイブリル・ホールから毎日運ばせよう。だからお願いだ、そんな悲しそうな顔はやめてくれ。耐えられないよ」

ベアトリスは公爵が本当にそうしてくれるとわかっていた。パイナップル用の温室に圧倒されて萎縮してしまうと言えば、飛んできて不安を取り除いてくれる。八人目の従僕のときがいい例だ。家族のいない晩にこっそり寝室へやってきて、ざっくばらんに話をしてくれた。きっと必要なら何度でも同じことをしてくれるだろう。わたしが公爵という地位の大きさにすっかりなじんでしまうまで。

でも繰り返しなだめてもらうこと自体が問題だ。何度も何度も同じ理由で呼ばれて慰めなければならないなんて、面倒以外の何ものでもない。延々と一つの旋律を繰り返す曲は単調でつまらない。ベアトリスは自分が二流の作曲家の平凡なソナタだと思うとぞっとした。

そりゃ、軽やかで快活なベートーヴェンのピアノ協奏曲第一番、その茶目っ気たっぷりの第三楽章には一生なれないけれど、いつかは技巧と抒情を兼ね備えた渋い一曲になれると信じている。

もちろん、六シーズン発揮し続けた激しい人見知りやひどい自己不信を克服するには時間がかかるだろう。叔母さんと叔父さんの手で長い時間をかけて形作られた性格を一日で解消することはできない。これからもきっと、たくさん挫折を味わうだろう。パイナップル用の温室や八人目の従僕を前に自信を喪失したみたいに。そのたびに公爵を巻き込むと思うと恐ろしい。

よし。ベアトリスは気合いを入れて、明るくほほ笑んだ。無理はしていなかった。冷淡なスティーブンズが定期的にロンドンまでパイナップルを手配すると想像するとなかなか楽しい気分になる。

「植物学者リチャード・ブラッドリーの料理本『田舎の主婦と家政婦――家の管理、農場の楽しみと利点について』に出てきたパイナップルタルトを食べてみたいと前から思っていたんです」

それから、哀れなホブソンの死に話を戻すつもりで、あらためて公爵の鋭い見立てを絶賛した。

「現場が荒らされていたこと、それなのに、何かを捜している容疑者がいないこと、その両方の説明がつきます。不可解なのは、襲撃の場所に厩舎の寝室を選んだ点です。理由は、容疑者が演劇的効果を狙ったためではなく、もっと単純なものかもしれません。つまり、犯人はホブソンのあとを追っていたら、厩舎の寝室にたどり着いたということです。たとえば、ミス・アンドリュースがラベンダーの香水の主を突き止めようとホブソンのあとをつけ、やっぱり浮気だったと確信したとか。とはいえ、あんなに小汚い場所を選んだのは、タヴィストック卿の悪手でしたね。若い娘なら、逢引にあんな場所は選びませんもの」

公爵はベアトリスの破滅を企んだ男の名前を聞いて身を硬くしたが、口を開くと落ち着いた声で言った。

「タヴィストックの狙いを考えると、俗っぽい場所だというのもポイントだったんじゃないかな。厩舎を選んだのは、その場所がかもしだす卑猥さによって、きみの評判を確実に落とすため。徹底的に貶めて、ぼくが見捨てざるを得ないように仕組んだんだ。計画がすべてうまくいったとしても、ぼくがきみをあきらめるなんてありえないが、やつにはわからなかったのだろう」

公爵の声は穏やかなままだし、怒った顔でもないけれど、全身から太陽光線のように怒りが放射されている。ベアトリスは公爵に言い聞かせた。

「タヴィストック卿の計画は失敗だったんです。ほら、思い出してください。ノートン夫人のひと言で、わたしは裏があると気づき、廊下の途中で立ち止まりました。もしノートン夫人がホブソンの血まみれの死体に悲鳴を上げなかったら、わたしは罠に近づきもせずに厩舎を離れたはずです。タヴィストック卿は計算ミスをしたんです。わたしたちを見くびっていたんです。あなたの愛の強さと、わたしの勘の鋭さを。ホブソンのことすら軽んじて、洗い場のメイドほども気にかけなかったんです。愛人に紹介されるがままに採用して、あとは家令任せにした。もし、計画の成功を左右する男のことを少し手間をかけて調べていれば、彼の危うさに気づいたかもしれないのに。見落としの原因は、尊大な男のうぬぼれだと思います。でもわたしの知る限り、公爵さまほど尊大なお方はいませんが、公爵さまなら、冴えない行き遅れ令嬢の破滅計画を使用人任せにはしないでしょう。細部までご自身で監督して、確実かつ徹底的に破滅させるはずです。えっと、これはひいき目に見て言っているわけではないですよ」

やっと公爵が心から愉快そうに口の端を上げた。

「ひいき目じゃないのかい？」

「違います」ベアトリスは請け合った。公爵の怒りも収まったようだ。「事実だから言ってるんです。そしてこれが事実だとすると、タヴィストック卿は頭が悪いだけでなく、だらしないと結論せざるをえません。きっと使用人もだらしないでしょう。こういう性質は、上から下に伝染しますからね。つまりタヴィストック卿は、わたしたちをとんでもなく過小評価するだけでなく、自分の家令を愚かしいほど過大評価したんです。たとえばその証拠に、家令はオファーを一度断られただけで、すぐに三倍の額を提示しました。卿の計画が成功する可能性はゼロだったんです。だから今度卿に会ったら、一発お見舞いするのではなく、〝無能なとんまでいてくれてありがとう〟とお礼を言ってください。婚約者と笑い合えるとっておきのネタをくれたのですから」

公爵はベアトリスをじっと見つめてかぶりを振った。

「きみが自分で言うんだろう？　正面切って〝無能なとんまでいてくれてありがとう〟と。そうやって決着をつけるんだね」

ベアトリスは大きくうなずいた。言葉がどれだけの痛みを与えるかは、身をもって知っている。

「タヴィストック卿の企みは最初から失敗すると決まっていたんです。わたしが危険にさらされた瞬間などなかったんです」それから気持ちを込めて言い添えた。「わたしたちに危険はなかったんです」

公爵の表情から察するに、卿をおちょくったところで復讐になるのかと疑念を抱いているようだ。でも説得する必要はない。公爵が卿を叩きのめす心配はないだろう。公爵の品位を信じているし、わたしを殴りもしなかった男をぼこぼこにするなんて、内なる正義が許さないはず。トーントン卿がわたしの首をへし折ってテラスの手すりから投げ落とそうとしたときですら、見事な一発を食らわせたら、あとは国外へ追放して満足したのだから。

たぶん、一発だけだったはず。公爵がトーントン卿にギャンブルの借金の件を突きつけ、国を出ていかないと一族全員が路頭に迷うことになるだろうと脅したとき、わたしはその場にいなかったから、何発殴ったのか正確にはわからない。でも公爵が二発も三発も殴るなんてことは――。

なんてことは……ええと、なんだっけ……。ベアトリスは何も考えられなくなっていた。公爵の唇に自分の唇がふさがれる。熱いキス。心臓が早鐘を打ち、公爵の肩にしがみついた。そうでもしないと、落ちていきそうだ。

いや、落下してはいない。ベアトリスはぼうっとした頭で思った。背中のうしろにふかふかのクッションがある。横たわって、公爵の手に体をまさぐられる快感に呑み込まれているだけだ。

ベアトリスは公爵ともっと密着したくて背中を反らせた。公爵の指がドレスのボディスをなぞる。あっ、いい。

いや、だめだめ。

素敵な気分……すばらしい……抗えない。わたしが触れるたび、公爵の背中の筋肉が痙攣(けいれん)する。

でも、公爵は望んでいない。

もちろん、この行為一つひとつを強く欲しているのは確かだ。でも、純潔を守りたいから協力してくれという言葉は真剣だった。自制心がちょっと足を踏み外したからといって――。

ちょっと足を踏み外した？　むしろ〝崖からドーンと落っこちた〟という感じかしら。

表現はどうあれ、公爵は足場を失っていて、バランスを取り戻すためには、わたしの助けが必要だ。

公爵を救わなくちゃ。そう思う間も、公爵の唇が首筋をやさしくなぞる。全身に震えが走る。うん……救うわ……あと少ししたら。

でも〝あと少し〟っていつよ？　手遅れになったらいけない。ベアトリス、しっかりして。すごくつらい、痛いくらいに。でも公爵から体をひきはがした。平常心を取り戻そうとしながら公爵を見ると、ひどく困惑した瞳があった。荒い息のまま考えた。何か言わないと。〝人間の体ってすばらしいですね〟以外の何かを。

そうだ、事件のこと。ベアトリスは必死に考えをまとめようとした。ホブソン。薪ばさみ。ミス・ドレイクの盗作。フェアブラザーの借金。スミートン。劇場。

劇場といえば！

糸口は見つけた。そうそう、わたしたちは劇場のオーナー夫妻だと名乗って、公爵は抜群の演技を披露した。

とりあえず、褒めよう。

「公爵さま、すばらしかったです。投資家になりきっていましたね」欲望に息を切らしつつも、相手が聞き取れるくらいにははっきりと言えた。「演技だとわかっているのに、本気で投資するつもりなのかと思いました。質問が具体的だったので、とっても真実味がありましたよ」

公爵の頰は上気したままだが、青い炎のようだった瞳は落ち着きを取り戻している。

「それはどうも。さっきも言ったように、十年以上も一家の莫大な金融資産を管理してきたからね。こんな話をすると、またからかわれそうだが」

理想的な返事だ。とくに、わたしが大好きな居間でのおしゃべりにはぴったり。でもこの馬車の中の張りつめた空気のままではだめだ。公爵の気をそらすことには成功したけれど、もっと軽いムードにしなくては。

「さぞかし大変でしょうね」ベアトリスは応戦した。「立派な自分をつねに隠さなくちゃならないなんて。公爵さまの偉大さをもっと尊重できる若い女性を探されたほうがいいのでは？　すぐに見つかると思いますよ。莫大な金融資産だけでなく、パイナップル用の温室まで持っている殿方は大人気だと聞きますから」

公爵がやっと少し笑った。「ぼくが他の女性を見つけたら、何の覚悟もない紳士にきみを押しつけることになる。それは不憫（ふびん）というものだ」

「あら、慈善家でいらっしゃるんですね」ベアトリスは感心してみせた。「さすがは高貴なお方。孤児のための福祉団体をご紹介しましょうか。公爵さまがご支援くだされば大喜びでしょう。本当ですよ。ミセス・パーマーに教えてもらって、わたしもお小遣いを寄付しました。資金が限られているので、わずかな額ですが。でも公爵さまを説得して寄付に至れば、わたしの貢献度もぐっと高まりますわ」

公爵は実際に慈善家で、貧困問題などに取り組む活動団体に対する寄付金の割り振りについて考えるところも多く、馬車がウォーダー・ストリートへさしかかる頃、ざっくばらんに話してくれた。弁護士を雇って、各団体がきちんとした組織かを確認し、活動の質を評価しているらしい。ミセス・パーマー推薦の団体のことも、ビーズリー氏に伝えておくよう勧められた。

「お小遣いだけで満足しなくてもいい」公爵は続ける。「ケスグレイブ公爵夫人の資金は無限だからね。それに、父上が遺してくれた株券があるのも忘れちゃいけないよ。相当の価値があるかもしれない。蒸気機関車がなんとかと言っていたかな？スティーブンズに任せて調べてもらおう。それに既存の団体に縛られる必要もない。条件に合う団体が見つからなければ、自分で立ち上げればいいんだ」

公爵さまらしさが全部詰まった話しぶりだから、危機を脱したと思ってよさそうだ。公爵は堅固な足場を取り戻し、崖から彼を突き落とそうとした何か――タヴィストック卿の恐ろしい陰謀か、危険はなかったというわたしの発言か――にもう悩まされてはいない。

むしろ、公爵のスケールの大きさをまた一つ示されて、悩まされているのはわたしのほうだ。慈善団体の立ち上げをあんなにさらりと提案されたら、不安にならないはずがない。

ぎょっとするほどうぬぼれた世界の見方だ。昔から延々と続く問題を自分なら解決できると思うなんて。でも、公爵なら実際に解決してきたに違いない。

とはいえ、わたしには五百年続く偉大な先祖の後ろ盾もないから、公爵と同じ見方はとうていできない。

公爵はおかまいなしに、慈善団体を設立する利点を次々と挙げていく。

「それに今は勅許を得るのに十七年もかからないから安心したまえ。七十七年前にトマス・コーラムがロンドン孤児院を設立しようとしたときとは比べものにならないくらい、政府の運営が円滑になったからね」

夫を謙虚な人間に変えること以外、十七年も何かを続けるつもりはないから、勅許を得る期間の説明は聞かなくてもいいだろう。ベアトリスは話題を変えることにした。

「それより、わたしが公爵さまを危険な沼からさりげなく救い出したのにはお気づきですか。純潔を守るために協力してくれと懇願することも、自分の苦しみを伝えるために〝公平〟という言葉を使って屈辱を覚えることもなく、やってのけましたよ。気をそらすことにより、自力で解決したんです。きっと再現可能な方法ですわ。科学の発展のために、今ここで理論の検証をしてみましょうか。さあ、どうぞわたしを誘惑してみてください」

公爵に科学の発展に助力する気があったかどうかはわからずじまいになった。その瞬間に馬車がポートマン・スクエア十九番地に到着し、ジェンキンスが御者席から飛び降りて扉を開けたからだ。ベアトリスは、叔母さんが公爵に夢中なのを思い出し、家に上がらないよう忠告した。

「いろんな種類のビーツについておしゃべりさせられますよ。『ミスター・フレッチャーの食用根ガイド』を読んで準備していましたから」ベアトリスは言った。

「公爵さまを絶対に感心させてみせるぞ、というすさまじい意気込みを感じます。ヴェラ叔母さんは文字を読むのが大の苦手なのに。気をつけてください。叔父に嫉妬されちゃうかもしれません」

「家に上がるつもりはなかったが、そう言われてはちょっとご挨拶しないとな。怖気づいたと思われたくはないからね」

予想どおり、叔母さんは玄関まで迎えに出てきた。

「ご親戚のアメリアさまはお元気でしたか」

「ええ、おかげさまで」

「お年を召しても健康なのは、栄養のある食事のおかげでしょうね。きっとビーツも取り入れられているはずですわ」叔母さんは中でも栄養価の高いビーツの種類を一つひとつ挙げてから言った。「でも残念ながら、公爵さまがお好きな〝オーデイシャス〟という品種の情報は見つかりませんでした」

叔母さんのひどくがっかりした様子を見て、つい先週、ベアトリスの気を引くためにその品種をでっち上げた公爵は言った。

「ひょっとすると名前を間違えたのかもしれません。シェフに確認して、大至急ご報告しますよ」

戦略ミスだ、とベアトリスは思った。やっぱり家に上げるべきじゃなかった。こうなれば公爵は約束を果たさざるを得ない。自分ばかりが欲望を我慢していると婚約者に愚痴るのが恥ずかしいなら、自分が好きなビーツの種類をシェフに尋ねるなんて、もっと馬鹿々々しくて恥ずかしいだろう。

数分後に公爵が帰ると、ベアトリスは自分の部屋に戻って、夕食までにケプラー伝を一章か二章読むことにした。先週モーティマー夫人からパーティの招待状が届いたときは、家族で出席する予定だったけれど、それはやめて家で静かに過ごすことになった。わたしを社交界の好奇の目から守るためだろう。ウェム伯爵との対決にみんなまだ興味津々だから。

どちらの気持ちも理解できる。社交界の人たちが知りたがるのも、家族がわたしをかばうのも。これまで叔母さんと意見が合ったことは少ないけれど、スキャンダルが収まるまでおとなしくしておくというのは賢明な策だと思う。残念ながら、ラルストン夫人のような誰もが認めるうわさ好きだけでなく、社交界の大半がわたしのうわさをしているし、ノートン夫人がある種の義憤に駆られていたように、父の親友が殺人を自白した場面についても、わたしを悪者だと考える人が多い。

家にいて、叔父さんとケプラーについて議論するほうがずっと楽しい。五十五分間じっくりと語り合ったあとは、フローラからノートン夫人の件で追及されるのを避けるため、ラッセルに話題を振った。

「そういえば、この前勧めたフェンシングのレッスンは受ける気になった？」

ラッセルはイエスかノーの単純な二択で答えはせず、母親にあらためて文句を言うチャンスと捉えてぶつぶつとつぶやいた。

「レッスンを受けるのは許可しておいて、月謝は出さないなんて卑怯だよ。まさか息子をペテンにかけるとはね」

するとフローラが、いくらねだっても買ってもらえない品々を挙げだし、そのうちに兄妹喧嘩が始まった。

くだらないことで言い争うふたりを前に、ベアトリスは驚嘆していた。この二週間で、自分の人生は百八十度変わった気がしていたけれど、いとこのいがみ合いは不変ってわけね。

14

ベアトリスは人生で数えるほどしか芝居を観たことがなく、劇場のオーナーを名乗ったものの、演劇には縁もゆかりもなかった。でも、悪役はひと目見ればわかった。フランセス・ローランド・フェアブラザーは、やつれた顔に鋭い顎、漆黒の髪を持ち、『オセロー』のイアーゴーや『テンペスト』でミラノ大公の座を奪うアントーニオのイメージそのものだった。グリーンフィールド・ロードにある自宅の戸口に立ち、太い眉毛をいらだたしげに寄せて見下ろす彼は、全身の毛穴から鬱屈を発散しているようで、リチャード三世の非情さで兄の処刑を命じるさまをたやすく想像できた。

でも、悪人というわけじゃないのかも。関節が白くなるほど強く左手で質素な木の杖を握りしめているのに気づいて、ベアトリスはそう思った。重傷を負っているけれど、未来の雇い主候補の前で必死に痛みを我慢しているらしい。

いずれにしろ、ミス・カルコットが話していたとおり、独特な魅力のある男だった。

「どうぞ……お入りください。その、少し散らかっていますが」フェアブラザーは言った。そして、言葉と同じくぎこちない動作で、暗い路地を見下ろす小窓のそばの丸テーブルへ案内しようとした。狭い部屋でも端から端まで歩くのは大変なようで、しばらくすると立ち止まり、あきらめて手ぶりで椅子を勧めた。「おかけくださ い。ええと……そうそう、ちょうどお茶を淹れようとしていたんです。ご一緒にいかがですか」

嘘に決まっていた。立っているのもやっとなのに、やかんに水を入れて火にかけるなんて無理だろう。わたしたちが来る前は、ベッドに横たわってひっきりなしにうめき声を上げていたに違いない。そして今、突然の訪問者のせいで、もてなし役をやらざるを得なくなっている。

怪我をしたばかりなのに、押しかけるなんて無礼だったわ。

でも、ホブソンを殺すときに負傷したなら話は別だ。

その場合、脚の痛みに耐えながら間の悪い訪問者の相手をするくらいでは、罪の重さに比べて罰が軽すぎる。

いずれにしろ、お茶はいらない。さっさと片を付けてしまおう。

「いいえ、どうぞ座ってください」ベアトリスはぶんぶんと首を振った。「かなりつらそうですから、これ以上自分をいじめないでください。とくにわたしたちのためなら」

どういうわけか、フェアブラザーの痩せこけた顔は、ベアトリスの言葉を聞いてさらにげっそりしたように見えた。胸のうちで葛藤しているのだろう。劇団の一員として、ベアトリスたちに奉仕するのは一種の義務だから、自分のほうが楽をするなんてとんでもないと。

「つらそうな姿を見るのはこちらもつらいですから」ベアトリスが押し切るように言うと、フェアブラザーはほっと息をついて向かいに腰を下ろした。

杖を椅子の脇に立てかけ、持ち手をいじりながら、ベアトリスと公爵の間で視線をさまよわす。「ようこそおいでくださいました、ええと……つましい我が家へ」おっかなびっくり続ける。「おふたりのご訪問は……なんというか……まったく予想していませんでした」

そりゃそうだ、とベアトリスは思った。投資家が脇役の俳優に会うために、ごちゃごちゃしたホワイトチャペル地区のど真ん中までやってくるなんて普通はありえない。

ベアトリスは単刀直入に切り出すことにした。「ミスター・ハーパーとわたしは石橋を叩いて渡るタイプなんです。だから、あなたの事故の件を確認せずに、投資を進めることはできません」

フェアブラザーは〝事故〟という言葉にびくっとして、その拍子に杖を倒した。コトンと床で音が鳴る。狼狽した彼は、ベアトリスに目で謝りつつ、前かがみになって杖を拾おうとした。あわてていて深く考えずに動いたのだろう、肘が太腿をえぐった。さっと顔から血の気が引いたが、それ以外は動揺を見せず、声一つ上げない。その代わりにまぶたを閉じて、苦痛を体の奥に押し込めるようにしばらくじっとしていた。目を開けたときには、何事もなかったような顔だった。

「ぼくの事故の件ですね」フェアブラザーは落ち着いた声で言ったが、額には玉の汗が浮かんでいる。相当痛かったのだろう。「ご説明できることがあるかどうかわかりません。ただの不運な事故でしたから」

見事な演技だ。ベアトリスは拍手を送りそうになるのをこらえて言った。

「パティキュラー劇場に所属してかなり長いようですね。十年近くになりますか」

予想外の質問に驚いた顔をしつつ答える。

「まあ……そうですね。芝居は母から教わりました。結婚する前は、ヘイマーケット劇場の役者だったんです。歩けもしない赤ん坊の頃から、モリエールの戯曲を読んでもらっていました」

「なるほど」ベアトリスは感心したようにうなずいた。子どもには刺激が強すぎる気もするけれど。「では、劇場が精密な装置だというのは説明するまでもありませんね。どの部分もきっちりと計画どおりに機能しなければなりません。そうしないと、全体が崩壊しますから。グローブのこともご存じでしょう?」

フェアブラザーはまた面食らった顔をした。

「ええ、知っています。地球儀(グローブ)なら、父が居間に小さいのを置いていました。半島戦争中のフランス軍と英国軍の動きをよく指でたどっていました」

なんてとんちんかんな回答だろう。痛みか罪悪感のせいで頭に悪影響が出ているのかも。あるいは、もともと少し愚鈍な人なのかしら。

「わたしが言ったのはグローブ座のことです」

「もちろんそうですよね」フェアブラザーはすぐさま言い、恥ずかしさに顔を赤らめながら、もごもごと勘違いを謝った。「実家の居間に何があるかなんて気にするはずがないのに」ひとりごちるようにつぶやいてから、あらためて言った。「ええ、グローブ座のことも知っています。シェイクスピアの劇場ですよね。母が一度オフィーリア役を演じたことがあります」

「それなら、悲惨な終わり方をした経緯も知っていますね」

フェアブラザーは、当然だというようにうなずいたが、口を開くと自信がなさそうだった。「火事でしたっけ？　それで全焼してしまった」

「火事の原因は？」

「詳しいことは覚えていませんが」ばつの悪そうな笑みを浮かべる。「蠟燭ですか？　舞台裏で誰かが蠟燭を倒してしまって、それがセットに燃えうつったとか？」

当てずっぽうにしては悪くない。せっかく繁盛していたのに、そういう終わり方をした劇場もきっとあるだろう。でもシェイクスピアの劇場は違う。

「大砲を撃つときに失敗したんです。あのグローブ座が文字どおり消失した原因は、『ヘンリー八世』の上演中にただの一度大砲で失敗したことだったんです」

フェアブラザーは、そういえばそうだったとばかりにうなずいた。

「それです。大砲です。不運な事故でしたね」

「これでなぜミスター・ハーパーとわたしがここに来たかおわかりですね」ベアトリスは詰め寄った。

フェアブラザーの顔に疲労の色が浮かんだ。見当もつかないのだろう。それらしい返事も思いつかなかったのか、肩をすくめて降参したように両手を膝に落とした。と、激痛が走ったらしく、ヒッと声を上げた。

断固として苦痛を顔に出すまいとしている。ベアトリスは彼が果敢に平気なふりを装って笑みを浮かべつつ、浅い呼吸を繰り返す姿を眺めた。傍から見ても、相当つらそうだ。そんななか、突然やってきた客がはっきり用件も告げずに妙なクイズを続けるのだから、はらわたが煮えくり返っていてもおかしくない。

ベアトリスは申し訳なくなって言った。「劇場は人為的なミスに弱いということです。『ヘンリー八世』の最初の四回の公演は問題ありませんでした。第一幕の終わり、ヘンリー王が枢機卿ウルジーの屋敷に登場する場面で、ちゃんと大砲が鳴り響いていました。四回は、なんの問題もなかったんです。でも、五回目の公演の五回目の大砲は？　砲身に紙切れが入るのを防げず、その火の粉が萱葺きの屋根まで飛んで燃え広がり、劇場が全焼したんです。フェアブラザーさん、わたしたちがここへ来た目的は、あなたが屋根を燃やす火の粉かどうかを確認するためです。投資の判断を下せるように、詳しい話を聞かせてくれますね」

　フェアブラザーは凍りついた。

　痛みと同じく、動揺も自制心で隠そうとする。ひきつった顔から無理にほほ笑み、ハッと見開いた目をぱちぱちさせた。杖へ手を伸ばし、床に落ちたままだと気づいて、拾うために体を斜めに傾けた。必要以上に長く下を向いたままでいる。考えをまとめるための時間を数秒でも稼ぎたいのだろう。

　ベアトリスは焦らず、つかの間の休息を与え、しばらくして彼が顔を上げると、話を始めるようにうながした。「しっかり聞かせてもらいます」

　フェアブラザーはベアトリスの意気込みに怯んだが、気を取り直して、場面の設定を詳細に語りだした。「第三幕の終わりで、ぼくの演じるマイソールが、計画が台無しになると気づき始めたところです。実は姫である女と兄が結婚して、王位につくかもしれない。そうなれば、自分は生まれ育った祖国を追われてしまう。彼は絶望と孤独にさいなまれ、渦巻く感情は憎しみに変わります。彼のしたことはすべて、愛する祖国のためだったのに、その祖国が彼を見限ろうとしているからです。姫も愛を誓ったのに、彼が本当は裕福な商人ではないと知ると彼を捨てました。彼は深く傷つきました。姫の美貌に無関心でいようと決めたにもかかわらず、彼女を愛してしまったからです。最初は姫の富が目当てでした。結婚時に姫が手に入れる莫大な財産を使って、必死で働く農奴を苦しみから救うつもりだったのです。でも、兄の陰謀のせいで全部台無しになりました。ぼくらが稽古していたのは、ここからの場面です。マイソールは森にいて、弓と矢筒いっぱいの矢を持っていることに気づきます。そして憤怒と激情に満ちた、迫力満点の独白が始まります。いざ兄との対決を決意したとき、ぼくは一歩うしろに下がり――観客のほうを向いていますからね――セットの木にぶつかったんです。次々と木が倒れ、森が丸ごと落ちてくるみたいに感じました。だから自分が倒れないようにと、手を伸ばして城壁の一部をつかみ、ぐっと引っ張ったんです。すると土台に亀裂が入り、ミシミシと轟音(ごうおん)が響き、気づけば下半身が百キロ近い木材と石膏の下敷きになっていて、ぼくは激痛のあまり気を失いそうでした」

芝居がかった調子で締めくくると、フェアブラザーは明らかにほっとした様子で椅子にもたれかかった。そのちょっとした動きも傷には負担だったらしく、新たな痛みの波をこらえきれずに顔をしかめた。肝心な部分の説明が足りないと感じたベアトリスは、痛みが引くのを待ち、あらためて尋ねた。

「どんなふうに城壁に手を伸ばしたのか、正確に話してもらえますか」

でも公爵がこの時点でフェアブラザーの話の矛盾を突いた。

「きみの様子を見るに、痛みは鋭くて局所的なものだね。城壁の下敷きになったときの打撲によるものとは思えない。太腿に十センチを超える深い切り傷があるのでは？」

フェアブラザーは言いがかりはよしてくれとばかりにきっと顎を上げたが、公爵の威厳に満ちた目の圧力に耐えきれず、もろくも崩れ落ちた。

「チャタレーです」杖を握りしめた両手に視線を落とす。「チャタレーがやったんです」

自白した、とベアトリスは一瞬思った。主謀者ではないが、なんらかの形で殺人に関わったという自白。でもその考えは、フェアブラザーの次の言葉で吹き消された。

「チャタレーのやつ、ひどい目に遭わせやがって！　ぼくが大の賭け事好きで、賭けを持ちかけられたら絶対に断れないと知っているんです」鋭い輪郭をむくれた子どものように膨らませて文句を言う。「それにずるい。タイムを縮められたら倍の金をやる、ときりなく誘いかけるんですから」

賭けの条件がよくわからず戸惑ったベアトリスは、ちらりと公爵の様子をうかがった。無表情なところを見ると、同じくさっぱりわからないらしい。

「何のタイムを縮めるんですか」ベアトリスは訊いた。

フェアブラザーは逃げ道を探すようにきょろきょろと部屋を見回し、ソファの向こうの窓に視線を定めた。ソファを飛び越えて窓枠をすり抜けようとでも考えているのだろうか。

高さのある背もたれに足を掛けたとたん、痛みで気絶するだろうけど。フェアブラザーも同じ結論に至ったらしい。勝負をあきらめたようにため息をつき、背中を丸めて椅子に沈み込んだ。そのせいでまた激痛が走って顔がゆがんだが、すぐに反抗的なふくれ面に変わった。乳母に叱られた男の子みたいだ。でもハーパー夫妻が未来の雇い主候補だと思い出したのだろう、たてつく様子は見せなかった。

「舞台の端の床に跳ね上げ戸があるんですが、そこから舞台の下の奈落に降りて、跳ね上げ戸が閉まる前に出てくるんです」

なんてくだらない賭けだろう。一般的な跳ね上げ戸の仕組みも舞台の端にあるものの仕組みも詳しくは知らないけれど、ラ・クレロンの回想録によれば、奈落は不思議と帆船によく似ていて、ロープや滑車がたくさんあるという。台座を舞台へ上げるのは、並の仕事じゃない。滑車を組み合わせた複雑な装置と、それを操作する男たちが必要だ。舞台の端にあるのは小型で簡単な構造かもしれないけれど、いずれにしろ、扱いが難しい高価な装置を役者がおふざけに使うのは、とんでもない愚行に思える。

「チャタレーさんが操作していたんですか」

「ええ、ひとりじゃ大変なはずですが、見事な手さばきでしたよ」隠しきれない感嘆の念が声ににじむ。「絶好の機会でした。怒りそうな人……じゃなくて、考え直したほうがいいと助言しそうな人は、みんな会議をしていましたから。舞台装置の技術者も、セットのデザイナーも、衣装デザイナーも、衣装制作者も。賭けを断るのは野暮というものでした。決められた時間内に跳ね上げ戸から奈落へ降りて、出てくるだけでよかったんです。一つの公演中に何度も開閉するものですから、簡単には壊れません。ぼくが二十二秒の余裕を残して成功すると、チャタレーは制限時間を短くしようと提案しました。それにも成功すると、数ペンスどころか一シリングも負けていたチャタレーは、掛け金を二倍にする、その代わりに失敗したら、おまえが今まで勝った分は没収だ、と言いました。この条件で三回挑戦し、全部成功しました。でも四回目で、バン！」

フェアブラザーは手を叩いて戸が閉まる効果音をつけ、その動作のせいか、あるいは怪我をしたときの痛みを思い出したのか、顔をしかめた。

「ズボンが裂けて太腿がすぱっと切れました。いやあ、痛かったですよ。虫に――じゃなくて、悪魔にやられたみたいに。ミセス・ハーパー、悪魔のしわざみたいな激痛でした。そのまま失神するかと思いましたよ。血もすごい量だった。戸にも血がついてましたし、舞台の下の床にもぽたぽたと垂れていました。チャタレーのやつ、助けようともしませんでした。笑ってたんです。頭がずきずきしてめまいもするなか、やつの笑い声が聞こえました。こっちは太腿が焼けつくように痛くて目を白黒させているのに、あいつは安酒に酔った貴族みたいにへらへら笑っていたんです。でも血を見たとたん、正気に返りました。跳ね上げ戸で遊んでいたのがスミートンさんやミス・ドレイクにばれたらどうなるか。劇団を即解雇されて、ロンドンの外へ放り投げられるに決まってる。そのとき、チャタレーが思いついたんです。セットが崩れ落ちたことにしようって。〝城壁が崩れて下敷きになったんだよ、フェアブラザー。城壁のせいだったんだ！〟卑怯だと思いましたが従いました。他にいい案も浮かばなかったので」

　話し終えると、フェアブラザーは黙り込んだ。暗澹（あんたん）たる将来に思いを馳せているのだろう。名案だったのに、結局ヨークシャーの片田舎にある無名の劇団で端役をやるはめになるのだろうか——おせっかいな投資家のせいで！

　ベアトリスがこの身勝手な暴挙の話に驚いたとしたら、それは自分の仮説とほぼ一致していたからだった。フェアブラザーはホブソン殺害への関与を隠蔽するために、わざと城壁を壊したのじゃないか、そう考えていた。さすがの推理力だと自分を褒めたいところだけれど、あまりに安っぽい嘘だったからだろう。セットが崩れたという設定は、そもそも無理があったのだ。

他の部分の話が事実かどうかはわからないが、百聞は一見にしかず、傷を見せてもらうのが一番だ。

でもどうやって？

未来の雇用主候補に取り入りたい様子だから、激怒しつつ心配しているふりで揺さぶりをかけてみよう。「なんてことでしょう、フェアブラザーさん、そんな無責任な愚行に及ぶ人がいるなんて信じられません！　舞台や自分の体がどうなったか考えてみてください！　何百ポンドもの損害ですよ！　あなたも脚をちょっと怪我しただけで済んだからよかったものの、つけ根からぶった切られていたかもしれません。いえ、今も切断する必要があるかも。傷を見せてください。自分の目で見て安心したいんです」

フェアブラザーはまたもや真っ青になり、しばらく啞然としてベアトリスを見返してから、とぎれとぎれに言った。

「ミセス・ハーパー……まさか……さすがのぼくも……それはちょっと……」恐ろ

しくてはっきり何とは口にできなかった。

　ベアトリスは自分の目で確認できないことはわかっていた。でも、フェアブラザーをもっと不安にさせるため、勘弁してほしいと必死に頼む彼を、たっぷり一分そのままにしておいた。それから、根負けしたとばかりにがっくりと肩を落としてみせた。「しかたありません。では傷の確認は夫に任せますわ」

　女性に見られるよりずいぶんましなはずなのに、フェアブラザーは抵抗を続けた。

「フェアブラザーさん、たいしたことじゃありませんから、文句はやめてください」ベアトリスはいらだたしげに言った。「他者と社会に尽くす女性として、あなたの脚が壊疽を起こしていないか、確認せずには帰れません」

　壊疽という言葉を聞いて、フェアブラザーは恐怖に顔をひきつらせた。二十六歳とは思えないほど子どもっぽく見える。「そ……そんな可能性が？」

「可能性があるなんてもんじゃありませんよ」ベアトリスは容赦なく攻め込んだ。

「壊疽を起こしている可能性はかなり高いでしょう。あなたとチャタレーさんで見つけた医者が適切な処置をしたとは思えません。さあ、早くズボンを脱いで、ミスター・ハーパーに傷を見せてください。夫は元軍医です。お望みなら、出征した戦争のことを年代順に話してくれますよ」

フェアブラザーは医師の診察を受けられると知って胸をなで下ろしたが、肝心の医師のほうは大役を喜ぶどころか、指名したベアトリスをぎろりとにらみつけた。ベアトリスは怯まずに、平然とした顔で見返した。公爵の繊細さを気遣っている場合じゃない。というか、どうして怒るのかしら。そもそも傷を確認するために来たのに。傷を見ないと、怪我の原因はわからない。わたしだって、できるものなら自分で確認したかった。直接得た情報ほど確かなものはない。でも完全に拒否されたのだから、論理的に考えて、公爵が確認するしか選択肢はない。

フェアブラザーは今やおせっかいに感謝していた。

「実は、縫ったところから黄色いべとべとしたものがにじみ出ていて、すごく不安だったんです」

その説明を聞いて、公爵はさらに嫌そうな顔をしたが、患者に向かって穏やかに言った。「膿(うみ)は回復のしるしという場合もある。ケースバイケースなんだ」公爵は肩を貸して立ち上がるのを手伝った。「寝室で見よう」

フェアブラザーは大賛成した。「ちなみに、ワーテルローの戦いには参加されましたか?」

公爵は愛する婚約者を最後にもう一度にらみつけてからドアを閉めた。

ベアトリスは、部屋を捜索する機会を得ようと狙ったわけではなかったが、その機会が目の前にある今、時間を無駄にせず所持品を徹底的に調べることにした。部屋は狭く、目につくものといえば皿や籠や燭台といった日用品がほとんどだった。戸棚を開けると、黄ばんではいるがきちんと畳まれたテーブルクロスの隣に、持ち手のひび割れた磁器の水差しがあった。ストーブのそばの棚にもとくに興味を引くものはなく、ソファの隣にある小ぶりの書き物机の上も同じだった。

暖炉の上の棚に置かれた木箱には、小さな手帳が二冊入っていた。一冊は家計簿で、フェアブラザーがここ一ヵ月でリンゴや羊肉に使った金額が記載されていた。もう一冊は、賭け事でできた借金のメモで、合計十一ポンドちょっとだった。無謀な性格にしては、少ない金額だ。ホブソンへの借金が最多で六ポンド、ついでチャタレーが四ポンド。数字だけを見ると、どうせ殺すならホブソンがよさそうだ。彼を消せば、借金の大部分も消える。でも実際には、チャタレーのほうがはるかに恐ろしいはず。衝動的な性格や、たやすくフェアブラザーを愚行に駆り立てる能力を思えば、フェアブラザーの人生にとって真の脅威はチャタレーだ。

いや、論理的に考えすぎよ、ベアトリス。手帳を箱に戻しながら言い聞かせた。殺人が熟考の末におこなわれることはめったにない。たいていは、かっとなって突発的に殺してしまうのだ。スケフィントン侯爵夫人の場合もそうで、オトレー氏の頭を燭台でぶん殴るその瞬間まで、オトレー氏の頭を燭台でぶん殴ろうとはみじんも考えていなかった。

かっとなって突発的に殺したとしたら、公爵が犯行現場の荒れ具合について立てた仮説もうまく当てはまる。城壁を壊そうと言ったチャタレーの考え方とそっくりだ。つまり、ひどい出来事を別のひどい出来事に見せかけるという手口。

まさに悪魔のアイディアだ。ベアトリスはそう思いながら、ソファの隣にある一本脚のテーブルに積まれた本を調べた。てんでばらばらの内容で、トランプゲームであるピケの教本や、ペルシャの歴史についての本、古代の拳闘にまつわる短編集、競馬についての薄い冊子などがあった。興味をそそらないタイトルばかりなうえ、調査のヒントにもならなかったので、すぐに元に戻した。とその直後、寝室のドアが開いて公爵が出てきた。

「傷は治りつつあるとおっしゃいましたが、絶対の確信があるんですよね?」フェアブラザーは明らかに不安そうな声で言った。「何度も訊いて申し訳ありませんが、傷を最初に見たときの表情が、大丈夫という感じではなかったので」

「とても順調に回復しているよ」公爵は断言した。「きみも承知のとおり、全体重をかけられるようになるには少々時間が必要だがね。ぼくの表情が不安にさせたなら謝るよ。戦場を離れてずいぶん経つが、傷を見てつらい記憶が次々と甦ったんだ」

「不快な思いをさせてしまい、すみませんでした」フェアブラザーはすぐに反省して言った。「今後は気をつけます」

「いやいや、ぼくのほうが傷を見ると言いだしたんだ」

「いえいえ、ぼくがもっと遠慮すべきでした。劇場のオーナーは重要な仕事がたくさんあってお忙しいでしょうに、ぼくの脚のことまで気にかけていただいて。申し訳ございません」

フェアブラザーはお追従に徹している。これ以上長居する気のない公爵は、謝罪の言葉を受け止めて別れの挨拶をした。すると、フェアブラザーはほっとした様子を見せつつも、ふたりを引き止めた。

「ミセス・ハーパーのご判断をうかがいたいのですが」

「判断?」ベアトリスは不意を突かれて少し焦った。何の話だっけ。殺人犯だと疑っていることは知らないはずだけど。

「ぼくが〝屋根を燃やす火の粉〟かどうかを確認したいとおっしゃってましたよね?」フェアブラザーは不安な面持ちで言う。

そういえばそうだった。舞台の端の跳ね上げ戸で馬鹿な真似をした件だ。

「フェアブラザーさん、あなたとチャタレーさんに比べれば、シェイクスピアの大砲なんて無害な鉄の塊にすぎません。でも、ミス・ドレイクにも誰にも口外しませんよ。大怪我をしたのですから、ひどい愚行だったとはいえ、じゅうぶんに罰を受けています。わたしの寛大さと傷の痛みによって、少しは心を入れ替えてくれるといいのですが。では、これで失礼します。他にも仕事がありますので。どうぞお大事に」

「ええ、それはもう、もちろんです」フェアブラザーはあからさまにほっとした様子で言い、すかさず出口へ案内しようとして、怪我を一瞬忘れたのだろう、脚に全体重をかけた。激痛に耐えられず、真っ青になってうめく。

「フェアブラザーさん、座っていてください」ベアトリスは言った。「お見送りはけっこうですよ」

階段を下りだすと、ベアトリスは自分の仮説を検証しようと、公爵に傷の状態を尋ねた。

「気持ち悪かった」公爵はつっけんどんに言った。「圧迫されると同時に皮膚がすぱっと切れたようだった。痣と深い切り傷ができていて、傷は黒い糸で縫合されていた。順調に治りつつあるのか見当もつかないから、すぐ主治医に診察に行かせよう」

ベアトリスは賛成した。公爵の傷の説明は、跳ね上げ戸に挟まれたと聞いて想像した傷と一致している。

「朝の調査は成功でしたね。チャタレーとフェアブラザーのふたりを容疑者から外すことができました。残るはふたりです。次はミス・ドレイクと率直に話し合うのはどうでしょうか。盗作の件を切り出すには、何と言うのが一番いいですかね？」

だが公爵はフェアブラザーの脚の傷の件にまだこだわっていた。いや、予告なしに無理やり傷を確認させせられた件というべきか。

　ベアトリスは鼻で笑った。「予告も何も、論理的に考えれば、当然の帰結です。あえて論理を無視するとおっしゃるなら、それは公爵さまの自由ですけれど、わたしを責めるのはお門違いですよ」

　公爵は英国でも有数の論理的な人間、いや、英国一論理的な人間だと自負していたので、猛烈に抗議した。馬車がパティキュラー劇場へ向かってフェンチャーチ・ストリートをがたごとと進むなか、公爵はベアトリスの言い分がいかに不当かを細かく説明しだした。ベアトリスは愉快な気分になって、いちいち反論し、公爵をいらだたせるためだけに意味不明な発言をしたりもした。そして劇場に到着する頃、公爵は結婚に条件をつけた。〝壊疽を起こしている可能性のある脚はこんりんざい調べない〟と。

15

ミス・ドレイクは、事務所のドアを開けてハーパー夫妻の姿を認めると、喜びに目を輝かせたが、すぐさま悲しげに眉根を寄せて、悪い知らせがあると告げた。

「父のことです」頑固な親族を恥じるようにうなだれる。「説得できませんでした。問題は金額です。あなたがたが要求する所有権の割合に見合わないと。妥当な金額だと説明しましたが、考えは変わりませんでした」

交渉決裂かと思いきや、ミス・ドレイクは仕事机の隣の椅子を勧めて引き止めようとする。これはつまり、合意へ至る道は完全に閉ざされてはいない、ちょっと障害物はあるけれど、注意して乗り越えましょうね、ということだろうか。ミス・ドレイクは、ベアトリスの推測を裏付けるように大きくため息をつき、自分の無力さを嘆いてみせた。「わたしにできることは、もう何もなくて」

とにかく金額を上げろと言いたいの？　むっとしたベアトリスは、強気で対抗することにした。当初の計画では、ミス・ドレイクの能力や手腕を褒めそやしてから、さりげなく盗作問題の話に移るはずだったけれど。

悠々と腰を下ろし、やさしくほほ笑んで、落ち込まなくていいと告げる。

「パティキュラー劇場への投資は見送ることにしました。それを伝えに来たんです。無駄な労力を使わせてはいけないと思って。それによかったですわ。わたしたちが原因で親子関係にひびが入るところでしたもの」

明らかに別の展開を思い描いていたミス・ドレイクは、戸惑いの色を浮かべ、目をぱちぱちさせてベアトリスを見返した。どこで間違ったのかしら。ハーパー夫妻は食い下がるはずなのに。まさか撤退するなんて！

ミス・ドレイクがあれこれ考えているうちに、ベアトリスは切り出した。

「我がアデルフィ劇場は、盗作に手を染めた劇場とは提携できません。もちろん、あなたがパティキュラー劇場をどう運営するかは自由です。オーナーですから、劇団員の作品を強奪して、自分の名で発表する権利はじゅうぶんにあるでしょう。道徳心に欠けると思いますが、お説教をするつもりはありません。でもわたしたちは道徳を重んじる人間なので、あさましい物事に関わりたくはないのです。ご厚意には感謝していますし、すばらしい劇場だと思います。幸運をお祈りしますわ。お父上にもご検討へのお礼をお伝えください。残念ながら、実を結びませんでしたけど」

ベアトリスは、どんな反応を期待しているのか、自分でもわからなかった。殺人犯が盗作を非難されたくらいで羞恥心や罪悪感を覚えるとも思えない。悪事がばれたことに驚くだろうか。それとも、地方劇場のオーナーごときが調子に乗るなと怒るだろうか。何年もの間、責めを受けずに盗作を続けてきたはずだ。罰を逃れてきた結果、ある種の自信もついただろう。自分が書いた作品だと心の底から信じ込んでいても驚きはしない。

あるいは、こちらを軽蔑してみせるという可能性もなくはない。相手の主張を否定したいなら、その主張を馬鹿にするのは悪くない手だ。ベアトリスはいろんな反応を想定していたから、ミス・ドレイクがけらけらと笑いだしたときも怯まなかった。自分も調査中に何度か使った手口なので、有効な戦法だと知っている。

ミス・ドレイクは演劇人だからか、笑いっぷりがやや大げさだった。ベアトリスは演技が終わるのを辛抱強く待ち、ホブソンとの関係について鋭い質問ができるように心の準備をした。

ミス・ドレイクはようやく笑いを収めると、取り乱したことを謝った。

「今日の話し合いでその問題が持ち上がるとは予想していなかったもので。あなたがたを説得して金額をつり上げることばかり考えていました。父は無関心を装っていますが、内心では出資話に興味津々だと思います。でもこの件は」――またクスクス笑いだしたものの、取り乱しはしなかった――「仰天しました。驚くのも変ですが。というのも、わたしの秘密が劇団中に広まるよう画策したのはわたし自身なのです。ご批判に感謝しますわ。むしろおふたりの道徳心が揺るぎないものだとわかって安心しました。盗作は重大な罪で、相応の罰を受けるべきです。さきほどの言葉を聞いて、ますます一緒に仕事をしたくなりました。二倍の労力をかけて父を説得しますよ」

ミス・ドレイクはそう言いつつ顎を引き、首にかけていた金のチェーンを外した。先には鍵がついている。机の側面に隠し扉があり、それをかちゃりと開けると、丁寧に綴じた書類を取り出した。机の上に置いて、ベアトリスのほうへすっと差し出す。

「ミセス・ハーパー、あなたも演劇人ですから、この業界で女性が男性とは異なる扱いを受けるのはよくご存じのはずです」ミス・ドレイクはあけっぴろげに言った。「まあ、そういうものだとすると、わたしが自分の書いた戯曲を演じてくれと役者を説得して回るのに、どれほど苦労したかおわかりでしょう。作品は一字一句、このわたしが書いたものです。劇作家業は並の仕事じゃありません。もがき苦しみながら書き上げたんです。でも、わたしが作者では真面目に取り合ってもらえないので、ホブソンにお金を払って作者のふりをさせざるを得ませんでした」机の書類を顎で示す。「と言っても誰も信じないでしょうから、逐一記録を取り、信用のある法律家に正当性を保証してもらっています。これはわたしとホブソンの間で交わした契約書です。弁護士の名前と住所も記載してあります。あなたもすぐには信じられないでしょうから、どうぞポッツ氏を訪ねて裏を取ってください。わたしが書いた戯曲の原本も、草稿を含めてすべて彼が保管しています。こんなことをするのは、出資者を説得するためではなく、後世のためです。わたしの書いた戯曲が歴史に残るとき、ロバート・ホブソンの名が刻まれることは許せません。シェイクスピアと組んだマーロウの知名度を考えれば、きっとご理解いただけるでしょう」

公爵をちらりと見ると、同じく戸惑っているようだった。ベアトリスは契約書を手に取り、最初のページに目を通した。ミス・ドレイクの語った内容が、もう少し法律的な表現で明確に記載してある。二ページ目にはホブソンの仕事内容が詳しく書いてあり、その中には、劇団の主演俳優――ダニエル・レイサムのことだ――にうっかり口を滑らせる形で、戯曲の真の作者はホブソンだと話すことも含まれている。うわさを広めるためのガイドラインも、劇団員からの反応別に場合分けして定めてある。次のページには、ホブソンへの報酬の一覧があった。主に毎月定額の報酬を払い、四半期ごとに賞与を検討するという取り決めだった。

まったく、驚くべき文書だ。

しかも説得力がある。

ベアトリスが契約書のことはもちろん、クリストファー・マーロウの知名度の低さについても何も言わないうちに、ミス・ドレイクは弁護士の住所を書いたメモを手渡した。

「ポッツ氏に手紙を送ってあなたがたが会いに行くと伝えておきます。病気の母親の世話をしているので、いつも仕事は午前中にしていますが、もちろん予定は合わせてくれるでしょう。何でも答えてくれるはずです。それでわたしの道徳心を認めてくださったら、投資の交渉を再開しましょう。さきほども言ったように、わたしにできることはあまりありません。父は頑固なので。もし本気で投資したいなら、ポニー一頭か二頭分の増額をお勧めします。わずかな金額ですが、父のプライドを満足させるでしょう」

あっという間に投資の話に戻されて戸惑ったベアトリスは、契約書の四ページ目、ホブソンが毎年執筆する戯曲の数とジャンルの一覧に視線を据えた。偽の交渉を再開する前に、頭を整理する時間が欲しい。ミス・ドレイクがわざと盗作疑惑を広めたとすると、どう考えればいいだろう。彼女がホブソンを殺した可能性は高くなるのか、それとも低くなるのか。

ベアトリスは頭を悩ませつつ、契約書を公爵に手渡し、ミス・ドレイクの徹底ぶりを褒め称えた。

「こんなに綿密な契約書はなかなかお目にかかれません。あらゆる可能性を検討したようですね。でもホブソンさんが亡くなった今、予備の計画はどうなっているんですか」

ミス・ドレイクの顔に初めて羞恥の色が浮かんだ。

「ええ、それが問題なんです。お恥ずかしい話ですが、契約が切れる前にホブソンが死ぬとは考えてもみませんでした。十年は劇団を辞めないという約束で、そのあとは別々の道を歩んでもいいし、再契約してもいい。でもまさか……」言いよどみ、途方に暮れたように肩をすくめる。「こんな事態は想定していなかったので、実はかなり困っています。身勝手な考え方だとわかっていますが、彼が死ぬと都合が悪いのは確かです。しばらくは問題ないでしょう。ベッドの下か洋服だんすの中から箱に入った原稿が見つかったと言えばいいですから。でも現実問題として、何本ならあやしまれないでしょうか。かなり限られた数になりますよね。唯一の解決策は、計画に乗ってくれる別の男性を見つけることですが、簡単そうに聞こえて実は難しいんです。ミセス・ハーパー、ご存じのとおり、大半の男性は女性に手柄を取られるのを嫌がります。たとえ、その手柄が実際に彼女のものだったとしても」

「たしかに簡単ではなさそうですね。でも、本当にその道しかないのでしょうか。パティキュラー劇場は、あなたが書いた戯曲を何年も上演して大成功を収めてきました。あなたは劇団員からも尊敬されているでしょう。真実を明かしたからといって、長年の功績が無に帰すことはないのでは？」

ミス・ドレイクは笑ってかぶりを振った。「可愛い方ですね。脚本がすばらしかったとしても、すべては見せ方次第です」

ベアトリスはまたもや心を動かされた。自分にも覚えがあったからだ。つい先週、プジー卿の政治サロンで男性陣が、ミセス・パーマーが所得税廃止の議論をしたときには無視したのに、顎の細い男が同じ議論をするときには熱心に聞き入るのを、軽蔑の目で眺めていた。

どちらも腹が立ってしかたがない。

この怒りは、劇場のオーナーを殺人に駆り立てるほどのものだろうか。ミス・ドレイクは後世に名を残すと宣言した。つまり、同時代の嘲笑に耐えることで、未来の世代から称賛を受けようとしているのだ。じゃあ、ホブソンが今真実を曝露して彼女の長期的な計画を台無しにすると脅したらどうだろう。トランプを一枚一枚積み上げて作った家は崩れ落ち、そうなれば次はない。同じ嘘で二度だますことはできないのだから。

そうした状況では、ミス・ドレイクの驚くほど綿密な契約書があだとなる。いかに計画的な嘘だったか、どれほど熟考された策略だったかがわかってしまうからだ。ホブソンがもっと金を引き出したかったら、新聞に契約書を公表すると脅すだけでいい。でも今までの調査では、差し迫って現金を必要とすることを示す証拠は出ていない。それに契約を維持していれば、リスクなしにじゅうぶんな報酬を受け取ることができる。

でも必要がなくても欲が出るのが人間だ。ベアトリスは冷めた気分で思った。おっと、長いこと黙り込んでしまった。ベアトリスは、恥ずかしそうな顔を作って言った。

「わたしとしたことが、甘い考えでした。いつもは人間の本性はもっと暗いものだと心得ているのですが。実際、この契約書を見たとき、ホブソンはいつしか自分の優位に気づくのでは、と思ってしまいました」

鋭い指摘を受ければ、根っからの悪党も、不安になって目が泳いだり筋肉がぴくりと動いたりするものだ。でも、ミス・ドレイクが顔を輝かせているのは、いったいどういうわけだろう。

ミス・ドレイクは満面の笑みを浮かべ、好演に大満足したように拍手と歓声を送った。

「ミセス・ハーパー、ブラボー！　物語を作り出す天才ね。凡人は修行を積まなければ、それほど陰湿な筋書きは思いつきませんから。さて、わたしは自分の秘密を守るために、ホブソンに何をしたのかしら。熊手で刺した？　それとももっと突発的な出来事だったのでしょうか。脅す彼を説得するうち、議論はにわかに激しさを増し、わたしが彼を突き飛ばすと、彼はよろけて熊手の上に落ち、息絶えた。なんて残酷な運命なんでしょう。わたしは自分を守りたかっただけなのに、殺人犯になってしまうなんて！　でも運命の神さまってそういうものよね。わたしたちをチェスの駒みたいに好き勝手に動かす。人間は自分をクイーンだと思っているけれど、実はポーンにすぎない。ねえ、あなたの筋書きでは、わたしはどんな理由で厩舎までホブソンのあとをつけたの？」

ミス・ドレイクは考えにふけり始めた。ベアトリスは判断がつかなかった。わたしの推論を馬鹿にしたのだろうか。それとも、痛いところを突かれてごまかそうとしているのだろうか。

「自分に疑いの目を向けさせないためだったんでしょうね」ミス・ドレイクはひとりごとのようにぶつぶつと言った。「だって誰もが最初に尋ねるのは、どうして厩舎なのか、という点だもの。つまり、厩舎で犯行に及ぶことで、いっそう謎が深まる。事態が混乱する。殺人犯の最初の目標はそれよね。とすると、厩舎を犯行現場に選んだわたしは、なんて賢いのかしら。だって、まったく必然性がないもの」満足そうにうなずく。本当に自分の狡猾さに感心しているみたいに。それからため息をつくと、ベアトリスを見て、心底悲しそうに眉根を寄せた。今日最初に見せた表情と同じだけれど、似ても似つかないと感じる。「あなたに気に入られたいのはやまやまだけれど、わたしを豊かな発想の持ち主だと思わせるわけにはいきません。実際はつまらない人間ですから。どうぞ証明させてください」

ミス・ドレイクは穏やかな笑みを浮かべて立ち上がり、ドアを開けてスミートンを呼ぶと、演出家を連れてくるよう頼んだ。

「すぐに来るはずです。ほんの三十分前、ヴォークスさんにしつこく城壁を確認させているのを見かけましたから。ほら来た。ミスター・ロウ、ハーパー夫妻はまだ紹介していませんでしたよね。バースの投資家で、うちの劇場に興味を持ってくださっています。ちょうど、火曜の午前中の稽古の話をしていたんです。あなたが道化師の動機がよくわからないと言って、今すぐ脚本を書き直せと命じたのは、あの稽古の最中でしたよね？」

ミス・ドレイクの口調は淡々として、非難の色はまったくなかったが、ロウは激しく責められたと思ったのか、ぎりぎりのタイミングで改稿を要求したことを一所懸命に弁解しだした。「すべての要素が揃うまで、作品の真の力はわかりません。セット！　小道具！　衣装！　脚本はもちろん重要です。セリフは物語を支える壁ですから。でも一つの要素にすぎない。上演したときの力強さは、すべての要素が組み合わさり、渾然一体となって意味をつむぎ出し、感情が吹き込まれることで生まれる。だから、物語の魂たるヤーコポが王族の前で道化の帽子をかぶり、杖を振り回す姿をこの目で見るまで、作品のコンセプトが機能しないと気づけなかった。愚かな道化師は偉大な悲劇俳優になりたいと語るが、帽子の先についた鈴がチリンチリン鳴るたび、観る方は馬鹿な夢だとしらけてしまう。なぜ、胸の痛みが伝わらないのか？　それは、果てなき渇望の理由がわからないからだ。大事なのは根拠。胸の痛みの根本が明かされなければ、物語は、血迷った愚か者の小話になってしまう。そんなことは許されない！」

ロウが話す間、ミス・ドレイクは、ハーパー夫妻も熱血漢の演出家には慣れていると思ったのか、うんざりした顔で目くばせをした。

それからロウの気が済んだのを見て取ると、落ち着いて言った。

「改稿に反対した覚えはありませんよ。むしろ、あなたの指摘は正しいと言って、稽古の休憩時間に事務所へ戻って独白のセリフを書き直したじゃないですか。一時間ほどかかると伝えましたよね。ロウさん、実際、一時間で終わりましたか」

演出家は今度は少し気まずそうな表情を浮かべ、背中を丸めてつぶやくように言った。「いいえ」

「それはなぜですか」

「わたしが進み具合を確認するためにちょくちょく邪魔をしたから」ロウはおとなしく非を認めた。それから気を取り直して続ける。「初日まで時間がなかったから、間違った方向に修正させるわけにはいかなかったんです。しっかりと監督する必要があった。だから謝りませんよ」

ミス・ドレイクがじっと我慢して聞いている様子を見ると、ロウは普段から謝罪をしない人間らしい。彼女は大きくうなずいて、お礼を言った。期待どおりの答えをくれたからだったが、ロウは脚本への意見を感謝されたと勘違いしてえらそうに言った。

「それが仕事ですから。いくら迷惑がられても、良心に従って最善を尽くしますよ」

「ええ、そうでしょうね」ミス・ドレイクはあきらめたように言った。「わかっていますとも。ではお引き取りいただけますか。ハーパー夫妻との話し合いがまだ残っていますので」

ロウは急に邪魔者扱いされて戸惑いつつも、事務所を出ていった。ミス・ドレイクはドアを閉め、ベアトリスの向かいに腰を下ろした。

「これでご納得いただけたでしょう」穏やかに言った。「想像をたくましくするのも無理はありませんわ、ミセス・ハーパー。わたしが盗作をしたと信じて今日ここに来たから、わたしの身の潔白を受け入れられず、新たな罪を負わせようとしたのでしょう。気持ちはよくわかりますし、わたしも現実的な考え方に固執していなければ、同じく突拍子もない妄想をしたかもしれません」

妄想ですって？　ベアトリスははらわたが煮えくり返る思いだったが、冷静な態度を絶対に崩したくなかったので、反論するのはやめにした。その代わり、にっこりとほほ笑んで、つまらない推測で傷つけたことを謝った。

「考える前に口を突いて出ることがあるんです」そう言いながら、ミス・ドレイクとロウが共犯である可能性について考える。ふたりともホブソン殺害に絡んでいるなら、事前に口裏を合わせているだろう。どちらから先に話を聞いても同じ答えが返ってきたはずだ。

ふたりが共犯の確率はどれくらいだろう？

それは、演出家にどんな動機があるかによる。彼も強欲なホブソンの犠牲者だった可能性はあるだろうか。あるいは、ミス・ドレイクを守ろうとしたとか？

いや、ふたりが恋人同士だとは思えない。ミス・ドレイクの態度を見れば明らかだ。いらだっているだけで、愛情のかけらも感じなかった。

「謝らないでください」ミス・ドレイクはさらりと言い放った。「殺人犯だと言いがかりをつけてくださったおかげで、今後よりよい関係を築けそうです。わたしが公平で冷静なパートナーになり得ると示せました。寛大な性格は評価に値するはずです。投資を五十ポンド増額する価値があるでしょう。いえ、控えめすぎるかもしれませんね。百ポンドでどうでしょうか。思い切って百五十ポンド？」

金額をつり上げるごとに、声は大きくなり、熱を帯びていった。まるで、クリスティーズのオークションで後方のバイヤーをあおる競売人のようだ。自分が始めたゲームで大胆になったミス・ドレイクは、さらに五十ポンド上乗せして、父親の同意を取りつけると誓ってから、右手を上げてベルを鳴らすような仕草をした。「落札！」

いや、ベルじゃない。オークションで落札を告げるときは、ハンマーを振り下ろすはず。ハイドクレア家は、亡くなって間もない貴族の宝物を見るのに興味はないし、ましてや購入しようなどとは思わないから、オークションに参加したことはなかった。でも、仕組みくらいは本で読んで知っている。

ベアトリスがベルのことを考え続けるなか、ミス・ドレイクは手を下ろし、契約を迫った。公爵は嘘の交渉も演技と割り切ることができず、毎年一定の割合で投資額を増やす代わりに、自分たちの取り分も増やすのはどうかと提案した。

ベアトリスの頭にはまだベルの音が響いていた。分厚い合金で鋳造され、信者を礼拝に呼び寄せる教会の鐘のような深く響き渡る音じゃない。ずっとかすかで、軽やかで、シャランシャランという感じの、そりの馬につける鈴の音のような。

それだ。馬の鈴の音だ。

いや、馬の鈴の音じゃない。だってさっきロウが、道化師が偉大な悲劇俳優になりたいと独白をする間、帽子の鈴がチリンチリン鳴っているのがしらけると言うのを聞いたばかりだもの。

だから頭の中で鳴っているのは道化師の帽子の鈴の音だ。

とはいえ、二つの鈴に違いなんてあるのかしら。同じ鋳造所で作った同じ鈴で、使い道が違うだけじゃない？

「毎年十パーセントの増額でどうですか」

「フン、笑わせないでくれ。三パーセントなら」

そもそもどうして、馬の鈴だの道化師の帽子の鈴だのが気になるのだろう。

ミス・ドレイクが大胆不敵さを誇示するように帳簿を叩く。

「少なくとも七パーセント」

ベアトリスは、ちゃんと椅子に座っているのになんとなくぐらぐらする気がして、ミルフォード・レーンの厩舎の寝室で本を踏んで滑ったときの感覚を思い出した。サラブレッドの育て方についての古びた本を踏んづけて――下からそりの馬につける鈴が出てきた。

あれは馬の鈴じゃなかったんだ！

ベアトリスは、レイサムを犯行に結びつける証拠に気づいて息をのんだ。いや、でも彼が犯人のはずはない。問題の時間には楽屋で昼寝をしていたと、スミートンが証言していたもの。二時にソファで寝ていたと。

でも本当にそう言っていた？

スミートンの言葉を正確に思い出さなくちゃ。明かりの消えた楽屋をのぞいて、とかなんとか言っていなかったっけ？

のぞく、というのは普通は部屋の入口から中を見ることだ。

誰かがソファで寝ているのをスミートンが見たのは間違いないけれど、だからといってレイサムを見たことにはならない。他の人にブランケットにくるまるよう頼んで、自分だと見せかけることもできた。入口から暗い部屋の中を見ただけでは、違う人だとは気づかないだろう。大英博物館のキリンの剝製だったとしてもわからなかったかも。

いやいや、さすがに気づくでしょ。キリンの体は人間の男性の体格とは似ても似つかない。でも別の動物なら？　たとえば、シマウマとかライオンとか。

そうだ、ライオンだ。ベアトリスはレイサムの楽屋の壁に下がっていた衣装の数々を思い浮かべた。あの中にライオンもあった。

そういえば。ハッと体がこわばる。地下の倉庫でライオンの衣装の残り半分を見た。

と、ありえない考えが頭をよぎった。

いや、ありえなくもないんじゃない？

昨日、地下の倉庫で、悪魔の橙色の目のくぼみに怯えていたとき、ミス・ドレイクが衣装デザイナーの腕前を褒めていた。〝今は悪魔の頭ですが、もとは『夏の夜の夢』のロバの頭でした。『花か偽造か』ではライオンの頭に作り替え、昨年の『悪魔が目覚める』でドクター・ファウストを悪魔のように見せる必要が生じたときには、こんなふうに作り替えてくれました。また次の出番が来るまで、ここに保管しておくんです〟

でも、ずっと倉庫にあったわけじゃないのでは？　すぐ隣のプルチネッラのマスクには分厚く埃が積もっていた。でも悪魔のかぶり物には積もっていなかった。

ということは、誰かが棚から持ち出したのだ。埃を払い、レイサムの楽屋のソファに置いた。

筋は通るけれど、突飛すぎる。だって、どんな理由があってレイサムは役者仲間を殺したというの？　誰に話を聞いても、ホブソンはおべっかが得意な人物で、あの手この手でレイサムを喜ばせようとしていた。ミス・カルコットによれば、ごますりの名人で、レイサムの虚栄心を満足させるのにぴったりの存在だった。

自分の限界を理解する知性すらない十人並みの俳優だと教えてやったとか？　それ以外に、ホブソンがどうやって友情を損なえたのかわからない。しかも、劇団員から不仲のうわさは一つも聞こえてこなかった。これは大きなポイントだ。だってスミートンが言ってたもの。〝秘密がないので、わざわざでっち上げるんです〟

それに劇場の音響はひどいもので、設計に不備があるせいで変な音の伝わり方をする。ミス・カルコットはなんて言ってた？

〝舞台の音は二階のボックス席まで届かないのに、楽屋ではテーブルに台本を落とす音まで響くんです〟

とすると、ふたりは激しく仲たがいしていたわけではない。亀裂があったとしたら、ごく小さなものが一気に広がったはず。原因はレイサムの不満だろう。ごますりタイプのホブソンは、きっと簡単には怒らないだろうから。ホブソンが優位に立てる点は、パティキュラー劇場が誇る劇作家だったということだ。スティーグルとゴフトンが言っていたように、レイサムはつねによりよい役を求めていたのだから。

それが争いの原因になった可能性はあるだろうか。レイサムがもっといい役をくれと要求し――もっとセリフを多く、もっとかっこよく、もっと感情豊かな役にしてくれ――ホブソンは実際の作者ではなかったので、要求に応じることができなかったとか？　拒否されて腹を立て、とりわけ太鼓持ちのホブソンから断られることに慣れていなかったレイサムは苦々しい気持ちを抱き、だんだんと怒りが膨れ上がって、最後には、ぼくの光を浴びられるだけで幸運なのにプライドを傷つけるなんて許せないと思うに至り、計画を練った。

一応、仮説としては成り立つけれど、いい役がもらえなかったくらいで、相手を殺すとは思えない。きらめく宝石のような役だったとしても――。

と、パズルの最後のピースがパチッとはまるように、全体像が見えた。

そうだ、きらめく宝石だ！　レイサムは、ホブソンとタヴィストック卿の家令の会話の一部を盗み聞きして、伝説のダイヤモンド〈グレート・ムガル〉の話を信じたのだ。

そして、それはレイサムだけじゃなかった。フェアブラザー。自宅のソファの隣のテーブルにペルシャの歴史についての本があったのは、彼もダイヤモンドの話を信じたからだ。整然と積んである本を調べたとき、幅広い趣味だと感じたけれど、今思えばあの本だけが異質だった。

ベアトリスは、ミス・ドレイクの好意的な提案も無視して、体の内側から突き動かされるように公爵の腕をつかんだ。公爵は動じずに穏やかな声のまま、ミス・ドレイクの理性的な対応に礼を言い、五パーセントを提案した。

「しかし、これが最後のオファーだ。父上の説得を頼みましたよ」公爵がそう言いながらすっと立ち上がると、ベアトリスも跳び上がるように立った。「もうしばらくここにいて、劇場見学の続きをしてもいいでしょうか。昨日は会えなかった人もいたので」

ミス・ドレイクはベアトリスの奇異な振る舞いは気にかけず、自分も立ち上がった。

「ぜひどうぞ。お好きなだけ、すみずみまでじっくりご覧ください。隠すべき秘密はありませんから」でも、少なくとも一つはある。手の込んだ嘘をついて盗作疑惑と引き換えに脚本への信頼を得たことを思い出したのだろう、あらためて弁護士のポッツを訪ねるように言った。「わたしの話がすべて本当だと証明できるはずです」

ベアトリスは、早くレイサム犯人説を検証したくてたまらなかったが、急いでいる様子を気取られないよう、「近いうちに連絡してみます」と穏やかに応じた。ミス・ドレイクがドアまで見送る間も優雅な笑みを浮かべ、公爵が架空の我が劇場について社交辞令に応じる間も辛抱強く待った。

もう我慢できない。今すぐ大声で告げたい。レイサム！　レイサムだったのよ！

そしてやっとミス・ドレイクが事務所に引っ込み、廊下で公爵とふたりきりになった。ああ、長かった。もう一秒も無駄にできない。ベアトリスは公爵の腕をつかみ、廊下を進んで事務所の前を離れた。

「犯人はレイサムです」小声で告げる。「あのまぬけな男は〈グレート・ムガル〉の話を信じて、宝石のありかを教えないホブソンと激しい口論になったんです。彼が捜していたのはダイヤモンドだったんです」

公爵が何も意見を言わないまま、レイサムの楽屋の前に着き、ベアトリスは手早く一度ノックをした。さらに一度、念のためにもう一度。返事がないとわかると、ドアを開けて中へ入り、奥までずんずん進んだ。壁際には衣装が無造作に置いてある。フックに吊るしてあるもの、箱に放り込まれているもの、椅子の上に投げ出されているもの。

ここに鈴の取れた道化師の帽子があるはず。ベアトリスはそう確信していた。昨日、たしかに道化師の衣装を見た。いろんな色が交じった衣装で、赤い縁取りがしてあり、ズボンは左右の丈が違う。

目的を理解した公爵は、何を捜せばいいのかと尋ね、答えを聞くと納得したようにうなずいた。

「馬の鈴か」つぶやくように言う。

「ええ、そうです」険しい顔で答えながら、騎士のチュニックを脇へ押しやると、王のローブが出てきた。「そりの馬につける鈴です」

衣装の山には、見る限りなんの秩序もなかった。司祭服の下からマハラジャのドーティが出てくるし、そのさらに下からは判事のガウンや軍服が出てくる。次から次へと引っ張り出すたび、ミス・ドレイクの評価が下がっていく。レイサムの衣装がぐちゃぐちゃなのは、彼女の監督不行き届きだ。地下の倉庫の整然とした棚を思い出す。ミス・ドレイクは、何一つ無駄にしない劇団だと自負していたのに。

どこがよ。ベアトリスは皮肉めいた気分で思いながら、木箱を壁際からどけて、問題の帽子がうしろに落ちていないか確認した。レイサムの楽屋はしわくちゃのジャケットとコートの墓場だ。

捜し物が木箱のうしろにも下にもなくていらだったベアトリスは、思わず口走った。「んもう、むかつく!」

と、背後からクスクスと笑う声が聞こえた。心臓が跳ね上がる。振り向くと、レイサムがゆっくり近づいてくる。手にはピストルを持ち、こちらの心臓をまっすぐに狙っている。

「ぼくもそんな気分ですよ、ミセス・ハーパー」

16

銃を目にした瞬間、恐怖がベアトリスの全身をつらぬいた。熱さと痛みと痺れをいっぺんに感じ、息が止まりそうになる。公爵が危ない。指揮を執るのが当たり前の公爵。あらゆる状況を支配できると思っている公爵。ボクシング元チャンピオンのジャクソン氏とよくスパーリングをしているから、役者相手なら自分の脚本通りの試合運びをして余裕で勝てると思っている公爵。わたしを救うヒーローになるためなら、どんな愚行もいとわない公爵。

公爵が死んでしまうかも。

自分の身は心配じゃない。

わたしは何度も危険な目に遭いつつ、毎回自力で切り抜けてきた。火打石式銃を突きつけられるほどのピンチはなかったかもしれないけれど、トーントン卿に首をへし折られかけたときには、松明で殴って髪に火をつけ、そのまま公爵との婚約にまでこぎつけた。

湖水地方でアンドリュー・スケフィントンに荒れ果てた小屋に閉じ込められたときも、冷静に対処できた。ひとりで壁板を少しずつ壊して脱出した。

でも今回は……。

認めるしかない、今回のピンチはこれまでと違う。ベアトリスは、レイサムが興奮に顔を輝かせているのを見てそう思った。ゴシック小説の主人公のようなハンサムな顔立ちが、その完璧さゆえにかえって不気味に見える。底知れぬ闇のような瞳がぎらぎらと光っている。脚が震えた。でも公爵のほうを見てはいけない。わたしがすくみ上がっているとわかったら、恐怖を取り除こうと、後先考えずに行動してしまうから。

公爵はすぐ近くにいた。左側に一歩か二歩の距離だ。手を伸ばしそうになる。でもだめ。ベアトリスはぎゅっとこぶしを握ってこらえた。

レイサムは二本並んだ銃身越しにベアトリスを見据えながら、その魅力的な顔の表情をやわらげ、またクックと笑った。

「ぼくの持ち物をあさる姿を見ても驚きはしないよ。スティーグルがバースにアデルフィ劇場なんてないと言うのを聞いた瞬間から、ペテン師ふたり組だとわかっていたさ。ひと言、アドバイスをしよう。次に劇場のオーナーのふりをするときは、実際に存在する劇場名を語りたまえ」ふたりの失敗を心底残念がっているように首を振ってみせる。「タヴィストックなら、もっと頭の切れるやつを雇えると思ってたよ。あれだけ広大な敷地や屋敷を持っているんだから。でもぼくと同じく、ポケットはすっからかんなのかな。それなら、ダイヤモンド捜しに躍起になるのも納得だ」

フリントロック銃を突きつけられた状態でタヴィストック卿の名前を聞くのは、奇妙な感じもするし、当然という感じもした。わたしの破滅計画を立てた男は、試合からわたしを退場させようとした。でも、こんなに残忍な方法で目的が達成されるとは予想していなかったはず。まあ、わたしのことなんてどうでもいいだろうけど。

わたしはチェスの駒でいえばただのポーンで、適当にさっと片付ければいい。

でもケスグレイブ公爵は違う。

全然違う。

公爵は大事な駒、価値のある駒、ナイトやビショップに守られるべき重要な駒。その公爵がわたしと一緒に盤上から払い落とされるなんて、運命の皮肉に息ができないほどだ。

タヴィストック卿は自分が何をしでかしたか、知るときが来るだろうか。

ベアトリスは胸いっぱいに無理やり空気を吸い込んだ。知るときは必ず来る。このわたしが思い知らせてやる。そう、タヴィストック卿には、自分の嘘と策略がもたらした結果を知る義務がある。役者の死なんて自分には関係ないですって？　大ありですよ！

でも、どれだけはっきりした線でタヴィストック卿とこの瞬間が結びついていたとしても、卿にはそれが理解できないだろう。

レイサムはベアトリスの様子が変わったことに気づき、銃の撃鉄を起こして言った。

「よく考えろ。体当たりするなんて馬鹿な真似はよせよ。舞台の小道具だと思っているかもしれないが、これは本物の銃で、おまえの心臓に弾をぶち込むことができる。一週間前、ホブソンにはダイヤモンドのありかを吐くつもりがないとわかったときに入手した。かなりいらついたよ。ぼくの命令を拒否するなんて初めてだったからね。あの薄汚い厩舎の部屋で詰め寄っても拒否し続けた。ダイヤモンドの話はある女を破滅させるための嘘だと言ってぼくをだまそうとした。そんな大ぼらを信じるほど阿呆じゃねえよ！　このまぬけ！　ホブソンもダイヤモンドを捜していたに決まってる。お互いわかってたさ」

レイサムが話す間、ベアトリスの頭にはいくつもの考えが駆けめぐっていた。次から次へとひらめき、飛び交っていた。フリントロック銃はたしかに本物らしい。レイサムが動かしたとき、かなり重そうだったから（それにしても、火打石と鋼と酸化鉄でこんな武器ができるなんてすごい）。レイサムの説得を試みるのは時間と労力の無駄だろう。ホブソンの死は、想像よりはるかに悲惨なものだった。作り話の中の現実にはありもしないダイヤモンドのために死ぬなんて。わたしならごめんだ。そしてベアトリスは、最後にこう思った。レイサムという男は、どれだけ的外れなんだろう。この頭の鈍い悪党は、無駄に殺人をおかした。ホブソンをまぬけ呼ばわりしていたけれど、まぬけはそっちだ。

ミス・ドレイクの事務所で、レイサムの動機に気づいたとき、彼の馬鹿さかげんを理解したと思っていた。でも彼の愚かさは底なしだと今わかった。死に瀕した男が説明しても信じないなら、どう話しても信じないだろう。

そう、顔がいいだけのお馬鹿さんを説得するのは無理。

だったら、餌で釣るのはどうだろう？

レイサムは借金まみれだし、公爵なら小金を渡すくらい痛くもかゆくもない。欲しい金額を言わせてみようか。

シンプルな名案だと思いつつ、金を渡すだけでは済まないとわかってもいた。こちらの正体を明かせば、それはそれで厄介だ。今よりもっと命が危険にさらされるかもしれない。レイサムがあけっぴろげに告白をしたのは、わたしたちふたりのことを、タヴィストック卿がダイヤモンド捜しに雇った無名の輩だと思い込んでいるからだ。社交界の人間に殺人を自白したとわかったら、どんな反応をするか想像もつかない。

きっと好ましい反応ではないだろう。

レイサムはベアトリスが何か考え込んでいるのに気づき、たしなめるように舌打ちをした。

「ホブソンみたいに馬鹿な真似をするのはやめておけよ。ミセス・ハーパー、銃の先を見る目つきで、撃たれる前に体当たりで倒せる可能性はあるかと考えているのは丸わかりなんだぞ？　おまえの計算なんてばればれなんだぞ？」上唇が軽蔑にゆがみ、笑い声がうつろに響いた。「タヴィストックはどこの裏通りでおまえを見つけたんだ？　そう思わずにはいられないくらい無能なやつだな」一歩、また一歩と近づいてくる。左腕を体の脇からおぞましい速さで伸ばし、ベアトリスの肘をつかむと、ぐるりと半回転させて背中の肩甲骨の間に銃口を突きつけた。「教えてやろう。答えはゼロだ」体当たりされる前から激昂して、ぐっと銃口を押し当てる。怒りが激しさを増し、銃口を押しつける力も強くなる。「撃たれる前にぼくを倒せる可能性はゼロだ。ホブソンとの対決で学んだんだよ。あいつはぼくの手からピストルを叩き落とし、無意味な取っ組み合いを仕掛けてきたから、ぼくは薪ばさみを握らざるを得なくなった」

レイサムはベアトリスを捕まえて、事態を完全に掌握できたと思ったのだろう。次に口を開いて「地下室まで散歩でもしようか」という声には、自分が何をしているかはっきりと理解している男の静かな自信がにじんでいた。

でもわたしを回転させたのは間違いよ、とベアトリスは思った。目の前に公爵がいる。彼の青い瞳を見つめる。深く美しいセルリアンブルーの、炎のように燃え、氷のように冷めたその瞳を。すると、こちらも冷静になってくる。銃口を押し当てられたときのパニックも（タンブラーとシア・スプリングというシンプルな構造で成り立つなんて、フリントロック銃はまったく見事な発明だ）、ぐちゃぐちゃだった頭の中も、公爵の姿を見た瞬間にすっと収まり始めた。

公爵と目が合ったのは一瞬だった。レイサムがすぐにまたベアトリスを半回転させ、ドアのほうへ体を押しやった。廊下に出ても騒ぐなと公爵に警告する。

「少しでも声を出せば、引き金を引いて、お仲間の心臓に弾をぶち込むからな」ことともなげに言う。「そうなれば、数秒はもっても、数分のうちに死ぬだろう。ハーパー、これで脅しはじゅうぶんかな？　まだ大声で助けを呼ぼうと思っているなら、この銃には銃身が二本あるのを見てほしい。一発撃ったあと、すぐにもう一発撃てるってわけさ。おまえたちふたりは、悲劇の事故の犠牲者になる。ぼくが小道具部屋から取ってきた銃は、なんと本物だったんだ。真実を知ったぼくの恐怖を想像してみろ。恐ろしい！　ぞっとする！　魂に汚点を抱えて生きていかねばならないとは。なんたる苦悩！　なんたる悲劇！　ぼくは生きていけるだろうか？」深くため息をつく。この先の惨めな人生に思い悩むように。「ああ、生きていけるさ。簡単じゃないだろう。ぼくは挫折を繰り返すだろう。絶望のあまり、寝床から起き上がれない日もあるかもしれない。でも、腕を動かし、脚を動かし、まどろみの沼から這い出すだろう。選択肢は他にない。わたしたちのために頑張って、と大衆がぼくを呼ぶ。そして、ぼくは応える」がくりと首を折る。立ち上がれないほどの重荷を受け止めるかのように。「ぼくは大衆のために生きる」

レイサムはこの未来の妄想を妙に気に入っているようなので、ベアトリスは心配になった。妄想を現実にするためだけに、わたしたちを廊下で撃ち殺すんじゃないかしら。

なんてまぬけな死にざまだろう。

ベアトリスは一世一代の大役からレイサムの気をそらそうとして言った。

「ダイヤモンドを捜すために協力するのはどうかしら。お互い、自分だけでは発見できなかったわけだから」

レイサムは鼻で笑った。「思ったとおりだ。おまえらがタヴィストックに忠誠を誓う理由がないもんな。ごろつきふたり組がダイヤモンドを持って大陸へ逃げたと作り話をしても、タヴィストックはあっさり信じるだろう。やつはダイヤモンド捜しをあきらめるか、それとも裏切り者を捕まえに行くか？　イタリアへ、ギリシャへ。あるいはポルトガルやフランスへ。逃亡先はまだ決めてない。アメリカはどうかな。いや、遠すぎて追う気が失せるといけない。ぜひとも貴族さまには架空の逃亡者をご追跡いただきたいからね。いずれにしろ、タヴィストックはおまえらを追ってロンドンからいなくなる。これでぼくは誰にも邪魔されず、ダイヤモンドを捜せるってわけさ。見つける自信ならあるよ。じいさんが孫娘に送った手紙を持っているんだ。タヴィストックは知らない。ホブソンはいつものファンレターみたいにその手紙を捨てたんだが、タヴィストックは知る由もない。でもぼくは見つけたし、ヒントが詰まっているとわかっている。まぬけな老いぼれが！　アセニーアムみたいな低級劇場の尻軽女優にそそのかされて、大事な宝石捜しにホブソンのようなのろまを雇うなんてな」

ホブソンが盛り上がりに欠けると言ってごみ箱行きにした手紙の話を聞きながら、

ベアトリスは笑いだしそうになった。タヴィストック卿のくだらない想像の産物のせいで命を落とすなんて、わたしにおあつらえむきの死に方だ。わたしはペンをさっと走らせるだけで、用済みになった幻の恋人セオドア・デイヴィス氏を死亡させたのだから。これってもしや、彼の復讐？

ベアトリスは深く考えずに公爵を振り向いた。公爵もきっと、この状況のくだらなさに笑いたい気分のはず。でもレイサムは、許可なく動いたことにかっとなり、銃を持っていないほうの手でベアトリスの頬を平手打ちした。頭が吹っ飛びそうになる。恐怖に目をつむった。絶体絶命だ。撃鉄が起きる。シア・スプリングが嚙み合う。解放寸前のタンブラー。公爵の怒り。レイサムの動揺。ただ一度の咳や、体のちょっとした動き。

どれかが、あるいはすべてが揃って命を終わらせるかもしれない。

でも、その瞬間は訪れなかった。

一秒が二秒になり、二秒が三秒に、そして四秒になったとき、ベアトリスはただそう思った。

決定的瞬間は訪れず、ベアトリスは生きていた。

だけど、すぐに安心できるわけもない。じっと息を殺して、頭が冷静になるのを待つ。レイサムは、さっさと部屋を出たいみたいだ。ドアを開け、声を出すなと念を押す。

「いいか、声を出せばバンバンだ」レイサムは言った。「ぼくは暴力が嫌いなんだ。だから撃たざるを得ない状況を作り出したら、怒りも倍になる」

楽屋の前の廊下には誰もいなかった。でも舞台のほうからロウとヴォークスが城壁の安定性について議論する声が聞こえてくる。ふたりの声ほどはっきりしてはいないけれど、ミス・ドレイクが新しいペン先なんて注文していないと言う声や、チャタレーが衣装が破れていると文句を言う声も聞こえる。

廊下を歩いて進むのは簡単じゃなかった。まわりではみんな普段どおりに過ごしているのに、自分の背中にはピストルが突きつけられている。死を覚悟した瞬間の恐怖でまだ体が震えている。膝に力が入らない。でも銃の引き金を思い浮かべると、足が前に出る。地下室へ続くドアを抜け、暗いらせん階段を下りていく。

階段の上の廊下の光は弱かったけれど、地下の壁の蠟燭立てが見える程度には明るかった。レイサムはいらだたしげに、蠟燭に火をつけろと公爵に命じた。公爵は壁に備え付けられた蠟燭入れから火打石と火口を取り出し、落ち着いた手つきで火を灯した。小さな光の輪がぽっと細い廊下を照らし出す。廊下は三股に分かれていた。右側を行けば、昨日ミス・ドレイクが案内してくれた衣装用の倉庫があるはずだ。

レイサムは銃を持っていないほうの手で蠟燭を燭台から取り、左へ行けと公爵に指示した。ベアトリスもあとに続いて、不安定な砂利の廊下を慎重な足取りで進む。

「ぐずぐずするな」

レイサムに銃で背中を乱暴に押されて、痛いくらいに心臓が跳ね上がる。最後はうっかりミスで殺されそうだ。ベアトリスはそう思ってうんざりした。レイサムはどう見ても、フリントロック銃という武器の繊細さをわかっていない。

つきあたりに来ると、レイサムは公爵に右へ曲がれと命じた。そしてすぐに左へ。また右へ。角を曲がるたび、ベアトリスは上が劇場のどの場所かを突き止めようとした。それがわかったからといって、どうにもならない。いくら大声で叫んでも、上の人には聞こえないだろう。砂利の床と厚い壁が、いっさいの音を薄暗い地下に閉じ込めている。発砲してもたいして響かず、わたしたちの命を奪うのにぐぐもった音がするだけだ。

銃殺にぴったりの環境だけれど、レイサムは実際に撃つ気はなさそうだ。暴力は嫌いだと宣言していたし、殺すならもっと簡単な方法がある。どこかの部屋に閉じ込めて、勝手に死ぬのを待てばいい。

いや、そんなはずはない。恐怖が膨れ上がるなか、ベアトリスは自分にそう言い聞かせた。レイサムは誰にも見られないように、秘密の出口からわたしたちを連れ出そうとしているのかも。

でもそれははかない希望だとわかっていた。ポルトガルやフランスへ逃亡したと見せかける話をしていたから、殺そうとしているのは間違いない。とすると、別の場所に連れていって殺せば、発見のリスクが高まるだけだ。

忘れ去られた隅の倉庫を見つけて、ドアを閉めるほうがずっといい。

問題解決。

そう思ったと同時に、廊下のどん詰まりに到着した。もう左にも右にも曲がれない。レイサムは公爵を脇へ押しやり、自分でドアを開けた。

「我が家のようにくつろげそうだ」上機嫌で言う。

たしかに。ミス・ドレイクに案内された、醜い仮面や動物の頭が棚に並んだ部屋より、実際ずっとくつろげそうだ。蠟燭のぼんやりした光では正確な広さはわからないが、仮面の倉庫より小さい部屋で、保管されている物の数も少ないようだ。奥の壁ほぼいっぱいに大きな本棚があり、左右の壁には、丸みを帯びた蓋のついた、大小さまざまな収納箱が並んでいる。

部屋の物はどれも、荷物を詰めたら忘れられるようにできている収納箱さえ、何十年も前に見捨てられたような寂しい感じがした。最近の公演の衣装でいっぱいの衣装用倉庫とは真逆の印象を受ける。

埃が五センチ積もっていても、驚きはしないだろう。

レイサムは部屋に入ってドアを閉めた。滑稽なほど慎重だ。クフ王がギザの大ピラミッドの奥に眠るように、わたしたちは劇場の最深部にいるというのに。

このじめじめした小部屋が棺になるのね。

早くも空気がよどんでいる気がする。

レイサムはドアの右側にある大きな箱を開け、ロープを引っ張り出した。地下に葬ろうというのは、ただの思いつきじゃなかったのだ。

今朝目覚めた瞬間から、わたしたちがここで死ぬとわかっていたのだ。

その考えはなぜか、背中に突きつけられた二連銃よりも恐ろしい気がした。

レイサムは手が銃でふさがっていたので、ベアトリスに公爵を縛るよう命じた。

まずは手首を、それから足首を。不思議な感じがした。甘やかな時間だけれど、悲しみでいっぱいになる。頬のぬくもりを感じるほど公爵の近くにいながら、その頬にキスすることはできない。薄暗い中で、ほんの一瞬、目が合った。表情はほとんど読めなかったけれど、公爵の穏やかな空気に安心感を覚えた。

このじめじめした小部屋が棺になるなんてまっぴらだ。

わざとゆるく縛ろうか。いや、だめだ。レイサムは結び目を確認するはず。船乗りの高度なロープの結び方をちゃんと勉強しておけばよかった。

せめてフリントロック銃と同じくらい、小綱結び（キャリック・ベンド）の知識があれば。

レイサムはベアトリスの結び方に満足し、彼女を本棚の反対側にどさりと落とすと、ようやく銃を床に置き、手足を縛った。素早く無駄のない手つきだった。以前は船乗りだったのだろうか。ベアトリスは、奪えないとわかりつつ、ピストルに視線を据えながらそう考えた。レイサムは手足を縛り終えると、別のロープをベアトリスの腕の隙間に通し、本棚に結わえつけた。公爵も同じようにして、どんなにぶざまな格好をしても、動き回れないようにした。

それから安堵したようにふうと息をつき、立ち上がった。

「そこがおまえたちの墓場になる。正直言って、なかなか苦労したよ。ホブソンを始末するよりずっと楽だと思ったんだけど。ぼくは血が流れるのを見て平気でいられるほど冷徹なモンスターじゃないからね。ホブソンのやつ、ぼくをあんな目に遭わせるなんて。本当につらかったよ。だから今回はもっとうまくやろうと決めたんだ。ちゃんとできたと思うよ」レイサムは同意を求めるようにベアトリスと公爵を見た。反応がないとわかると、自分の寛大さを称えだした。「ぼくはなんてやさしいんだろう。こんな安らかな死に方をさせてやるなんて。しかも蠟燭の明かりつき！　息苦しい暗闇で最期を迎えていい人間なんていないからね。〝光は正しき人に、喜びは心のまっすぐな者に蒔かれる〟（『聖書』、聖書協会共同訳、日本聖書協会、二〇一八年）だよ」

ふたりも殺そうというのに聖書を引用するなんて。ベアトリスは厚かましさにぎょっとした。腕が変な方向にねじ曲がっているせいで、早くも肩に痛みを感じつつ、驚きあきれて息をのみ、レイサムをまじまじと見た。邪悪な魂のせいで、顔まで悪魔みたいにゆがんでいる。

でも公爵は――光り輝くすばらしきケスグレイブ公爵は――大げさな引用をこの期に及んで面白いと感じたらしく、屈託なく声を上げて笑った。

「ちょっときみ、ぼくたちが死ぬのにどれくらいの時間がかかると思ってるんだい？」愉快そうに言葉をはずませて言う。「二十分？　それとも三十分かな？」

レイサムは答えられなかった。おおらかな彼は、計画の細部なんて気にしないからだ。でもわからないことを訊かれて不愉快だったのだろう、蠟燭の火を吹き消して、さっさと部屋を出た。それから大きな音を立ててドアを閉めた。夕食に出たウナギのゼリー寄せを嫌がる駄々っ子みたいだ。

レイサムがいなくなった瞬間、ロープを解きたい一心のベアトリスは、真っ暗闇で自分が結わえつけられている本棚の脚の状態を確認しようと触ってみた。ぎざぎざした箇所や、ささくれだっている箇所があれば、そこでロープをこすって切ることができるかも。

つるつる……つるつる……つるつ――。

ん、ざらざら？

ベアトリスは気になった箇所に小指の側面をゆっくりと何度も這わせた。ざらざらじゃなかった、上から下までつるつるだ。

なんなのよ！　傷一つない！　地下奥深くまで運ばれる間に、普通は何かにぶつかったりこすったりするはずじゃない？

いらいらして叫びだしたいのをこらえ、ベアトリスは努力を放棄した。壁にもたれ、疲れ切ってため息をつく。どちらにしろ、無駄な抵抗だった。太いロープを摩擦で切るには、何日もかかるだろう。レイサムが思っていたように蠟燭一本が燃え尽きるより短い時間で死ぬことはないにしろ、どのみち一週間は生きられない。探検家の伝記で、船が無風で止まったり、座礁したりしたときのことを読んだから、生存には水が不可欠だとわかっている。水がなければ、数日のうちに死んでしまう。

そもそも時間なんてわからなくなる。ベアトリスは真っ暗闇でそう気づいた。数分と数時間の区別も、昼と夜の区別もつかなくなる。

時間の感覚がなくなることは、目の前のからっぽの闇より、なぜかもっと惨めに感じられた。

闇に呑みこまれそうな気がして、ベアトリスはつぶやくように、絶望的な状況にふさわしく、悲しい深刻な声で言った。「ごめんなさい」

「何が？」公爵が心から驚いたように言う。豊かなバリトンが明るく響き、暗闇できらりと輝く。

公爵の平然とした声は、地下室に監禁されていることなんて、応接間の紅茶が冷める程度の不都合にすぎないと言わんばかりで、勇気づけられた。今までよりもっと公爵が好きになる。これまでも全身で愛していたから、さらに愛せるとは思わなかった。でも、想像力が足りなかっただけみたい。まさか一緒に監禁されることになるなんて。

ベアトリスは虚しさに襲われ、本棚に縛りつけられて座り込んだまま、体が深く沈み込むのを感じた。

しっかりするのよ、ベアトリス。そう自分に言い聞かせて、公爵の軽やかな口調を真似てみる。

「大ピンチを招いてしまったことです。レイサムの楽屋に突入して証拠捜しをする前に、一瞬でも立ち止まって考えていたら、地下室に閉じ込められることはなかったはずです」

「なるほど、でもこの三十分で、ぼくはきみのことをたくさん知る機会に恵まれた。慎重な男なら、結婚を決める前に確認しておくだろうが」公爵はからりと言った。

「たとえば、ロープの結び方がうまいこと。その腕前なら、子どもたちにせがまれて木の枝にブランコを取りつけるときも安心だ。それから、銃を突きつけられても超人的な落ち着きを保てること。その冷静な頭は将来大いに役立つはずだよ。息子がぼくに似ていたら、七歳になる前に、二度はヘイブリル・ホールの池の氷を割って落ちるだろうから」

ふっと、幼い男の子の姿が頭に浮かんだ。くしゃくしゃのブロンドに、くるくる動く青い瞳。

胸が締めつけられて、初めて涙がこみ上げる。

だめ、だめよ。

感傷に浸ったりするもんですか。

ベアトリスはふうと息を吐いて言った。

「どんな方法でも、知識を得るのはいいことだと思います。でも一つ、申し上げてもよろしいでしょうか。わたしは以前にも困難な状況で冷静な振る舞いを見せたことがあったはずです。たとえば、トーントン卿の髪に火が燃えうつったときです。わたしは首を折られかけた直後にもかかわらず、すばやく消し止めてみせました。あれは公爵さまがプロポーズを受け入れる前の出来事でしたから、結婚を決める判断材料にしたいと思えばできたでしょう」

公爵は期待どおりに笑い声を上げた。「ささいなことにこだわるタイプなのはどっちだ？」

「おっと、完全に毒されてしまったようです」ベアトリスはクスクスと笑った。一瞬でも、気持ちが軽くなる。ふたりの間に芽生えたものを思うと、今でも不思議だ。レイクビュー・ホールのディナーの食卓から始まり、こんなに遠くまで来るなんて。〝遠く〟というのは、アダムス・ストリートの劇場の地下三メートルにある倉庫という意味じゃないけれど。

とはいえ、現実には地下三メートルの倉庫にいる。そして公爵は好きなだけ悠然としていればいい。でも、やっぱりこうなったのはわたしのせいだ。

なんて理不尽なんだろう。身も心も引き裂かれそうなほど理不尽！　高慢ちきなケスグレイブ公爵が、気高い貴族であり何者をも恐れず社交界を率いる彼が、五百年の歴史を持つ家名と完璧を求められる運命を乗り越え、財産も社交性もない冴えない行き遅れ令嬢と恋に落ちた。その結果、前代未聞の悲惨な最期を迎えるなんて。公会議議長やら大蔵卿やら、ワット・タイラーの乱までさかのぼることができる高貴な先祖がいるのに、彼は無名のまま、墓標もなく、誰にも知られず死んでいくなんて。

全部、わたしのうぬぼれのせいだ。

また涙がこみ上げてきて、今度は止めることができなかった。最初はぽろりとこぼれた。それからあふれるように、涙がとめどなく頬をつたった。息ができないくらいだった。まぶたを閉じる。真っ暗闇では目を閉じても開けても同じだけれど、まだ思いどおりにできることがあると感じられる。ふと考えついて、首をかしげ、涙をロープに垂らしてみた。絶対に無理だし、馬鹿みたいだと思うけれど、水分でロープの繊維が弱くなるか伸びるかするかもしれない。

ロープの扱い方や素材の知識なんて持ち合わせていない。今さらながら悔やまれる。キャプテン・クックの最後の航海記のロープの箇所をちゃんと読んでおけば！

「だんまりかい？」

いけない、惨めな気分に浸りすぎて、公爵の言葉を聞き損ねたのかも。なんて言ったんだろう。話の流れがわからないから、推測もできない。しかたなく、息を整えて尋ねる。「何がですか」

よかった。泣いていたわりに、ほぼいつもの声が出せた。

「きみが宿敵、当時はミス・ブロアムだったノートン夫人の話をしてくれたとき、彼女の心無い言葉のせいで口をつぐんだと言っていたね。ずっと腑に落ちなかったんだ。ぼくといるときのきみは、黙ってなんかいないから。いつものごとく尊大だと批判される覚悟で言えば、大半の人はぼくといると黙り込む。ぼくの地位や威厳や雰囲気に気圧されて、うやうやしく口をつぐむ。まあ、成金やごますりや愚か者の気をくじくために、あえて威圧的な振る舞いをしている面もあるが」

公爵が話し始めたとき――忌まわしきノートン夫人のことやわたしの壊滅的な社交界デビューのことを口にしたとき――奇妙な絶望を、言いようのない孤独を感じた。公爵は、時間も何もわからなくなる恐怖について、語らせないつもりなのだ。

わたしたちは、淹れたての紅茶のポットが運ばれてくるのを待っているみたいに、くだらない話をする。そしてご立派な英国紳士らしく、頑(かたく)ななまでに超然とした態度で最期を迎える。

いや、そうじゃない。公爵も恐怖を語っているのだ。何もわからなくなる前に、気になっていた謎を解き明かして、満ち足りた気分で死にたいのだろう。

「公爵さまに殺されると思いました」ベアトリスは言った。「あの図書室で」

公爵はフッと笑った。「ああ、覚えているよ。きみは燭台を振りかざした」

「笑いごとじゃありません」ベアトリスは真剣に言った。「本当に殺されると思ったんですよ。それくらい怖かったというたとえじゃなく、実際に命を奪われると思ったんです。あの瞬間、死が迫っているのをひしひしと感じました。そして自分の臆病さにうんざりしました。これも比喩じゃなく文字どおりの意味ですが、自分の命を救うためですら叫べないくらい、自分の声を押し殺してきたという事実にうんざりしたんです。あの瞬間、わたしは変わりました。声も出せずに死ぬほど怖いことなんてありませんから。応接間のおしゃべりくらい、なんてことはありません」

今思い出しても、不思議な体験だった。ベアトリスはふとそう思った。そしてほんの一分前には考えられないことだったが、口元に大きな笑みを浮かべた。

「それから、公爵さまにはいらいらさせられました。長々とうんちくを語るし、いいつも自信満々だし、自分はなんでもできるという揺るぎない確信を持っているし、それに――」

ベアトリスはハッと息をのみ、そのせいで咳き込みそうになる。でもたしかに今、まわりの空気が動き、そっと何かが腕に触れた。

「それにロープをすり抜けることもできる。〝なんでもできるし？〟」公爵はささやくように言う。〝なんでもできるという揺るぎない確信〟を持っているからね。これでその確信が正しいと証明できたかな？」公爵の手が肩をたどって頬を包み込む。

まさか公爵の指が頬を撫でた？　恐怖と願望が生み出した幻かしら。でも自信たっぷりの話しぶりは、ケスグレイブ公爵そのもの。幻だとは思えない。

「どうやって――」

でも質問はできずじまいになった。公爵が暗闇で唇を探し当て、狂おしいほどの切実さでそれを求めたからだ。公爵の手がぎゅっと肩をつかむ。もうどこにも行かせないというように。めまいがするほど安心して、自分の発想の馬鹿々々しさに笑ってしまった。わたしは足を縛られて本棚に結わえつけられているから、どこかへ行きたくても行きようがない。

「何がおかしい」公爵はうなるように言い、ぎゅっとベアトリスを抱きしめた。「きみはレイサムの指が引き金を引こうと動くのを見続けずに済んだからな」

たしかに、そんなの見ていなかった。

「ごめんなさい」

公爵はベアトリスの体をそっと揺すった。「あの男の頭がおかしいだけで、きみの責任じゃない。謝るのはもうやめたまえ」

ベアトリスはおとなしく従うことにして尋ねた。「どうやってロープから抜け出したのですか」

「羽根ペンを削るナイフをポケットに忍ばせておいたんだ」公爵はベアトリスのロープをほどきながら答えた。「覚えているかな、レイサムが銃を手に入ってきたとき、ぼくはごみ箱をあさっていて、隣に小さなテーブルがあった。その上にナイフを見つけたんだ。役に立つかもしれないと思って、ポケットに滑り込ませた。レイサムはきみに気を取られていたから簡単だったよ。でも暗闇で手を縛られたままナイフを使うのは大変だった。何度か手を切ってしまったが、やっと成功したというわけさ」

どうして教えてくれなかったの。どれくらいの時間かはっきりわからないけど、少なくとも二十分……いや、十五分かしら、とにかくとっても怖かったのに。文句が舌の先まで出かかったところで、手のロープがほどけ、身動きできるようになった。

動けるって、すばらしい。

一分後には足も自由になり、ベアトリスは公爵に飛びついて感謝の気持ちを表そうとした。でも公爵の腰に抱きついてしまい、ばつが悪くなってクスクス笑った。真っ暗闇で公爵の顔を探し当てると、笑いは引っ込んだ。唇を押し当て、ありがとうと何度もささやく。キスはどんどん激しくなる。公爵も同じ激しさで応え、そっとベアトリスを床に横たえると、自分の体を重ねた。ベアトリスはうっとりしてため息をついた。こんなことをしている場合じゃないけど、まあそんなのはどうでもいいか。と思った瞬間、物音がしてびくっとする。一秒後には光が射し込んできた。

「ドア」ベアトリスは小さな声で言い、体を少し離した。

何も気づいていない公爵は、フッと笑い、顔の輪郭に沿ってやさしくキスを続ける。「大丈夫。いつだって出られるさ」

「そうじゃありません」ベアトリスはきっぱりと言った。「ドアの向こうに誰かいます」

そう言った瞬間、一本の蠟燭の光が部屋を照らし出し、床で体を重ねるふたりの姿があらわになった。

「あらいやだっ、ベアったら何考えてるのよ」甲高い声がした。「こんな場所でそんなことを？　床とか汚いんじゃない？　ネズミの糞まみれになってるんじゃない？」

17

ベアトリスはあんぐりと口を開けて、目の前の驚くべき光景に見入っていた。従妹のフローラが砂利の床を歩いてくる。これはもう……なんというか……。

だめだ、この衝撃を表す言葉が見つからない。

公爵は動じる様子もなく、気さくに声をかける。

「母上はお元気かい。きみがここにいることは知らないのだろう？」

フローラはうれしそうに笑った。「ええ、お腹を壊して寝ていると思ってますわ。腐った牡蠣を食べたという設定にしました。一日中外に出しておいて、すっごく臭くなるようにしておいたんです」

「切れ者だな」

ベアトリスは、くだらないやり取りを始めたふたりについていけなかった。

「やめて」ぴしゃりと言う。「家の応接間でおしゃべりしてるんじゃないんだから」

「当たり前でしょ」フローラが、笑みを隠そうともしない公爵に共犯者めいた視線を送る。「あなたはネズミの糞まみれで転げ回ってるのよ。家の応接間にいたら、そんなことするはずないじゃない」

寝転んだままでは不利だと悟ったベアトリスは、立ち上がってスカートの砂利を払った。「そもそもここで何してるのよ？」

「あなたたちを救ってるんでしょ」フローラは、なんで当たり前のことが理解できないのかしらとあきれた顔で、また公爵を見やる。

「でもどうしてここにいるの？　どうやってたどり着いたの？」ベアトリスは嚙みつくように言い、暗がりで一歩前へ出て、初めてフローラの服装に目を留めた。

「もしかしてわたしの服？」

「違うわ。ラッセルのよ」フローラは大げさな手ぶりでスーツを指し示した。

「でも、わたしのクローゼットに吊るしてあったやつでしょ」

「そうよ」

ベアトリスはうなるような声を出した。

「通訳しよう。ぼくの婚約者は、助けてくれてありがとうと礼を述べている」公爵がよどみなく言う。

「違います」ベアトリスは公爵をぎろりとにらんだ。「わたしが言いたいのは、男の格好をして勝手にひとりでロンドンの街をほっつき歩くなんて危険すぎるってこと」

「あなたは大丈夫なのに？」フローラはフンッと鼻を鳴らした。

「あなたは魅力的な若い娘で、いつの日かすばらしい相手と結婚するのよ」ベアトリスは言った。「それにひきかえ、わたしは誰の目にも留まらない、冴えない行き遅れ令嬢だからかまわないの」

フローラは反論に備えて深く息を吸い込んでいたものの、ベアトリスのセリフのとんちんかんさにふきだした。

「公爵さまが教えてやります？　それともわたしが？」

しまった。もうすぐ公爵夫人になるのだから、〝誰の目にも留まらない、冴えない行き遅れ令嬢〟の日々は終わっていた。「もういいわ」落ち着き払って言う。「どうやってわたしたちを見つけたのか説明してちょうだい」

薄明かりの中でも、フローラの瞳が興奮に輝いているのがわかった。頭のよさを自慢したくてたまらないのだ。

「まあ、最初に変だと思ったのは、あなたがノートン夫人を友達だと言いだしたときよ。そんな話をうのみにすると思ったなんて、馬鹿にしてるわ、ベア。わたしはもうよちよち歩きの子どもじゃないのよ？」

え、まだいろんな面で子どもでしょ。ベアトリスは内心そう思って回答を差し控えた。でも従妹は、自分の賢さをひけらかすのに夢中だったので、ベアトリスの沈黙にも、そこに込められた批判にも気づかなかった。

「あなたがノートン夫人を友達にするはずがないから、何より、ノートン夫人があなたを友達にするはずがないし、よからぬことが進行中だと気づいて、ハリスにあなたのあとをつけさせたの。わたし自身は綿密に計画しないと、お母さまの監視を逃れられないから」

ベアトリスはびっくり仰天した。「従者にわたしのあとをつけさせたの？」

「厳密に言えばあなたじゃない。公爵さまよ」フローラはその違いがポイントなのだと言わんばかりに、もったいぶって答えた。「公爵さまのご親戚に贈り物をしたいから、住所を調べてと頼んだの。ハリスはあなたたちの行き先にとても戸惑っていたわ。コベント・ガーデン地区の下宿も、ストランド近くの劇場も、公爵さまのお年を召したご親戚が住んでいるとは思えないもの。それでもハリスは二つの住所を教えてくれた。今日の行き先はきっと劇場のほうだと踏んだ。もちろん大当たりだった。だから、あなたたちが死ぬ前に助けられたってわけ。どうやって劇場に入り込んだかが気になる？　文具店の配達員だと言ったのよ。事務所からペン先を一包み拝借して、配達先を探すふりで、劇場内をうろうろした。そのうちに、あなたたちが変な男と廊下を歩いているのを見つけた。地下へ続く階段に向かったから、あやしいと思って、あとをつけた。安全な距離を保ってよ」フローラは従姉が小言を言いだしそうな気配を読み取り、あわてて最後のひと言をつけ加えた。「わたしはもう子どもじゃないし、救出作戦は成功だった。そうでしょ。〝フローラさま、助けてくださり、ありがとうございます〟は？」

ベアトリスはにっこりとほほ笑んだ。「フローラさま、助けてくださり、ありがとうございます」

フローラは慈悲深いふうにうなずいてみせたが、次の言葉でその雰囲気も台無しになった。

「ああ、お小遣いを使い果たしちゃったわ。ロンドンを馬車で移動するのに、こんなにお金がかかるとは思わなかった。いくらか貸してくれる？　ポートマン・スクエアまで送ってくれてもいいけど」

「公爵さま、ご覧のとおりですよ」ベアトリスは勝ち誇って言った。「これ以上おだてるのはやめてくださいね」

公爵が言うとおりにするかどうかはわからずじまいになった。ちょうどそのとき、ミス・カルコットが入口に現れたからだ。部屋を見回し、満足そうにうなずく。

「ヒーローになるべく救出作戦を立ててきたのですけれど、意外とすんなり実行できそうね」ベアトリスと公爵に言う。「全部の部屋を調べる覚悟でしたが、あっさり見つかってよかったですわ」

邪魔が入って不愉快そうなフローラは、ミス・カルコットの前に進み出て、敵意むき出しで言う。

「残念ですけど、作戦は必要ありません。わたしがもう救出しましたから。ヒーローはわたしです。このわたし、ミス・ハイドクレアです。あなたじゃない」

事情を説明しているような、癇癪を起こしているだけのような、妙な宣言だったので、ミス・カルコットが困惑するのも無理はなかった。言いがかりをつけた女性が男装姿だからなおさらだ。

でもさすがは女優、こんなことで動揺する自分ではないと示すように、深くおじぎをし、出しゃばりを謝った。

「あなたが問題を解決済みだとは思わなくて。ありがとうございます、ミス・ハイドクレア。おかげで肩の荷が下りましたわ。救出は見事に成功したわけですから、そろそろ上に戻って、あの悪党をとっちめましょう。ティーケーキを食べすぎて眠ってしまわないうちにね。もうすぐお昼寝の時間だから」何かを確かめるように、ベアトリスのほうを見る。「あなたの目的はそれでしょう？　ロバートを殺害した犯人としてレイサムを捕まえること。おふたりがバースの劇場経営者じゃないことはばれていますよ。バースにアデルフィという劇場はありませんから。スティーグルも何度もそう言って、なぜ身元を隠すのかとあやしんでいました。実はアセニーアム劇場の経営に関わっていて、ライバルの劇場を潰しに来たんじゃないかって。でもわたしは、劇場関係者じゃないとわかっていました。質問が多すぎますもの。

本物なら評判と売上にしか興味がないはずです。わからないのは、あなたたちがロバートの事件に首を突っ込む理由です。警察官？　それともロバートの家族に雇われた探偵か何か？」

「良識ある市民です」フローラは進んで答え、つんと顎を上げた。「わたしたちは、不正を見つけたら正さずにはいられない、ただの良識ある市民です」

「なるほど」ミス・カルコットは、当然ながらまったく納得していない様子で言った。それから、探るような目をベアトリスに向けた。でもベアトリスも、ましな説明は思いつかず、フローラの答えは完全な間違いではないと答えるにとどめた。

「それより教えてください、ミス・カルコット」公爵はそう言って、三本目の蠟燭に火をつけた。暗闇が部屋の隅へ引っ込む。「レイサムが悪党だとなぜわかったのですか？」

「悪党だとわかったのは、とんでもなく虚栄心が強いから」ミス・カルコットは言った。「でも殺人犯だとわかったのは、本人がそう言ったから。もちろん、はっきり言ったわけじゃないわよ。ティーケーキを食べながら〝ぼくはホブソンを殺しました〟なんてね。でもレイサムには妙な癖がたくさんあって、一つは、気分が高揚するとカササギみたいにおしゃべりになること。他に話し相手が見つからなかったらしく、わたしがヘレンと楽屋にいるところへやってきて、勝負に勝ったかもしれないと興奮気味に話しだした。そして〝意地悪で嫌味たらしいホブソンは今後いっさいぼくの邪魔はできない〟って言ったの。ホブソンとはうまくやっていたから、変だと感じた。どういう意味かと問い詰めたら、わだかまりがあるみたいだった。ここからは簡単よ。あなたたちがホブソンの件に関心を寄せているのはわかっていたので、今日はハーパー夫妻と話したかと尋ねた。そうしたら急にうしろめたそうな顔をした。大根役者なのよ。それから〝ハーパー夫妻は地下……じゃなくて……力を蓄えているみたいだ〟と言うの。おかしいったらありゃしない。本当にまぬけな子よね。それでわたしは自前のティーケーキも出してやって、あなたたちを捜しに地下へ下りてきたというわけ。任務完了ね」

「わたしの任務よ」とフローラ。

ミス・カルコットは、くだらない主張にいらだつ様子一つ見せない。できた人だ、とベアトリスはあらためて感心した。

「ごめんなさい、あなたの任務だったわね。地下室からの道案内も頼めるかしら。

それともわたしが引き受けましょうか」

さすがのフローラも恐縮したのか、ミス・カルコットに案内役を譲り、黙ってあとについて部屋を出た。ベアトリスもうしろに続き、階段は実際にはかなり近い場所にあったと気づいて、落ち着かない気分になった。背中にフリントロック銃を突きつけられ、殺されると思っていたから、歩く道のりが果てしなく感じられたのだ。

階段を上りきると、ベアトリスはレイサムが銃を持っていることを考慮して、フローラに指示を出した。

「ミス・ドレイクに知らせて。警察を呼ぶの。彼女が連絡してくれるはず」

「ミス・ドレイクって？」フローラが戸惑って訊き返した。

「劇場のオーナーよ。あなたがペン先の包みをくすねた相手」

フローラは抗議しようとしたのだろう、一瞬口を開いたが、すぐに思い直して力強くうなずいた。「ミス・ドレイクね。わかったわ」

「ベア、事務所の場所を教えてやったほうがいいのでは？」公爵も二連銃の破壊力を考慮したらしい。「さっきは夢中だったから、どこだか覚えていないかもしれない」

「わたしは救出作戦を完璧に成功させたんですよ。公爵さままで子ども扱いしないでください」

フローラはどすどすと廊下を歩いていった。

「素敵な子ね」ミス・カルコットは皮肉でなくそう言った。

ベアトリスはコメントを差し控え、ミス・カルコットのあとについて彼女の楽屋へ向かった。

「気をつけたまえ」

「心配ご無用ですわ。レイサムは、うまくいったと満足して油断しているはず」ミス・カルコットが言った。「今頃きっと、わたしのソファでのんきに眠っているわ。軽くいびきもかいているかも」

楽屋のドアを開けると、レイサムは眠っていなかった。テーブルでティーケーキを食べながら新聞を読んでいる。ミス・カルコットを見て、しまりのない笑みを浮かべるも、閉じ込めたはずのハーパー夫妻に気づくと、ぎょっとした顔で息をのんだ。そしていきなりゴホゴホとむせ始め、咳が止まるまで待ってくれというように指を立てた——でもやけに長い時間むせ続けている。

やっぱり。咳の発作は、最初は本当だったかもしれないけれど、結局はコートの内ポケットからフリントロック銃を取り出すための時間稼ぎだった。背中を丸めて、こちらから手元が見えないように横を向く。本人はさりげない動作のつもりらしいが、ばればれで滑稽なくらいだ。

「ちょっと待ってくださいね」まだ息苦しいふりをして、弱々しい声を出す。

公爵は意地悪がしたくなったのだろう、レイサムに逃走成功の夢を見せるためか、片手が銃をつかむのを待った。それから部屋に突入すると、強烈な一発を食らわせてノックアウトした。銃がコトンと床に落ちた。レイサムが突っ込んだテーブルのほうは、バキッと真っ二つに割れた。いつでも機転の利くミス・カルコットは、その中からティーケーキのトレイを救い出し、お一ついかがと勧めた。ベアトリスは食欲もないのでお断りした。

テーブルの割れる音を聞きつけたのだろう、すぐに野次馬が集まってきた。気絶したレイサムを見ると、恐怖におののいたり、戸惑っておろおろしたりする。スミートンが「昼寝かな」と言うので、ミス・カルコットがレイサムの悪行を簡潔に説明した。

「え！」

いっせいに驚く声が部屋に響いた。

ミス・ドレイクもやってきた。青い顔で震えている。

「警察を呼んだわ。まもなく到着するはず」

それから壊れたテーブルの上でだらしなく手足を広げ、髪を紅茶で濡らしたレイサムを見ると、疲れたふうにため息をついた。

「とてもハンサムで」ミス・ドレイクはつぶやくように言う。「とても才能があって、とても英雄役がうまくて、でもとても残忍な男だったのね」

ミス・カルコットは、役者の評価にはおおいに反論があっただろうが、あきれた顔をするだけで黙っていた。

しばらくして、警察官が到着した。公爵がすぐさま事情を説明し、質問にも過不足なく答えた。当然ながら、警察官はなぜ公爵がホブソンの事件に興味を持っていたのかをいぶかしんだ。ミス・ドレイクが投資家の名誉を守ろうと立ち上がったからなおさらだった。

「彼はバースから来た劇場の経営者で、ホブソンの死にはいっさい関心を示しませんでした」

「彼が関心を持っているのは、貧しい者や無力な者を救うことよ」フローラもいきり立って言う。

言い争いが始まるなか、ベアトリスは、まずい事態だと初めて気づいた。どうしよう。公爵が劇場経営者に扮して殺人犯を捕まえたなんて言えない。でも、警察が出てきた以上、真実を話さなくちゃ。それに、まるで最初から存在しなかったみたいに、ミス・ドレイクの人生から黙って消えるのも、人としてどうかと思う。

やっぱり正直に打ち明けるしかない。

ああ、でも気が進まない。倉庫を脱出できたからよかったものの、自分の軽率な行動のせいで、愛する人が暗闇に監禁されてしまったのだ。ただでさえ申し訳ないのに、このうえ正体を曝露したら、公爵がさらに嫌な目に遭う。公爵ともあろうお方が、地方の劇場経営者のふりをして殺人事件の調査をするなんて、茶番にもほどがある。お手柄は秘密にしてはおけないだろう。わたしたちがパティキュラー劇場を出て馬車に乗り込んだ瞬間、最初はじわじわと役者たちの間でうわさが広まり、次に裏方たちに伝わる。そうなれば、社交界まであっという間だ。

なんという皮肉。うわさが収まるのを待つために結婚式を一週間延期したのに、その間に新しいうわさの種を作り出してしまった。

当初の予定どおり先週結婚していたほうが、みんなにとってよかったのでは？

ベアトリスは、よくあることながら、馬鹿々々しいのを通り越して力が湧いてきた。不運な結果を招こうとも、ええい、開き直ってしまえ。

「ミスター・ハーパーの正体は、ケスグレイブ公爵です！」

そのとたん、警察官が表情を引き締め、ミス・ドレイクは出資話も嘘だったと悟って顔をゆがめた。

「がっかりさせてごめんなさい」ベアトリスはまた早まったと気づき、あわててミス・ドレイクに謝った。

「お気になさらず。どうせ結果は同じでしたから。年に五パーセントの増額じゃ、父は首を縦に振らなかったでしょう」

ふたりで事情を全部話してしまうと、公爵は警察官に名刺を渡した。

「何かあれば、家令に連絡を」

警察官が名刺をポケットにしまうのを、ミス・ドレイクが恨めしげに見ていた。

「初日に必ず行きます。『勇敢なヤーコポ』の」

ベアトリスは励ますつもりでそう声をかけたものの、主演男優を失ったことに気づかせただけだった。

「わたしが代役を見つけますわ」ミス・カルコットがなんとか慰めようと申し出た。

「あなたは経営に集中なさって！」

あとは警察とミス・カルコットに任せれば大丈夫。ベアトリスは安心して別れの挨拶をした。公爵も一刻も早く立ち去りたい様子だったけれど、フローラは残りたがったので、馬車まで引きずっていくはめになった。でも馬車に乗り込んだとたん、置いてくればよかったと後悔した。家に帰り着くまでずっと、事件の話を聞きたがったからだ。でも当たり前かも、とベアトリスは思った。フローラは自分が事件を解決したと言い張るわりに、ほとんど事情を知らないのだから。最初の質問はこれだった。ホブソンって誰？

ベアトリスは忍耐強く質問に答えた。ホブソンのこと、レイサムのこと、ノートン夫人のこと。さらにさかのぼって、ウェム伯爵のことや、プジー卿のサロンに参加した本当の理由も。問い詰められて、ラークウェル家のテラスにいるとき、松明の火でドレスを焦がした経緯すら打ち明けた。デイヴィス氏の不幸な死について訊かれたときは――馬車に轢かれたのは本当に事故だったの？――さすがに答えかね、どうやって家に入るつもりかと尋ね返してごまかした。

フローラは男装では帰れないと気づいておろおろした。

「どうすればいいの？」大きな目でじっと見つめる。

ベアトリスは答えをしぶった。従妹の不正に加担するのは気が引ける。でも、そもそもわたしが蒔いた種なのだから、選択の余地はない。

「あなたって天才ね」フローラは、キッチンの脇の廊下にある物置に自分の服を隠しておいて、上の階へ戻る前に着替えるというトリックを知ると、手を叩いて喜んだ。他の技も聞きたがったが、十九番地に到着したのでおあずけとなった。

「お夕食のあとに教えてね、絶対よ。それまでにはわたしのお腹も治る予定だし」

今度はわたしが腹痛になろうかしら。夕食後の会話を避けたいベアトリスは、そう企みつつ、馬車から降りようとした。

「ちょっとふたりきりで話せるかな」

公爵に言われて座り直す。先に降りたフローラは、使用人の出入口の脇の窓からおそるおそる中をのぞき込むと、ドアを開けて入っていった。ヴェラ叔母さんに見つかることなく、自分の部屋にたどり着けますように。見つかったら、絶対にわたしのせいにされるもの。

さあ、公爵閣下のお説教が始まるぞ。そう覚悟していたけれど、公爵は隣に腰を下ろすと、天井を叩いて合図した。すぐさま馬車が出発する。

「どこへ行くんですか」ベアトリスが訊いた。「まさか嘘を実(まこと)にするために、本当にご親戚を訪ねるつもりですか。正直に言うと、午後いっぱい八十代のご婦人と礼儀正しくおしゃべりする体力は残っていませんわ」

「それはとても残念だ」公爵はベアトリスの手を取った。「午後の予定には、かなりの体力が必要だからね」

そう言いつつ、がっかりしているようには見えない。むしろ真逆の印象を受ける。瞳はきらきらと輝いて、情熱と期待の炎を宿している。ベアトリスは息が止まりそうになった。

「ぼくは声を失った」公爵がつぶやくように言った。

どういう意味？　ベアトリスは公爵の言葉に戸惑い、視線にまごつきながらもうなずいた。

「レイクビュー・ホールの図書室で、オトレーの死体の向こうにいるきみをにらみつけながら、ぼくは声を失った」手の甲に唇を押し当てる。「文字どおりの意味じゃなく、もちろん比喩だよ。そのあと何ヵ月も気づかなかったが、あの瞬間、すべてが変わったんだ。ぼくはずっと、他人の声を聞き入れなかった。でもきみがしゃべりだしたら、聞き入ることしかできなくなった。ベア、ぼくはそれ以来、言葉が出てこないんだ。きみの機転に、きみの勇気に、きみの知性に、茶目っ気たっぷりなのに切れ味抜群なきみのユーモアに、言葉が出ないくらい圧倒されているんだ。そして、きみの美しさにも」

ベアトリスはとっさに身を引いた。わたしが美しい？　嘘だ。ええ、たわいもない嘘ね、嘘も方便ってやつ。でも、まぶしい真実を全部くすませるには、じゅうぶんすぎる嘘。

お世辞なんていらない。だってわたしは、美貌以外、全部持っているもの。本当にそう思ってる。今はもう、一つの短所がすべての長所をかき消すと考えるほど愚かじゃない。

公爵は臆せずに、ベアトリスを引き寄せて、顔を上げさせた。

「ぼくの目を見て。きみには自分の意見を持つ権利がある。自分のことを〝冴えない〟と思っていようと、ぼくは口出ししない。みんなからの賛辞を受け入れろとも言わない。むしろ、ヌニートンからの賛辞は聞き流してほしいくらいだ。でも、ぼくたちが結婚するなら、ぼくがきみの外見も好きだという事実に慣れてくれないとね。きみのいたずらっ子みたいな笑みが、世界で一番美しいものだと思っている」

ベアトリスは、とびきりの褒め言葉を平然と受け止められるはずがなかった。可愛らしく赤面し、目をそらす。そして公爵は、その魅力に抗えるはずがなかった。

数分後、公爵はベアトリスの唇を解放すると、額と額をくっつけて、やさしく甘く、大事だという気持ちがにじみ出たような声で言った。

「本当に言葉が見つからないくらい、すばらしい人だ。そしてあの銃を持った愚か者のせいで、すべて失うところだった。あいつが撃鉄を起こしたとき、心臓が止まった。一分近く、脈打つのをやめた。少しでも指に力が入ったら――」公爵は首を振った。それ以上は考えたくなかったのだろう。「もう待たない。もう様子を見したりしない。今日のうちに決着をつける。殺人犯を追いかけないという約束では、満足な結果が得られなかった。だから要求のレベルを引き上げる。ベアトリス、神さまとおばあさまの前で、調査はいっさいしないと誓いの言葉を述べてほしい」

心臓がころんと転がった。

そしてどういう意味かを理解した瞬間、サーカスの曲芸師みたいに胸の中で宙返りした。

幸せすぎてくらくらする。いや、ぐらんぐらんする。花婿を見つめる。輝くブロンドの巻き毛に、熱を帯びたブルーの瞳。ちょっと待って、今日が結婚式ということは、今夜が結婚初夜ってこと？

違う。ああ、全身がドクドクする。たしか、公爵は言ってた。〝結婚の日の午後〟って。

「ベア！」公爵は笑いをこらえて言った。またわたしの頭の中が丸見えだったのだろう。「話に集中して」

ベアトリスは顔を赤らめつつも言い返した。

「公爵さまのほうこそ、欲望で思考力が鈍っているのでは？　理不尽な要求をのませたいなら、わたしが話に集中しているときよりも、体力が必要なあれやこれについて妄想しているときのほうが有利ですよ」

公爵は納得しかけて目をきらりと光らせたものの、頑なに話題を元に戻した。

「妻が銃弾で穴だらけにならないことを望むのは、まったく理不尽じゃない」

「大げさですよ。レイサムの銃は二発しか撃てないものでした。〝穴だらけ〟というからには、たとえばザルみたいに、たくさん穴が開かないと」

正確性を重んじる公爵なら、同意するどころか、訂正に感謝してくれてもいいくらいだ。

「とにかく心配しすぎです。それより〝羽根ペン用のナイフを隠し持っている場合は、適切なタイミングで情報開示すること〟を誓いの言葉に加えるほうがよっぽど有効だと思います」

公爵は、話をそらすための挑発だと知りつつ、餌に食いつかないではいられなかった。

「むやみに希望を抱かせたくなかったんだ。たとえば次のような場合には、失敗に終わる可能性もあったのだから。その一、ナイフに手が届かない。その二、ナイフを持った手を動かせない。その三、うまくロープが切れない。だから慎重になるのは、悪いことじゃない」
公爵はさらに提案をした。

「誓いの言葉に次の文言を加えるのはどうだろう。〝双方とも、容疑者個人の楽屋を捜索する前に、捜索の是非を慎重に検討すること〟と」

でもすぐに、場所を限定するのはよくないと気づいたらしい。

「捜索の場所は楽屋に限らない。〝馬車、厩舎、離れなどを含むあらゆる種類の空間〟としよう」

「なんて細かいお方でしょう！」ベアトリスは驚いたふりをした。「結婚の儀式にも、海軍の伝統と同じく敬意を払うべきでは？　ナイルの海戦の戦艦の名前は参戦順に言わないと気が済まないのに、聖公会祈禱書はなんの躊躇もなく書き換えるのですか」

ベアトリスはたしなめるように舌打ちをしたものの、目の輝きで面白がっているのがばればれだった。

「ねえ、ダミアン。祈禱書の言葉を変更するなんて恐ろしいわ。わたしの愛する人は、正確性を重んじる人であって、罰当たりな破壊者じゃないはずよ」

屁理屈に怒った公爵は、いばりん坊の顔でぎろりとにらんだ。

尊大さをいとしく感じたベアトリスは、いたずらっ子みたいな笑みを浮かべた。

こんなふうに始まる夫婦なら、誰が何と言おうと、幸せいっぱいの日々が待っているはず。

訳者あとがき

〈行き遅れ令嬢の事件簿〉シリーズの第五巻『公爵さま、これは罠です』(原題 *A Treacherous Performance*)をお届けいたします。まずはこれまでの流れを、簡単にご紹介しましょう。

舞台は十九世紀初頭のイギリス。幼い頃に両親を亡くし、叔父夫婦のもとで育ったベアトリスは、本当は聡明で好奇心旺盛な娘です。けれども、叔父夫婦からじゅうぶんな愛情を受けられなかったことで自信を失い、引っ込み思案な態度がしみついてしまいました。地位も財産も美貌もないうえ、社交界デビューをしたとたん、〝くすみちゃん〟という不名誉なあだ名をつけられて笑い物にされました。そのため、結婚相手を見つけて家を出ることもできず、読書だけが楽しみの日々を送っています。ところが、二十六歳になったある日、湖水地方のハウスパーティで死体を発見。その場に居合わせたケスグレイブ公爵と共に、犯人捜しに乗り出します。富や地位だけでなく、誰もが見惚れる容姿まで備えた尊大な貴公子と、事件をきっかけに本来の知性と機転を発揮しだすベアトリス。初めのうち、ふたりは何をするにもぶつかってばかりですが、事件の真相を追ううちに、互いの能力を認め合う〝同志〟となります。

それからは難事件に遭遇するたびに、ふたりはタッグを組んで犯人を捜すことになるのですが、ベアトリスは次第にユーモラスな一面もある公爵に惹かれていきます。しかし、相手は完全無欠の貴公子。冴えない自分を好きになることなどありえない。そんなふうにベアトリスが募る想いに蓋をする一方で、公爵もまた、彼女に抑えきれない想いを抱きつつ、うまく伝えられないでいました。

惹かれ合いながらも、すれ違うばかりのもどかしいふたり。しかし事件解明のために冒険を重ねていくうちに絆が深まり、晴れて婚約を果たしたのでした（それも衝撃的な形で！）。心から信頼できるパートナーであることを確信したいま、いっときも早く結婚し、未来へと歩を進めたいところでしたが……。

第五巻の本書では、結婚はあと少しおあずけとなります。ベアトリスは、叔父夫婦とあらためて絆を深める時間を持つため、結婚を一週間だけ延期することに決めるのです。とそこへ、〝くすみちゃん〟の名付け親、ベアトリスの社交界デビューを台無しにした張本人が現れて、ある宝石を捜してほしいと頼みます。そんなの簡単よと余裕たっぷりのベアトリスでしたが、ただの宝石捜しで終わるはずがありません。裏には思わぬ人物の卑劣な計略があると判明し、公爵とふたり、投資家夫婦に扮して劇場への潜入捜査をすることに。謎解きはもちろん、結婚前なので相手に触れたくても触れられないとじりじりするふたりの様子もお楽しみください。

さて、本作にはベアトリスの他にも、賢い素敵な女性たちが登場します。劇場を運営しつつ、夢の実現に向けて知恵をしぼる支配人。現実的に目の前の問題を処理しながらも、他人への気配りを忘れない主演女優。ベアトリスの従妹フローラも、倹約家の母親に高級ドレスを買ってもらうべく必勝法を編みだします。物語終盤には思わぬ大活躍（？）をしますので、こちらもどうぞご期待を。

次の第六巻では、待ちに待った結婚式を挙げ〝ケスグレイブ公爵夫人〟となるベアトリスですが、公爵家の使用人のひとりが「過去の事件を解決したのはベアトリスではなく公爵さまだ」と話しているのを聞いてしまいます。と同時に、近隣の屋敷で有名シェフが首を切られて死んだと耳にします。よし、自分の実力を見せつけてやる！　そう決意したベアトリスは、公爵抜きで犯人捜しに乗り出します。いったいどんな展開になるのでしょうか。公爵との新婚生活も気になるところ。邦訳版は二〇二五年七月に刊行予定です。

本書を翻訳するにあたり、原書房の編集者の方や校閲者の方には大変お世話になりました。どうもありがとうございました。

二〇二四年十月

コージーブックス

行き遅れ令嬢の事件簿⑤

公爵さま、これは罠です

著者　リン・メッシーナ
訳者　藤沢町子

2024年　12月20日　初版第1刷発行

発行人　成瀬雅人
発行所　株式会社　原書房
〒160-0022 東京都新宿区新宿1-25-13
電話・代表　03-3354-0685
振替・00150-6-151594
http://www.harashobo.co.jp
ブックデザイン　atmosphere ltd.
印刷所　中央精版印刷株式会社

落丁・乱丁本はお取り替えいたします。
定価は、カバーに表示してあります。
 ISBN978-4-562-06146-4 Printed in Japan